그해 겨울
첫눈 같은 너에게

시간이 멈춘 듯 내 생에 가장 순백하고, 가장 눈부셨던 순간의 풍경

그해 겨울
첫눈 같은 너에게

이철호 지음

좋은땅

저자의 인사말

평범함 속에 숨겨진 위대한 행복의 기록 앞에

존경하는 독자 여러분께,

이 책을 여러분의 손에 들려드리는 지금, 저는 한 지극히 평범한 사람이 어떻게 삶의 시련을 통과하여 가장 값진 행복을 일구어 냈는지에 대한 진솔한 이야기를 세상에 내보내는 벅찬 감동을 느낍니다. 이 자서전은 특별한 영웅의 성공담이 아닙니다. 오히려 우리 이웃, 우리 가족의 모습과 다를 바 없는 한 평범한 가장의 일상을 통해, 진정한 삶의 가치를 발견하는 여정입니다.

저자는 재능이나 부를 타고난 '특별한' 사람'이 아닙니다. 단지 매일의 삶을 성실하게 살아가며, 누구나 겪을 법한 기쁨과 슬픔을 경험한 보통의 사람일 뿐입니다.

하지만, 이 평범한 생활 속에는 우리 모두의 마음을 울리는 결정적인 순간이 있습니다. 바로 '중학교 2학년, 짝사랑의 아픔'의 기록입니다. 저자는 영웅처럼 시련을 단번에 극복하지 않았습니다. 남들처럼 아파하고 힘들어했습니다. 그러나 그 평범한 아픔 속에서 나는 도망치지 않고, 그 감정을 성장의 자양분으로 삼는 비범한 용기를 발휘했습니다.

그때의 눈물과 고민은 헛되지 않았습니다. 그 경험은 나를 더 깊이 있는 사람으로 만들었고, 평범한 일상 속에서 행복의 가치를 발견하는 눈을 뜨게 했습니다. 그리고 세월이 흘러, 나는 그 경험을 토대로 화려하진 않지만 가장 따뜻하고 모범적인 형태의 가정을 일구어 낸 가장으로 우뚝 섰습니다. 이 책에 담긴 내용은 특별한 비법이 아닙니다. 저자처럼 평범한 우리도 충분히 실현할 수 있는, 가장 현실적이면서도 감동적인 '행복한 삶의 운영법'입니다.

이 자서전은 독자 여러분에게 묻습니다. "평범한 나의 아픔과 경험이 가장 아름다운 행복으로 승화될 수 있을까요?"

저자의 삶은 분명히 대답합니다. "그렇습니다." 우리가 겪는 모든 평범한 시련과 경험이 바로 행복한 삶을 짓는 가장 튼튼한 벽돌이 될 수 있다는 것을. 평범한 저자가 이룩한 이 빛나는 행복의 기록은, 절망의 순간에 서 있는 모든 이들에게 가장 진실하고 희망적인 위로가 될 것입니다.

이 책을 읽는 모든 분들이 저자의 진솔한 경험을 통해 깊은 공감과 위로를 얻고, 자신이 겪은 평범한 아픔조차도 위대한 행복의 이야기로 다시 쓸 수 있는 용기를 얻기를 간절히 바랍니다.

여러분의 가정에도 늘 따뜻한 행복이 가득하기를 기원하며, 지극히 평범한 한 사람의 가장 특별한 이야기를 세상에 내놓습니다.

감사합니다.

지은이 이철호

자서전 핵심 개요

제목: 그해 겨울 첫눈 같은 너에게

1. 충북 산골 소년의 비상구, 영어에 대한 자부심

충청북도 깊은 산골, 가난한 농부의 아들로 태어난 소년에게 세상은 늘 넘기 힘든 높은 벽이었습니다. 척박한 현실 속에서 나를 버티게 한 것은 유독 다른 과목보다 뛰어났던 영어에 대한 지독한 자부심이었습니다. 낯선 이국의 언어를 한 문장씩 읽어 내려갈 때마다, 산으로 가로막힌 답답한 현실 너머 더 넓은 세상의 바람이 통하는 기분이었고, 그 열정은 시골 소년이 더 큰 꿈을 꾸게 한 유일한 통로였습니다.

2. 곽혜순 선생님의 초대와 웅변반의 네 친구

나의 이런 남다른 재능을 알아봐 주신 은사 곽혜순 선생님의 권유로 중학교 2학년 시절, 영어 웅변반의 문을 열었습니다. 그곳에는 나(이철호)와 허정회, 이순란과 김정현까지 네 명의 친구가 모여 영어로 세상을 향해 외치며 꿈을 키웠습니다. 곽혜순 선생님의 따뜻한 지도 아래 우리 네 명은 뜨거운 열기로 교실을 채웠고, 그 시절의 기억은 내 인생의 가장 찬란한 한 페이지로 남았습니다.

3. 첫눈처럼 찾아온 김정현, 남몰래 품은 짝사랑

웅변반에서 김정현을 처음 본 순간, 나는 마치 그해 겨울의 첫눈을 맞이한 듯 마음을 온통 빼앗겨 버렸습니다. 나만큼이나 영어 실력이 뛰어났던 정현이는 내게 경쟁자가 아닌, 감히 말 한마디 붙이지 못한 채 홀로 남몰래 품었던 소중한 첫사랑이었습니다. 무대 위 원고는 누구보다 당당하게 외쳤으면서도, 정작 정현이 앞에서는 "안녕"이라는 인사조차 건네지 못했던 그 수줍은 가슴앓이가 그렇게 시작되었습니다.

4. 7년의 방황과 그리움, 나를 키운 등불

중학교를 지나 고등학교를 졸업하고 대학교 2학년이 될 때까지, 나의 청춘은 오직 정현이라는 소실점을 향해 달려갔습니다. 충북을 떠나 타지에서 대학 생활을 하면서도 나는 백방으로 정현이의 소식을 찾아 7년의 세월을 헤맸습니다. 끝내 그 얼굴을 다시 볼 수는 없었지만, “어딘가에서 이 소식을 들을 정현이에게 부끄럽지 않은 사람이 되자”는 간절함은 가난한 농부의 아들이 현실의 벽을 깨고 세상으로 나아가게 한 가장 큰 등불이 되었습니다.

5. 언론인의 소명과 평범한 행복으로 이어진 결실

그리움의 힘을 동력 삼아 나는 한겨레신문사라는 소중한 일터에서 세상의 목소리를 신문에 담아내는 언론인의 소명을 다하며 단단하게 성장했습니다. 마침내 그토록 갈구하던 평범하고도 화목한 가정을 일구어 소중한 행복을 누리게 된 지금, 이 책을 펴냅니다. 도저히 찾을 수 없었던 그해 겨울 첫눈 같은 너에게 보내는 뒤늦은 인생 보고서이자, 시린 겨울을 이겨 내고 따스한 봄을 맞이한 한 남자의 진솔한 생애 기록입니다.

목차

건강한 몸뿐만 아니라, 자연과 함께 어우러지는 법을 배웠다.

그 시절의 나는 몸과 마음이 모두 건강한 아이였다. 인공적인 소음 대신 새소리와 풀벌레 소리를 들으며 자랐고, 경쟁 대신 친구들과의 우정을 배우며 자랐다. 그 평화롭고 순수했던 기억들은 육십 평생을 살아온 지금도 나의 마음속 깊은 곳에 따뜻한 온기로 남아 있다. 나는 그 시절의 기억을 힘 삼아 남은 삶도 건강하고 활기차게 채워나가고 싶다.

다섯 살, 시골 여름날의 추억

아주 먼 옛날, 내가 다섯 살이던 해의 이야기다. 그 시절 나는 부모님과 함께 시골에서 살았다. 이른 아침, 닭들이 홰를 치며 울 때부터 나의 하루는 시작되었다. 고요한 시골 아침의 냄새는 풀과 흙이 섞인 듯 싱그럽고, 간혹 아궁이에서 피어나는 연기가 구수한 밥 냄새를 함께 실어 날랐다.

아침 식사가 끝나기가 무섭게, 어머니를 따라 대문 밖을 나섰다. 어머님과 아버님은 늘 그렇듯 아침 햇살이 따가워지기 전에 농사일을 하러 밭으로, 논으로 향하셨다. 기다란 호미와 낫, 지게를 챙기는 부모님의 모습은 언제나 든든하면서도, 어쩐지 모르게 바빠 보였다.

"점심때까지 여기서 멀리 가지 말고 놀아라. 해 뜨거우니까 나무 그늘에서 쉬고."

어머님은 늘 같은 말씀을 남기셨다. 부모님이 저기 멀리, 초록색 물결이 일렁이는 논밭으로 사라지는 것을 확인하고 나면, 나의 세계는 비로소 해방감을 맞이했다. 곧 동네에 사는 친구들이 하나둘씩 모여들었다.

우리의 놀이터는 온 동네였다. 흙먼지 폴폴 날리는 골목길, 맑은 물이 졸졸 흐르는 개울가, 키 큰 나무들이 그늘을 만들어 주는 마을 어귀까지, 모든 곳이 우리의 숨바꼭질을 위한 완벽한 공간이었지. 술래가 눈을 가리고 숫자를 세는 동안, 우리는 기발하고도 완벽한 은신처를 찾기 위해 쏜살같이 달렸다.

갓 쌓은 짚가리 속에 몸을 숨겼다가 훅 끼쳐오는 마른 풀 냄새에 재채기를 하기도 했고, 커다란 장독대 뒤에 옹기종기 모여 앉아 숨막히는 긴장감을 즐기기도 했다. 누가 가장 먼저 들킬지, 누가 끝까지 살아남을지를 두고 깔깔거리며 웃었다. 그렇게 우리는 하루종일 뛰어놀았다. 해가 중천에 뜰 때까지, 배꼽시계가 꼬르륵거릴 때까지, 얼굴 가득 땀방울이 맺힐 때까지 말이다.

그때는 몰랐다. 우리가 이렇게 즐겁게 뛰어노는 시간 동안, 멀리 논밭에서는 부모님들이 어떤 시간을 보내고 계셨는지 말이다. 해가 머리 위에서 이글거리며 대지를 달구는 한낮에도, 부모님은 쉴 틈 없이 허리를 굽히고 손을 놀리셨다.

논두렁에 쪼그려 앉아 물을 대고, 밭고랑을 따라 김을 매는 아버지와 어머니의 등에는 비지땀이 쉼 없이 흘러내려 흙에 스며들었다. 어머니의 얼굴은 뜨거운 태양과 힘든 노동으로 인해 벌써 붉게 달아올라 있었고, 굵은 땀방울은 눈썹을 타고 흘러내려 눈까지 따가웠을 것이다.

하지만 다섯 살의 나는 그저 숨바꼭질이 너무 재미있었다. 친구를 찾으러 뛰어다니느라 숨이 차오를 때도, 간혹 목이 말라 개울물을 한 모금 마실 때도, 부모님의 힘든 모습은 나의 시야에 들어오지 않았다.

비지땀을 뻘뻘 흘리는 어머님과 아버님의 고단함도 모른 채, 그저 나의 하루는 끝없는 놀이와 웃음으로 가득 찼다. 점심때가 되어 어머니가 밭에서 싸 온 보리밥과 된장찌개를 들고 나타나셨을 때, 그때서야 잠시 놀이를 멈추었지만, 밥을 먹는 동안에도 우리의 눈은 다시 시작될 숨바꼭질의 다음 장소를 찾고 있었다.

그 시절, 시골의 여름은 나에게는 세상의 모든 즐거움이었고, 부모님에게는 온몸의 힘을 쏟아붓는 삶의 무게였음을, 나는 한참의 시간이 흐른 뒤에야 깨닫게 된 것이다.

초등학교 입학,
달라지기 시작한 나의 시골

....

어린 시절, 나의 세상은 우리 집 마당과 앞마당 감나무 아래가 전부였다. 하지만 1970년대 어느 이른 봄날, 내 왼쪽 가슴에 하얀 손수건과 이름 석 자가 적힌 명찰이 핀으로 꽂히던 날부터 나의 시골은 전혀 다른 모습으로 다가오기 시작했다.

가슴 위의 훈장, 손수건과 명찰

초등학교 입학식 날 아침, 어머니는 코흘리개 아들의 가슴에 하얀 손수건을 네모지게 접어 달아주셨다. 그 곁에 큼지막하게 자리 잡은 명찰은 내가 이제 더 이상 마당에서 흙장난이나 하던 어린아이가 아님을 증명하는 훈장 같았다. 빳빳한 명찰을 만져보며 나는 묘한 설렘과 함께 '학생'이라는 묵직한 책임감을 처음으로 느꼈다.

책보를 메고 넘던 신작로

그때는 가방이 귀하던 시절이었다. 어머니는 손때 묻은 보자기를 펴서 국어책과 산수책을 정성껏 싸 주셨다. 어깨에서 허리까지 대각선으로 질러 묶은 '책보'는 내가 학교에 가기 위해 갖춰야 할 유일한 무장이었다.

집을 나서면 늘 보던 논둑길과 신작로였지만, 책보를 메고 걷는 그 길은 어제와 달랐다. 친구들과 줄지어 걸을 때마다 등 뒤에서 필통 속 연필들이 '달그락달그락' 소리를 냈다. 그 소리는 마치 새로운 세상으로 나를 안내하는 행진곡처럼 들렸다.

더 넓어진 소년의 세계

학교에 가기 위해 매일 넘어야 했던 고갯길과 냇가는 이제 단순한 놀이터가 아니었다. 십 리 길을 걸어 학교에 도착해 운동장에 줄을 서고, 선생님의 풍금 소리에 맞춰 노래를 배우며 나의 세계는 집 마당을 넘어 저 멀리 읍내까지 확장되었다.

까만 고무신에 흙먼지를 묻히며 돌아오던 하굣길, 노을 지는 들판을 바라보며 나는 글자를 깨우치고 숫자를 익혔다. 초등학교 입학은 정지해 있던 나의 시골 풍경을 살아 움직이는 배움의 터전으로 바꾸어 놓은 인생의 첫 번째 전환점이었다.

달라진 시골의 모습, 학교 중심의 생활

마을의 시계는 학교 종소리를 중심으로 돌아가기 시작했다. 아이들이 학교에 있는 시간 동안 어른들은 더 집중해서 일했고, 학교 운동회나 학예회는 온 동네가 모이는 가장 큰 행사가 되었다. 학교는 단순한 배움의 공간을 넘어, 마을의 공동체 의식을 모으는 구심점 역할을 했다.

새로운 풍경: 등하굣길에 아이들이 재잘거리는 소리는 시골의 일상이 되었다. 가방 대신 책보를 매고 줄지어 걷는 아이들의 모습은 부모님 세대가 짊어져야 했던 힘겨운 노동의 풍경 사이에 새롭게 자리 잡은, 밝고 희망찬 풍경이었다.

이렇게 나는 초등학교에 입학하면서 비로소 시골의 철없는 아이에서 세상을 배우는 학생이 되었다. 몸은 여전히 흙먼지를 뒤집어쓰고 친구들과 뛰어놀았지만, 마음속에는 누나가 가르쳐준 '가'와 '1'처럼, 세상을 알아가야 한다는 작고 단단한 의무감이 새겨져 있었다. 순수하고 자유로웠던 다섯 살의 놀이는 끝났지만, 더 넓고 책임감 있는 삶의 장이 열린 것이다.

여름 방학,
다시 시작된 물속에서의 해방

....

초등학교에 입학하면서 '가'와 '1'이라는 질서에 갇혔던 철없는 나였다. 매일 아침 종소리에 맞춰 책상 앞에 앉는 생활이 익숙해질 무렵, 드디어 기다리고 기다리던 여름 방학이 찾아왔다. 방학식 날, 선생님이 나눠준 얇은 생활 통지표는 펴 볼 생각도 하지 않았다. 내 머릿속에는 오직 하나, 다시 자유로워진 몸을 이끌고 흙먼지 폴폴 날리던 다섯 살 시절의 그 세상으로 돌아가야 한다는 생각뿐이었다.

여름 방학의 일과는 단순했다. 아침밥을 먹기가 무섭게 친구들과 약속한 듯 마을 앞 개울로 달려가는 것이었다. 한 시간씩 걸어 다녔던 등굣길의 고단함은 사라지고, 발은 마치 물을 향해 저절로 움직이는 것처럼 가벼웠다.

우리의 개울은 시골 마을의 생명줄이자 가장 완벽한 놀이터였다. 맑은 물이 옥돌 사이를 졸졸졸 흘러내렸고, 물풀이 자라난 곳에는 손바닥만 한 피라미와 버들치가 숨어 있었다. 햇볕이 뜨겁게 내리쬐는 한낮, 개울물은 차가움을 넘어 시원한 얼음물 같았다.

물놀이는 해방 그 자체였다. 우리는 얇은 팬티 바람으로 물속에 뛰어들었다. 물수제비를 뜨고, 잠수 시합을 하고, 서로에게 물을 끼얹으며 깔깔거렸다. 책상에 앉아 억지로 외웠던 글자와 숫자의 스트레스는 개울물에 씻겨 모두 사라지는 듯했다. 물속에 발을 담그고만 있어도, 지난 몇 달간 학교에서 얻었던 '어른스러움'은 온데간데없이 사라지고, 나는 다시 순수한 철없는 아이로 돌아가 있었다.

물놀이만큼이나 중요한 것은 고기잡이였다. 우리는 고기를 잡기 위해 온갖 도구를 동원했다.

족대(어항): 아버지가 쓰다 버린 낡은 방충망이나 양파 자루를 이용해 만든 족대는 우리의 주된 무기였다. 친구 두세 명이 족대를 들고 물살을 막아선 다음, 돌을 엎고 물풀을 훑으며 물고기를 한 방향으로 몰아갔다.

맨손 사냥: 가장 원시적이고 재미있는 방법이었다. 조금 깊은 곳에 들어가 발로 물을 탁하게 휘저은 다음, 물고기들이 숨을 못 쉬고 떠오르기를 기다렸다가 재빠르게 맨손으로 낚아채는 방식이었다.

한 마리라도 더 잡으려는 욕심에, 우리는 개울 구석구석을 누볐다. 돌 밑을 들춰서 가재를 잡기도 했고, 진흙 속에 박혀 있는 다슬기를 건져 올리기도 했다. 뜨거운 햇살 아래서 비지땀이 아닌 물땀을 뻘뻘 흘리며, 우리는 온종일 물속에서 사냥꾼처럼 활개 쳤다.

잡은 물고기는 대개 돌 틈에 고인 작은 웅덩이에 가두어 놓고 '우리 소유'임을 확인했지만, 해가 질 무렵이면 모두 놓아주거나 집에 가져가 어머니께 매운탕을 끓여달라고 졸랐다.

우리의 여름 방학은 천국 같았다. 그러나 이 철없는 천국은 부모님의 지옥 같은 노동 위에 세워져 있었다. 우리가 개울물 속에서 '측정만'을 하고, 고기를 잡으며 웃고 떠드는 동안, 마을은 여전히 뜨거운 땡볕 아래서 고요히 땀을 흘리고 있었다.

등교 때문에 미루어졌던 부모님의 손길이 이 여름에 가장 많이 필요했다. 장마가 끝나면 밭작물을 다시 손봐야 했고, 논의 물꼬를 돌리고, 뜨거운 흙바닥에서 김을 매야 했다. 우리가 물속에서 온몸을 식힐 때, 부모님은 밭에서 끓는 땀을 흘리셨다.

초등학교에 입학해서 '책임감'과 '글'을 배웠지만, 그 배움이 나의 놀이를 막지는 못했다. 학교는 잠시의 질서를 부여했을 뿐, 여름 방학이 되자 나는 다시 본능적인 시골 아이로 돌아왔다.

해가 서산으로 기울고, 물이 차가워져 온몸에 소름이 돋을 때쯤에야 우리는 개울을 나섰다. 온몸에서 흙냄새와 물비린내가 났지만, 그 냄새야말로 우리의 충만한 자유를 증명하는 훈장이었다.

발갛게 익은 얼굴에 검게 그을린 팔다리를 보며 어머니는 한숨을 쉬시면서도, 뜨거운 아궁이 불 앞에서 저녁밥을 지으셨다.

나는 다음 날에도 개울에 갈 생각에 들떠서 잠자리에 들었다. 철없는 물놀이와 고기잡이. 그것이 초등학생이 된 내가 맞이한 첫 여름 방학의 전부였다. 학교에서 배운 지식은 방학 동안 잠시 뒷전으로 밀려났지만, 개울에서 얻은 생명력과 자유는 앞으로의 나를 지탱해 줄 가장 중요한 힘이 될 것이었다.

하얀 밤의 궁전,
촛불 아래 피어난 우리들의 겨울 동화

....

겨울 방학의 아침은 세상이 돌연 고요해지는 마법으로 시작되었다. 자고 일어나 문을 열면, 밤새 하늘에서 내려온 하얀 눈 요정들이 온 마을을 소리 없이 덮어버린 풍경이 눈 앞에 펼쳐졌다. 장독대 위에도, 굽이진 지붕 위에도 눈은 도톰한 솜이불처럼 내려앉아 있었다. 산기슭에 자리 잡은 우리 마을은 평소보다 훨씬 더 아늑하고 조용했다. 마치 세상의 모든 소음이 하얀 눈 속으로 깊이 빨려 들어간 듯한 평화로운 정적이었다.

그 고요를 깨는 것은 오직 눈을 밟을 때마다 들려오는 '바스락, 바스락' 하는 정겨운 소리뿐이었다. 우리는 약속이라도 한 듯, 깨끗하게 비운 하얀 비료 포대를 하나씩 옆구리에 끼고 뒷산으로 모여들었다. 그 시절 우리에게 그 하얀 포대는 세상 그 어떤 명차보다 빠르고 튼튼한 슈퍼카였다. 엉덩이가 닿는 자리에 마른 짚을 두툼하게 채워 넣고 입구를 끈으로 단단히 묶으면, 그 어떤 고급 시트도 부럽지 않은 안락한 준비가 끝났다.

산등성이에 올라서면 하얗게 질린 산줄기가 굽이굽이 이어져 있었다. 우리는 서로의 눈치를 보다가 누가 먼저랄 것도 없이 하얀 포대 위에 몸을 실었다. “간다!” 하는 우렁찬 외침과 함께 발을 구르면, 순식간에 눈가루가 얼굴로 튀어 오르고 날카로운 찬바람이 귓가를 스쳐 지나갔다. 속도가 붙을수록 심장은 터질 듯 뛰었고, 자지러지는 아이들의 웃음소리는 산울림이 되어 동네 전체로 퍼져 나갔다. 눈구덩이에 처박혀 옷 속에 눈이 들어가도 그저 좋았다. 서로의 머리에 붙은 눈을 털어주며 다시 가파른 길을 오르는 발걸음은 깃털처럼 가벼웠다.

썰매 타기에 몸이 조금 달아오를 때쯤, 우리는 산비탈 오목한 곳에 모여 앉았다. 이제는 우리들만의 비밀 요새를 지을 차례였다. 우리는 아무런 도구 없이도 훌륭한 ‘눈집’을 지어 올렸다. 고사리 같은 손으로 눈을 뭉쳐 벽돌 모양을 만들고, 차곡차곡 쌓아 올리며 사이사이를 고운 눈으로 메웠다. 한 명은 지붕을 올리고, 한 명은 내부 바닥을 다지며 반나절을 꼬박 매달렸다. 마침내 성인 서너 명은 족히 들어갈 법한 눈집이 완성되면, 그 안은 세상에서 가장 포근한 안식처가 되었다.

하지만 진짜 마법은 해가 지고 나서 시작되었다. 저녁을 서둘러 먹고 부모님 몰래 집을 빠져나와 다시 뒷산 눈집으로 모였다. 낮에 본 눈집이 듬직한 요새였다면, 밤에 마주한 눈집은 달빛을 머금어 신비로운 은색 궁전처럼 빛나고 있었다. 사방은 칠흑같이 어두웠지만, 눈에 반사된 달빛 덕분에 길은 환했다. 우리는 품속에 소중히 숨겨온 양초 토막들을 꺼냈다.

눈집 안 바닥에 구멍을 살짝 파고 촛불을 켜는 순간, 우리들만의 세상이 열렸다. 거친 눈 벽은 촛불의 노란 빛을 머금어 은은한 오렌지색으로 변했고, 얼음 결정들은 보석처럼 반짝였다. 밖에는 칼바람이 쌩쌩 불어 댔지만, 하얀 눈 벽 안은 촛불 하나만으로도 믿기지 않을 만큼 아늑했다. 우리는 좁은 공간에 옹기종기 모여 앉아 서로의 입김을 확인하며 웃음꽃을 피웠다.

누군가 주머니에서 몰래 가져온 볶은 콩이나 찐 고구마를 꺼내 놓으면 그것은 세상 그 어떤 성찬보다 달콤했다. 촛불에 비친 친구들의 얼굴은 평소보다 훨씬 더 진지했고, 우리가 나누는 시시콜콜한 이야기들은 마치 거대한 모험담처럼 눈 벽 사이사이에 스며들었다. "우리 커서도 꼭 여기서 다시 만나자." 그런 지키지 못할 약속을 하면서도 우리는 진심이었다. 촛불이 타들어 가며 내는 특유의 냄새와 눈의 서늘한 기운이 뒤섞인 그 향기는 지금도 잊을 수 없는 그 시절의 냄새로 남아 있다.

어느덧 촛불이 짧아지고 마을의 불빛들이 하나둘 꺼질 때쯤, 우리는 아쉬움을 뒤로한 채 눈집을 나섰다. 산 아래로 내려다보이는 마을은 하얀 눈 속에 폭 파묻혀 평화롭게 잠들어 있었다. 젖은 장갑은 이미 딱딱하게 얼어붙었지만, 가슴 속에는 촛불의 온기가 그대로 남아 있었다.

집에 들어서면 가장 먼저 반기는 것은 아랫목의 뜨끈한 온기였다. 이불 밑으로 언 손을 쑥 밀어 넣을 때 느껴지던 그 찌릿한 고통 섞인 따스함은 겨울날의 가장 큰 행복이었다. 수십 년이 지난 지금도, 가끔 창밖으로 하얀 눈이 내리면 나는 그때 그 시절 밤의 눈집으로 돌아간다. 하얀 비료 포대 하나로 산을 누비고, 촛불 하나에 온 세상을 다 얻은 듯 행복했던 우리들. 그 아늑하고 조용했던 시골 마을의 겨울밤은 내 가슴 한편에 지워지지 않는 하얀 그림처럼 소중히 남아 있다. 그 시절의 순수했던 추억이 있기에, 나는 오늘도 차가운 세상을 따뜻하게 살아갈 힘을 얻는다.

신만리 냇가에 새겨진 그 겨울의 문장

....

아이들은 모르는, 1970년 엄정면 신만리의 '진짜 겨울'

요즘 아이들에게 겨울은 두툼한 패딩을 입고 따뜻한 집안에서 스마트폰을 보는 계절이겠지만, 1970년대 충북 충주 엄정면 신만리의 겨울은 전혀 다른 세상이었다. 그 시절의 겨울은 집안에 숨어드는 계절이 아니라, 살을 에는 추위 속으로 온몸을 던져야만 만날 수 있는 거대한 놀이터였다.

학교 문을 닫고 시작된 긴 겨울 방학은 신만리 소년들에게 해방의 서막이었다. 아침이면 머리맡에 놓아둔 윗목 사발에 하얀 살얼음이 맺히고, 자고 일어나면 문풍지가 떨리는 소리에 잠을 깨던 서슬 퍼런 추위가 닥쳐와도 우리의 목적지는 오직 하나, 신만리 앞개울이었다. 그곳은 꽁꽁 얼어붙어 세상에서 가장 거대하고 미끄러운 은빛 무대가 되어 우리를 기다리고 있었다.

뒤주 속 고구마와 얼음 밑 개구리, 소년들의 은밀한 성찬

방학 아침, 우리는 약속이라도 한 듯 각자의 집에서 '전투 식량'을 챙겼다. 가장 귀한 보물은 안방 뒤주 깊숙이 숨겨진 고구마였다. 어머니의 눈길을 피해 흙 묻은 고구마 몇 알을 솜바지 주머니에 쑤셔 넣으면, 그 묵직한 무게감이 하루를 버틸 힘이 되었다.

개울에 도착하면 우리는 썰매를 타다 말고 얼음장 밑을 살폈다. 바위틈이나 물풀 사이에 잠든 개구리를 잡는 것은 그 시절 소년들만이 누리는 특권이었다. 냇가 한복판에 짚단을 쌓아 올리고 불을 지피면 매캐한 연기가 신만리 들판을 수놓았다. 잿더미 속에 묻어둔 고구마가 노랗게 익어가고, 나뭇가지에 꿰어 구운 개구리 뒷다리가 고소한 냄새를 풍길 때, 우리는 세상 그 어떤 부자도 부럽지 않은 성찬을 즐겼다. 입가에 검댕을 잔뜩 묻힌 채 호호 불며 먹던 그 고구마는 내 생애 가장 달콤한 기억으로 남아 있다.

얼음 구멍에 빠진 발, 모닥불 앞의 눈물겨운 사투

행복은 늘 아슬아슬한 법이었다. 썰매 경주에 취해 정신없이 얼음판을 지치다 보면, "쩌적" 하는 소리와 함께 한쪽 발이 얼음물에 쑥 빠지곤 했다. 발끝부터 전해오는 비명 같은 추위보다 더 무서운 것은 집에 돌아가 마주할 어머니의 얼굴이었다.

당시 신만리 어머니들은 그 추운 냇가에서 도끼로 얼음을 깨고 가족들의 옷가지를 빨며 겨울을 나셨다. 빨갛게 터진 어머니의 손마디를 보았기에, 양말을 적셔가는 것은 차마 해서는 안 될 불효였다. 나는 사색이 되어 모닥불가로 기어갔다. 젖은 양말을 벗어 불 위에 올리면 하얀 김이 모락모락 피어올랐다.

"제발, 어머니가 오시기 전에 말라다오."

간절하게 기도하며 양말을 불에 바짝 들이밀었다. 하지만 마음이 급하면 탈이 나는 법, '치익' 소리와 함께 양말 끝에 노란 구멍이 뻥 뚫리고 말았다. 그 구멍 사이로 비치는 가난한 발가락을 보며 느꼈던 그 막막함과 두려움. 연기 냄새를 지우려 찬바람 속에 옷을 펄럭이며 마을 어귀를 서성이던 소년의 모습은, 지금의 아이들은 결코 이해할 수 없는 그 시절만의 애틋한 풍경이다.

이제는 전설이 된 신만리의 겨울

시간은 흘러 신만리의 그 넓던 냇가도, 개구리를 굽던 연기도 모두 사라졌다. 이제는 마트에서 깨끗하게 포장된 고구마를 사고, 건조기가 빨래를 말려주는 세상이 되었다. 하지만 내 마음속에는 여전히 1970년대 신만리의 그 시린 공기가 흐른다.

양말을 태워 먹고 전전긍긍하던 아들의 발을 말없이 따뜻한 아랫목으로 밀어 넣어주시던 어머니의 거친 손길. 그 손길이 있었기에 우리는 그 모진 겨울을 견디며 어른이 될 수 있었다. 신만리 냇가에 새겨진 그 겨울의 문장들은, 세월이 흘러도 결코 지워지지 않는 내 인생의 가장 뜨거웠던 기록이다.

엄정초등학교 졸업과 신명중학교 입학

....

철없이 놀던 초등학교 시절은 마치 개울물처럼 빠르게 흘러갔다. 6년이라는 시간은 느린 시골 마을에도 변화를 가져왔고, 나는 마침내 엄정초등학교를 졸업하게 되었다.

엄정초등학교에서의 졸업식 날, 왠지 모르게 눈시울이 붉어졌다. 졸업은 어린 시절의 종말이자, 새로운 시작을 위한 작별이었다. 매일 함께 걷던 등굣길, 개울가에서 함께 놀던 친구들 중 일부는 학업을 포기하고 마을에 남아 일을 돕거나, 일찍이 도시로 떠나야 했다. 나의 졸업은 그들과의 확연한 경계선을 긋는 순간이었다.

초등학교를 졸업하고 내가 입학한 곳은 마을에서 조금 떨어진 신명중학교였다. 이 중학교는 고등학교 바로 옆에 붙어 있었기 때문에, 학교에 갈 때마다 더 큰 세상에 대한 기대와 부담감을 동시에 안겨 주었다.

입학식 전날, 어머니는 나에게 난생처음 가죽 가방을 사주셨다. 그리고 아버지는 오래된 자전거를 꺼내 먼지를 닦아주셨다. 낡은 책보와 버스가 아닌, 이 자전거가 바로 나의 새로운 통학 수단이었다. 낯선 교복을 입고 자전거에 올라탔을 때, 나는 더 이상 철없이 개울에서 고기를 잡던 아이가 아니었다.

새로운 통학길은 나의 하루를 송두리째 바꿔놓았다.

자전거 통학의 시작: 아침 일찍 일어나야 했다. 자전거를 타고 학교까지 가는 길은 십 리 가까이 되었고, 계절과 날씨에 따라 통학의 난이도가 달라졌다. 여름에는 땀으로 교복이 다 젖었고, 겨울에는 시린 바람이 얼굴을 때렸다. 특히 비 오는 날에는 흙탕물이 튀어 교복이 엉망이 되기 일쑤였다. 하지만 그 힘든 통학길은 나에게 독립심과 강인함을 가르쳐주었다. 페달을 밟을 때마다 느껴지는 근육의 당김과 숨이 차오르는 고통은, 더 이상 철없이 놀던 아이가 아닌, 스스로의 힘으로 세상을 헤쳐나가야 하는 중학생이 되었음을 매 순간 깨닫게 해 주었다.

고등학교 옆의 중학교: 신명중학교 정류장에 도착하면, 옆 고등학교 교문을 드나드는 형들과 누나들의 모습이 보였다. 나는 자전거를 세우고 그들의 늠름한 모습을 올려다보곤 했다. 그들의 모습은 나에게 "너는 멈추지 말고 계속 나아가야 한다"고 무언의 압력을 주었다.

중학생이 되면서 나의 생각은 페달을 밟는 다리처럼 깊고 꾸준하게 성장했다. 내가 매일 자전거를 타고 학교에 갈 수 있는 것은,

부모님이 땡볕 아래서 비지땀을 뻘뻘 흘린 대가라는 것을 통학길 위에서 절실히 깨달았다. 자전거 통학은 나에게 단순한 이동 수단이 아니라, 부모님의 고단함과 나의 책임감을 상징하는 징표였다.

아침 일찍 자전거를 끌고 집을 나서면, 이미 아버지는 논에 나가 계시거나, 어머니는 새벽부터 아궁이에 불을 지피고 계셨다. 그분들의 고단함이 나를 '공부하는 학생'으로 만들어 주었다는 묵직한 책임감이 생겼다.

신명중학교 교과서의 복잡한 지식만큼이나, 매일의 자전거 통학은 나에게 세상을 가르쳤다. 나는 더 이상 놀이에만 몰두할 수 없었다. 방과 후, 친구들과 개울가로 달려가고 싶은 충동을 이겨내고, 자전거를 타고 돌아와 숙제를 하는 시간이 늘어났다.

철없는 놀이는 이제 추억이 되었다. 엄정초등학교 졸업은 나에게 개울물의 자유 대신, 페달을 밟는 다리에 실린 세상의 무게와 부모님의 사랑을 깨닫게 해준 성장의 통과 의례였던 것이다.

생전 처음 접하는 영어과목

중학교에 입학하면서 나는 생전 처음 접하는 과목을 만났다. 바로 '영어'였다. 책과 씨름하며 한글을 익히고 숫자를 세던 초등학교 시절과는 달리, 영어를 배우는 시간은 마치 미지의 세계를 탐험

하는 모험과도 같았다. 알파벳은 낯설었지만, 그 소리가 엮여 의미 있는 단어와 문장이 되는 과정은 마법처럼 흥미로웠다. 나는 점점 영어의 매력에 푹 빠져들었고, 다른 과목보다도 유독 영어 공부에 열중했다.

나의 작은 열정은 곧 빛을 발했다. 영어 수업 시간마다 질문을 쏟아냈고, 큰 소리로 문장을 따라 읽으며 발음을 연습했다. 그런 나의 모습을 눈여겨보신 분이 바로 곽혜순 선생님이셨다. 어느 날, 선생님은 나를 따로 불러 "영어 성적도 우수하고 학업열정도 대단하니 영어 웅변 반에 들어와 보는 게 어떻겠니?"라고 제의하셨다. 평소 존경하던 선생님의 제안은 내게 큰 영광이자, 영어를 더 깊이 배우고 싶다는 불씨를 활활 타오르게 하는 계기가 되었다.

나는 선생님의 제안을 흔쾌히 받아들였고, 방과 후에는 영어 웅변 반에 남아 발음 연습을 하고, 연설문을 외우며 새로운 도전을 시작했다. 중학교 시절, 나에게 영어는 단순히 시험을 위한 과목이 아니었다. 그것은 나의 잠재력을 발견하게 해준 소중한 친구이자, 더 넓은 세상으로 나아가게 해준 첫 번째 창문이었다.

영어 웅변반에는 네 명의 학생이 모여 있었다. 선생님이 한 명씩 이름을 호명하며 명찰을 확인할 때였다. 시선은 무심코 한 곳에 머물렀다. 하얀 명찰 위에 검은 글씨로 또렷하게 새겨진 세 글자. '김정현'. 그 이름을 보는 순간, 나의 첫사랑은 예고 없이 시작되었다. 스쳐 지나간 찰나의 순간이었지만, 내 가슴은 걷잡을 수 없이 뛰었다. 그날부터 나는 정현이의 모든 것을 유심히 살피는, 숨 막히는 첫사랑이자 짝사랑을 시작했다.

혼자 가슴앓이를 하고 있던 나는 친한 친구들에게 정현이를 좋아한다고 털어놓았다. 그리고 너희들은 정현이 좋아하면 절대로 안 된다고~~~ 소문이 결국 정현이 귀에까지 들어갔다. 정현이는 화가 많이 난 채 어느 날 나를 찾아왔고, 나는 두려움에 몸이 굳어 버렸다.

정현이는 나에게 막 따지듯이 화를 냈고, 나는 너무 무섭고 창피해서 책상 밑으로 몸을 숨어 버렸다. 그 순간 세상에서 가장 작아진 기분이었다. 말 한마디 건네지 못했던 짝사랑은 그렇게 비참한 끝을 맞이하는 듯했다.

그저 가슴이 찢어질 듯 아팠다. 하지만 그 비난 속에서도 내 마음속 한 켠에는 '내가 성공하면, 정현이도 언젠가는 나를 다시 보게 될 거야'라는 작은 희망을 품었다.

그날 이후, 나는 짝사랑의 아픔을 성공의 원동력으로 삼았다. 말 못 하고 숨어버렸던 나약한 모습 대신, 묵묵히 내 길을 걸으며 꿈을 향해 나아갔다. 정현이가 나를 비난했던 그 순간이 오히려 나를 일으켜 세운 셈이다. 나는 그렇게 아픈 짝사랑을 가슴속에 묻고, 더 나은 나를 만들기 위해 노력했다.

네 명의 영어 웅변반, 혼자 남은 한 사람

중학교 2학년, 우리는 영어 웅변이라는 이름 아래 함께했던 네 명의 친구들이었다. 방과 후 교실에 남아 서투른 발음으로 연습하고, 밤늦도록 열정을 불태웠다. 우리의 꿈은 하나였을 것이다. 무대 위에서 당당하게 우리의 목소리를 들려주는 것. 선생님의 믿음과 우리의 노력이면 충분하다고 믿었다.

그런데 어느 날부터 선생님은 우리를 부르지 않으셨다. 이유도 모른 채, 우리의 웅변반은 그렇게 자연스럽게 사라지는 줄 알았다. 뿔뿔이 흩어져 각자의 일상으로 돌아갔고, 웅변반은 그저 아름다운 추억의 한 페이지로 남는 듯했다.

그로부터 수십 년이 지난 후, 허정회와 중학시절 웅변반에서 만난 정현이 얘기를 나누다 뜻밖의 사실을 알게 되었다. 우리가 모두 포기했던 그 웅변 대회의 무대에 허정회가 홀로 섰다는 것을. 우리를 부르지 않았던 것이 아니라, 정회만 따로 지도하셨다는 것을 뒤늦게 알게 되었다.

친구로서 당연히 기뻐해야 할 일이겠지만, 그 순간 가슴 한편에는 씁쓸한 서운함이 밀려왔다. 함께 땀 흘리고 꿈꿨던 그 모든 시간들이, 결국 한 사람만을 위한 준비 과정이었나 하는 생각에 마음이 아팠다. 모두의 열정을 모아 쌓아 올린 탑에서, 우리 셋은 특히 나는 어느새 허공에 떠 있는 존재가 된 기분이었다.

하지만 시간이 흐르면서 그 서운함은 점차 이해와 응원의 마음으로 바뀌었다. 혼자서 그 큰 부담을 감당하며 얼마나 외로웠을까, 우리 셋의 몫까지 짊어지고 나아간 정회의 용기가 얼마나 대단했을까 생각하게 되었다.

함께 시작했지만, 다른 길을 가게 된 우리들. 이제는 그 모든 순간이 우리 네 명의 소중한 청춘이었음을 기억한다. 그리고 그 무대 위에 홀로 섰던 허정회의 용기 있는 뒷모습을 이제는 진심으로 응원한다. 그날의 우리 모두는 각자의 방식으로 빛났으니까.

은빛 하모니카에 실린 청춘의 연가(戀歌)

....

묘한 인연의 연결고리, 나의 짝꿍 홍기광

인생의 가장 푸르렀던 중학교 시절을 복기하다 보면, 기억의 책장 한가운데를 떡하니 차지하고 있는 이름 하나가 있다. 바로 나의 짝꿍 '홍기광'이다. 기광이는 나와 참으로 묘한 인연의 실타래로 묶여 있었다. 그는 내가 가슴 깊이 남몰래 품고 있던 짝사랑의 주인공, 정현이와 같은 초등학교를 졸업한 동창이었기 때문이다.

당시 기광이는 우리 반에서 선망의 대상이었다. 초등학교 시절부터 밴드부 활동을 했다는 그는 악기를 다루는 솜씨가 예사롭지 않았고, 그 재능만큼이나 예술가적인 자유로운 분위기가 풍겼다. 나는 그런 기광이가 부럽기도 했지만, 사실 그보다 더 큰 목적이 있었다. 기광이라는 징검다리를 건너야만 내가 사모하는 정현이의 소식에 닿을 수 있었기 때문이다.

정현이라는 이름의 열병, 기광이에게 묻던 소식들

수업 시간, 선생님의 판서 소리가 정적을 깨울 때면 나는 옆자리의 기광이에게 나지막이 속삭이곤 했다.

"기광아, 정현이는 초등학교 때 어땠어? 걔도 음악 좋아했니?"

"정현이가 학교 다닐 때 성격은 어땠어? 누구랑 친했어?"

나의 질문은 늘 정현이로 시작해서 정현이로 끝났다. 기광이는 때론 짓궂은 미소를 지으며 나를 놀리기도 했지만, 이내 정현이가 초등학교 시절 어떤 아이였는지에 대해 하나둘 보따리를 풀어놓았다. 기광이가 전해 주는 그 사소한 조각들이 모여 내 안의 정현이는 더욱 빛나는 존재가 되어갔다. 기광이는 나의 서툰 짝사랑을 가장 가까이서 지켜봐 주고, 그 갈증을 채워 주던 유일한 통로였다.

우정의 증표, 기광이가 건넨 외제 하모니카

그러던 어느 날이었다. 여느 때처럼 정현이 생각에 잠겨 있던 나에게 기광이가 불쑥 무언가를 내밀었다. 조심스레 상자를 열어보니 그 안에는 은빛으로 눈부시게 반짝이는 하모니카가 들어있었다. 놀랍게도 그것은 당시 구경조차 하기 힘들었던 귀한 '외제 하모니카'였다.

"이거 한번 배워봐. 너한테 잘 어울릴 것 같아서 주는 거야."

기광이의 무심한 듯 따뜻한 말투에 나는 한동안 말을 잇지 못했다. 밴드부 출신으로 악기를 누구보다 소중히 여기던 기광이가, 자신의 보물과도 같은 외제 하모니카를 내게 선뜻 선물한 것이다. 아마 기광이는 짝사랑에 가슴앓이하던 내 마음을 음악으로 달래주길 바랐던 것일까. 그 은빛 하모니카를 손에 쥐었을 때의 묵직한 무게감은 기광이가 내게 건넨 우정의 무게와도 같았다. 나는 기광이가 일러주는 대로 하모니카를 불기 시작했고, 복도 끝에서 울려 퍼지던 그 선율은 사춘기 소년의 불안함을 잠재워주던 소중한 동반자가 되었다.

담장을 허물고 하나가 된 인연의 그물망

기광이와 나는 중학교 졸업 후 서로 다른 고등학교로 진학했지만, 우리의 인연은 거기서 멈추지 않고 더 넓은 바다로 나아갔다. 인생에서 참으로 신기하고도 감사한 대목은 바로 이 지점이다. 내가 사회에 나와서 가장 자주 만나고 깊은 속내를 나누는 이들은 주로 나의 고등학교 동창들이다. 그런데 나의 중학교 짝꿍이었던 홍기광은 어느새 이 모임의 빼놓을 수 없는 핵심 멤버가 되어 있었다.

기광이는 내 고등학교 동창은 아니지만, 내가 친구들을 만날 때마다 자연스럽게 합류했다. 기광이 특유의 넉살 좋고 소탈한 성격은 내 고등학교 동창들의 마음을 단숨에 사로잡았다. 이제 우리 모임에 나가면 누가 중학교 동창이고 누가 고등학교 동창인지 따지는 이는 아무도 없다. 중학교 시절 밴드부를 하며 다져진 기광이의 인간미는 내 고등학교 동창들과 허물없이 섞였고, 기광이는 이제 우리 모두의 '진짜 친구'이자 형제가 되었다.

세월을 넘어 다시 연주되는 우정의 이중주

우연이라 하기엔 너무나 귀한 필연으로, 홍기광과 나는 지금 살고 있는 동네에서 아주 가까운 거리에 이웃하며 살고 있다. 요즘도 우리는 가끔 만나 술잔을 기울이며 옛 시절을 회상한다. 그 자리에는 기광이와 형제처럼 친해진 나의 고등학교 동창들도 함께 한다.

"기광아, 너 그때 그 외제 하모니카 기억나냐? 그게 내 인생의 첫 악기였다."

"야, 임마. 네가 정현이 소식 물어보며 한숨 푹푹 쉬던 게 하도 불쌍해서 내가 큰맘 먹고 준 거다!"

이제는 하모니카를 불던 소년들의 얼굴에 주름이 깊게 패었지만, 서로를 바라보는 눈빛만은 그때 그 교실에서의 모습 그대로다. 정현이를 짝사랑했던 애틋한 소년의 마음과, 그 마음을 위로해 주던 기광이의 하모니카 소리는 이제 우리들의 웃음소리가 되어 동네 어귀를 가득 채우고 있다.

기광이가 건넸던 그 은빛 하모니카처럼, 우리의 우정도 변치 않는 빛을 발하며 우리 삶을 아름답게 연주하고 있다. 중학교 짝꿍으로 시작해 내 인생의 모든 친구와 하나로 어우러진 홍기광. 그 소중한 인연이 있기에 나의 노년은 외롭지 않고 풍성한 선율로 가득하다.

1976년의 봄, 등잔불로 쓴 영어 문장과 어머니의 쌀 한 말

....

1976년, 내가 중학교 3학년이 되던 해의 봄은 유난히도 파릇한 새순의 생명력으로 가득했다. 겨우내 얼어붙었던 논둑길 사이로 아지랑이가 수줍게 피어오르고, 산등성이 너머로 연둣빛 희망이 돋아나던 그 시기. 하지만 열다섯 살 소년이었던 나의 마음은 그 싱그러운 봄볕을 온전히 즐기지 못하고 묵직한 부채감에 짓눌려 있었다. 새 학기 공부를 위해 꼭 필요했던 '스터디북' 영어 참고서 때문이었다. 당시 시골 농가에서 참고서 한 권의 값은 결코 만만한 것이 아니었다.

어머니는 자식의 간절한 눈빛을 외면하지 못하시고 말없이 뒷간 옆 창고로 향하셨다. 쌀독 바닥을 긁는 됫박 소리가 정막한 집 안에 울려 퍼질 때, 나는 그 소리가 내 가슴을 긁는 것만 같아 고개를 숙였다. 어머니가 정성껏 퍼 담으신 쌀 한 말은 우리 온 식구가 보름 동안이나 넉넉히 배를 불릴 수 있는 소중한 양식이었다. 어머니는 그 무거운 쌀자루를 보자기에 싸서 머리에 이셨다. 마당을 나서는 어머니의 뒷모습을 보았을 때, 나는 가슴 한구석이 툭 하고 떨어져 나가는 것 같은 통증을 느꼈다. 머리 위의 쌀 한 말 무게 때문인지 어머니의 목은 평소보다 어깨 사이로 더 깊게 파묻혀 있었고, 가느다란 다리는 걸음마다 휘청이며 위태롭게 땅을 지탱하고 있었다. 저 쌀이 팔리면 나는 책을 가질 수 있겠지만, 어머니의 뼈마디는 그만큼 더 닳아 없어질 것이었다. 멀어지는 어머니의 뒷모습을 보며 나는 입술을 깨물었다. '절대로 헛되이 공부하지 않으리라'는 다짐이 눈물보다 먼저 가슴에 고였다.

그렇게 마련한 귀한 돈을 품에 안고 충주 시내로 향했다. 집에서 엄정면 소재지까지 4km의 십리 길을 한 시간 동안 걸어가며, 나는 주머니 속 지폐를 수시로 더듬었다. 쌀겨 냄새가 밴 그 돈은 내 손바닥을 뜨겁게 달구었다. 엄정에서 버스를 타고 비포장도로를 30분간 덜컹거리며 달려가 도착한 곳은 시내의 '문학사' 서점이었다. 서점 안은 이미 인산인해였다. 나처럼 흙먼지를 묻히고 온 아이들부터 시내 중학교 교복을 번듯하게 차려입은 아이들까지, 그 좁은 서점은 학생들의 열기로 가득 찼다. 아이들의 눈빛에는 묘한 긴장감이 감돌았다. 마치 이 참고서 한 권이 인생의 승패를 결정짓기라도 하는 양, 서로를 곁눈질하며 책장을 넘기는 모습은 흡사 나라의 명운을 걸고 경쟁하는 전사들처럼 비장해 보였다. 나는 그 치열한 공기 속에서 주머니 속 돈을 더욱 꽉 움켜쥐었다. 어머니의 보름치 식량을 바꾼 이 '스터디북'으로 나 또한 저들과 당당히 겨루어지지 않으리라 결심했다.

하지만 집으로 돌아온 밤, 책상 앞에 앉은 소년의 마음은 다시금 흔들렸다.

"1976년, 내가 중학교 3학년이던 시절의 엄정면 신만리는 해가 지면 이내 깊은 적막과 어둠에 잠기곤 했다. 마을에 전기가 들어오지 않아 밤이면 으레 등잔불을 켜고 그 가느다란 불빛에 의지해 공부를 해야 했던 시절이었다.

내 기억으로는 그해 중학교 3학년 겨울방학 즈음하여 우리 마을에 처음으로 전기가 들어왔던 것 같다. 침침한 등잔불 밑에서 책을 읽던 소년의 눈앞에 세상이 환하게 밝아지던 그날의 전율은, 지금도 잊을 수 없는 생생한 기억으로 남아 있다."

등잔 기름 타는 매캐한 냄새가 방안에 퍼지고, 흔들리는 불꽃을 따라 내 그림자도 벽면을 가득 채우며 춤을 췄다. 나는 원래 영어 실력에 자신이 있었지만, 스터디북을 펼쳐 들자 내가 알던 기초 위에 더 정교한 문법의 집이 지어지는 기분이 들었다.

낯선 영어 단어들을 공책이 새카매지도록 외웠지만, 얄궂게도 하얀 종이 위로 자꾸만 정현이의 맑은 눈망울이 겹쳐졌다. 영어 단어의 굴곡이 정현이의 웃는 입매처럼 보였고, 어느새 연필 끝은 내 의지와 상관없이 정현이의 이름을 적고 있었다. 어머니가 보름

간의 양식을 팔아 마련해 주신 책인데, 이 귀한 등잔 기름을 태우며 공부하는데, 왜 나는 딴생각을 멈출 수 없는 것일까. 스스로에게 실망하고 부끄러워진 나는 지우개 가루가 산처럼 쌓일 정도로 정현이의 이름을 박박 문질러 지웠다. 코밑에는 등잔불 그을음이 거뭇하게 묻어나는 줄도 모른 채, 나는 사랑에 눈먼 소년의 마음과 어머니의 희생을 짊어진 학생의 본분 사이에서 밤새도록 방황하며 단어를 외웠다.

마침내 첫 영어 시험 날, 교실에서 선생님이 나눠 주시는 시험지를 받아 들고 빨간 색연필로 매겨진 정답들을 하나씩 확인해 가던 순간의 전율을 잊을 수 없다. 동그라미가 가득한 시험지 위로 쏟아지던 햇살 아래서 나는 스스로에게 물었다. '이 기적 같은 결과는 과연 어머니의 눈물겨운 정성 덕분인가, 아니면 내 손에 쥐어진 이 '스터디북'의 위력인가.' 결과는 당연히 평소의 실력을 뛰어넘는 압도적인 점수였고, 며칠 뒤 내 손에 쥐어진 성적표에는 그 노력이 고스란히 숫자로 박혀 있었다. 나는 그제야 깨달았다. 어머니의 정성이 내 의지를 책상 앞에 붙들어 매었다면, 스터디북의 위력은 내 지식을 날카로운 무기로 벼려주었다는 것을 말이다. 이 두 가지가 합쳐졌을 때, 비로소 소년의 풋사랑이라는 방황조차 공부라는 거대한 흐름 속으로 녹여낼 수 있었던 것이다.

성적표를 품에 안고 돌아오던 십리 길, 1976년의 봄 들판은 그 어느 때보다 찬란하게 빛났다. 마당에서 성적표를 보시고 환하게 웃으시던 어머니의 그 얼굴은, 내게 지식이란 단순히 나를 돋보이게 하는 장식이 아니라 누군가의 정성을 갚아야 할 거룩한 의무라는 사실을 뼈저리게 가르쳐주었다. 문학사 서점에서 사 온 낡은 스터디북과 가물거리던 등잔불, 어머니의 쌀 한 말. 그 삼박자가 만들어 낸 합창은 내 자서전의 가장 뜨거웠던 성장의 기록이자, 오늘날의 나를 있게 한 가장 단단한 뿌리가 되어 지금도 내 마음속에서 깊은 울림으로 메아리치고 있다.

1977년, 청춘의 결단과 수재들의 경쟁

……..

그렇게 나만의 가슴앓이는 계속되었고, 우리는 이별 아닌 이별을 맞았다. 중학교 졸업이 다가왔고, 각자의 길이 정해졌다. 집안 형편이 어려웠던 나는 충주상업고등학교로 진학했고, 정현이는 충주여자상업고등학교로 진학했다.

1977년. 가세가 기울었던 그 시절, 나에게 '청춘의 꿈'이란 사치스러운 단어에 불과했다. 인문계 명문고 진학을 꿈꾸던 수많은 또래들과 달리, 나는 가장 현실적이며 책임감 있는 길을 택해야 했다. 그리하여 나의 발걸음이 향한 곳은 단순한 실업계 학교가 아닌, 당시 충주 지역에서 희망의 등불 역할을 하던 충주상업고등학교였다.

그 시절, 충주상고의 위상은 독특하고 특별했다. 어려운 집안 형편 탓에 인문계고를 포기해야 했으나, 뛰어난 실력을 가진 인재들이 대거 모여들었기 때문이다. 그 중심에는 학교의 명예이자 미래였던 장학생 제도가 있었다.

특히 3년 전액 장학생 10명은 당시 충청북도 최고 명문인 청주고등학교에 진학하고도 남았을 만큼 최상위 실력자들의 수준이었다. 이들은 학교의 얼굴이었고, 최고 지성의 표본이었다. 여기에 더해 선발된 1년 장학생 20명 역시 청주고에 견줄 정도는 아니었으나, 그에 버금가는 상당히 우수한 실력을 갖춘 인재들이었다. 총 30명에 달하는 이 장학생 그룹은 모두 남자 고등학교 학생들이었으며, 이들의 존재 자체가 충주상고를 단순한 상업계 학교가 아닌, 지역 최고의 인재들이 모여드는 지성의 용광로로 격상시키는 결정적인 계기가 되었다.

나는 그 치열한 경쟁 속에서 학업에 대한 갈망 하나로 버텼다. 3년 장학생들이 가진 압도적인 아우라와 1년 장학생들의 뜨거운 학구열 앞에서, 나는 한순간도 나태해질 수 없었다. 그들은 나에게 단순한 학우가 아니었다. 팍팍한 현실 속에서도 빛을 잃지 않은, 독하게 연마된 지성의 표상이었고, 나는 그들의 열정을 나침반 삼아 묵묵히 전진했다. "나도 3년 장학생들과 같이 될 수 있다"는 굳건한 결의가 나를 이끌었다.

3년. 그 시간 동안 나의 일과는 오로지 공부로 채워졌다. 새벽이슬이 채 마르기 전 학교 도서관으로 향했고, 밤늦도록 모든 교과서를 파고들었다. 숨 막히는 경쟁과 고독한 노력 속에서도, 나는 매 순간 성장의 기쁨을 맛보았다. 이는 가난 때문에 접어야 했던 꿈을 실현하기 위한, 내 인생 가장 치열하고 뜨거웠던 자력갱생(自力更生)의 기록이었다.

그때 최정예 장학생들과 어깨를 나란히 하며 쌓아 올린 3년의 단단한 기초야말로, 훗날 내가 사회에 나가 수많은 역경을 헤쳐나갈 수 있게 만든 가장 강력한 무기가 되어 주었다.

"나는 충주상고에서 학문적 성취는 물론, 인생을 대하는 진실한 자세와 끈기라는 귀한 가치를 배웠다. 그러나 정현이와 나는 서로 다른 교복을 입고 다른 학교를 다닌다는 현실 앞에서, 우리의 사이는 점차 멀어질 수밖에 없었다."

1978년 충주시 교현동, 건네지 못한 그 한마디

....

1978년, 남한강의 가을이 찾아오다

시간은 때로 강물처럼 흐르지 않고, 어떤 특정한 장소와 계절 속에 고여 있곤 한다. 나에게는 1978년의 가을, 충주 교현동이 바로 그러하다. 당시 고등학교 2학년이었던 나는 매일 아침 남한강에서 불어오는 서늘한 바람을 맞으며 등굣길에 올랐다. 1978년의 대한민국은 격변의 시대였으나, 타지에서 올라와 홀로 자취 생활을 하던 열일곱 소년에게는 교복 깃을 파고드는 가을바람과 마음속에 품은 누군가를 향한 막연한 동경이 세상의 전부였던 시절이었다.

그해 가을은 유난히도 깊었다. 아침저녁으로는 쌀쌀한 기운이 옷깃을 파고들었지만, 낮 동안은 투명할 정도로 맑은 햇살이 교현동의 낮은 지붕들을 비추었다. 가로수로 심어진 은행나무들은 하루가 다르게 황금빛으로 물들어 갔고, 보도블록 위에는 떨어진 낙엽들이 바람에 굴러다니며 바스락 소리를 낼 때면, 내 마음도 이유 없이 일렁이곤 했다. 나는 그때 참으로 예민한 청춘이었다. 이유 없이 가슴 한구석이 허전했고, 시집 한 권을 가방에 넣고 다니며 세상의 모든 슬픔을 혼자 짊어진 듯 굴기도 했다. 하지만 그 모든 허세와 방황의 중심에는 '정현이'라는 이름 세 글자가 주홍 글씨처럼 박혀 있었다.

정현이의 학교가 있던 교현동 거리

사건은 어느 평범한 가을 오후 하굣길에 일어났다. 보충 수업이 없던 날이라 평소보다 조금 이른 시간에 교문을 나섰다. 가방을 한쪽 어깨에 느슨하게 걸친 채, 나는 친구들과 이런저런 실없는 농담을 주고받으며 교현동 거리를 걷고 있었다. 당시 교현동은 나에게 단순한 동네가 아니었다. 바로 정현이가 다니는 고등학교가 그곳에 있었기 때문이었다. 하교 시간이 되면 그 길은 정현이가 걷는 길이 되었고, 나는 혹시라도 예고 없이 찾아올지 모를 그 애와의 조우를 기대하며 그 거리를 지나곤 했다. 뉘엿뉘엿 넘어가는 해가 교현동 골목길을 주홍빛으로 물들이고 있었고, 가을 서늘함 속에 쓸쓸한 정취가 묻어나던 시간이었다.

코끝을 스치는 찬 공기에 몸을 살짝 움츠리며 걷던 그때였다. 저

만치 앞서가는 학생들의 무리 속에서, 심장을 멎게 하는 익숙한 뒷모습 하나가 내 시야에 들어왔다. 아니, 그것은 발견이라기보다 영혼의 감지에 가까웠다. 정현이였다.

땋은 머리가 그린 선율

그녀는 친구들 두세 명과 어울려 밝게 웃으며 앞서 걸어가고 있었다. 무엇보다 내 눈길을 사로잡은 것은 그녀의 머리 모양이었다. 당시 여고생들의 상징과도 같았던 찰랑이는 단발머리가 아니었다. 정현이는 두 갈래로 정성스럽게 땋아 내린 머리를 하고 있었다. 촘촘하게 엮여 등 뒤로 길게 늘어진 그 머리카락은 그녀가 걸음을 옮길 때마다 부드러운 리듬을 그리며 흔들거렸다.

그 땋은 머리는 정현이의 단정함과 순수함을 그대로 상징하는 것 같았다. 햇살을 받아 반짝이는 머리카락 한 올 한 올이 내 가슴을 조여왔다. 친구의 농담에 고개를 살짝 숙이며 웃을 때마다 땋은 머리 끝자락이 살랑였고, 나는 그 작은 움직임조차 놓치지 않으려 눈을 부릅떴다. 수많은 학생 사이에서도 정현이는 마치 혼자서만 다른 빛을 내뿜는 것처럼 보였다.

용기와 비겁 사이에서 멈춘 발걸음

순간 내 세상은 정지했다. 어제까지만 해도 '다음에 만나면 꼭 인사를 건네리라' 수만 번 다짐했건만, 막상 눈앞에 나타난 그녀를 보자 나는 그대로 굳어 버리고 말았다. "정현아!" 입안에서만 맴도는 이름이었다. 나는 당장이라도 달려가 그 땋은 머리가 잘 보이도록 곁에 서서 말을 걸고 싶었다. "정현아, 하굣길에 보니까 정말 반갑다"라고 아주 평범한 말이라도 건넸다면 얼마나 좋았을까. 하지만 나의 두 발은 교현동의 차가운 보도블록 위에 뿌리를 내린 듯 움직이지 않았다.

그녀 주변을 둘러싼 친구들의 시선이 두려웠던 것일까, 아니면 행여나 정현이가 나를 몰라볼까 봐 겁이 났던 것일까. 나는 결국 다가가는 대신, 멀찍이 떨어져 걷는 비겁한 관찰자가 되기로 했다. 교현동의 낡은 담벼락과 가로수 뒤로 몸을 숨기듯 비켜선 채, 나는 그녀의 뒷모습만을 그림자처럼 좇았다. 정현이는 내가 바로 뒤에서 가슴을 졸이며 걷고 있다는 사실을 전혀 모른 채, 친구들과 재잘거리며 교현동 거리를 아름답게 수놓고 있었다. 서늘한 가을바람에 섞여 들어온 그녀의 맑은 웃음소리. 그것은 손을 뻗으면 닿을 듯 가까웠지만, 동시에 넘을 수 없는 강처럼 멀게만 느껴졌다.

홀로 돌아온 자취방, 빈 책상 앞의 진공 상태

교현동의 어느 골목 모퉁이에서 정현이가 사라질 때까지, 나는 그 자리에 망부석처럼 서 있었다. 마지막까지 보였던 것은 그녀의 흔들리던 땋은 머리 끝자락이었다. 그 모습이 시야에서 완전히 사라지자, 교현동 거리는 순식간에 색을 잃고 적막해진 기분이었다. 터덜터덜 걸어 돌아온 곳은 나를 반겨주는 이 없는 쓸쓸한 자취방이었다. 가방을 구석에 던져놓고 불도 켜지 않은 방 책상 앞에 주저앉았다. 어느덧 방 안에는 짙은 어둠이 깔리기 시작했다.

창밖으로는 가을바람이 불어왔고, 그 바람을 따라 낙엽들이 하나둘 힘없이 떨어지고 있었다. 바람에 몸을 맡긴 채 살랑이며 바닥으로 내려앉는 낙엽들을 보고 있자니, 마치 내 마음 한 조각이 툭툭 떨어져 나가는 것만 같았다. 책상 위에 놓인 교과서를 펼쳤지만, 글자는 그저 의미 없는 선들의 나열일 뿐이었다. 내 머릿속은 온통 교현동의 그 거리, 바람에 살랑이던 정현이의 땋은 머리, 끝내 내뱉지 못한 인사말들로 가득 찼다. 창밖의 낙엽처럼 내 마음도 정처 없이 흔들렸다. 나는 멍하니 어둠이 짙게 깔린 허공을 응시했다. 그것은 깊은 명상이라기보다, 영혼이 잠시 자리를 비운 '진공 상태'였다.

"바보같이… 왜 말 한마디를 못 했을까." 입술 사이로 나지막한 자책이 흘러나왔다. 그 짧은 순간의 용기가 왜 나에게는 없었을까. 너무 바보같이 말 한마디 건네지 못한 그것이 너무 안타까워 가슴이 저려 왔다. 지금까지도 그 부분이 '내가 만약 말을 걸었다면 어떻게 되었을까' 하는 궁금증으로 남아 나를 괴롭히곤 한다. 만약 그때 내가 용기를 내어 정현이에게 다가가 말을 걸었다면 어땠을까? 그녀가 걸음을 멈추고 나를 바라보며 반갑게 웃어주었다면? 그랬다면 타지에서 홀로 지내던 나의 고달픈 자취 생활도, 창밖의 쓸쓸한 낙엽 소리도 전혀 다른 색깔로 채워졌을 것이다. 하지만 나는 끝내 침묵했고, 그 침묵은 40년이 넘는 세월 동안 내 가슴 속에 응어리진 채 남아 있다.

40여 년을 건너온 아련한 물음표

그로부터 40년이 훌쩍 넘는 세월이 흘렀다. 1978년의 그 수줍음 많던 고2 자취생 소년은 이제 머리가 희끗한 중년이 되었고, 교현동의 풍경도 천지개벽 수준으로 변했다. 하지만 지금도 찬 바람이 부는 가을이면 나는 가끔 그날의 교현동 거리로 소환되곤 한다. 그 시절, 정현이의 학교가 있어 특별했던 그 교현동 길 위에서 나는 여전히 서성인다.

만약 말을 걸었다면 우리는 어떻게 되었을까. 이 질문은 이제 후회라기보다, 내 청춘의 가장 순수했던 미련이자 아름다운 통증으로 남아 있다. 어쩌면 그 한마디를 건네지 못했기에, 정현이는 내 마음속에서 영원히 땋은 머리를 찰랑이며 웃는 열일곱 소녀의 모습으로 박제되어 있는지도 모른다. 정현아, 너는 기억하니? 1978년 가을, 교현동의 그 찬란했던 하굣길을. 너의 뒷모습을 하염없이 바라보며 서 있던 한 소년의 간절했던 눈빛을. 비록 너에게 닿지는 못했지만, 그날 내가 삼켰던 그 수많은 말은 내 인생에서 가장 진실했던 고백이었음을 이제야 빈 하늘에 전해 본다.

어머니의 보따리,
그 속에 담긴 고교 시절의 연가

....

토요일 오전의 해방감과 설레는 귀향길

70~80년대 충주 시내의 고등학교 교정은 늘 팽팽한 긴장감이 감돌았다. 하지만 토요일은 달랐다. 당시 토요일은 오전 수업만 있는 '반공일'이었기에, 4교시 종료를 알리는 종소리는 단순한 수업 끝이 아닌 자유를 향한 서곡이었다. 종소리가 복도를 가득 채우면, 내 마음은 이미 교실 창문을 넘어 저 멀리 시골집 논둑길로 달려가고 있었다.

농번기가 되면 나의 귀향길은 늘 친구들과 함께였다. "우리 집에 가면 어머니가 가마솥에 쪄주시는 술빵이 세상에서 제일 맛있다"는 나의 호언장담에, 친구들은 낡은 가방을 둘러매고 기꺼이 시내버스 터미널로 향했다. 덜컹거리는 버스 차창 밖으로 흩날리는 흙먼지조차 그 시절 우리에겐 낭만이었고, 고향으로 향하는 설렘의 증거였다.

황금빛 논바닥에서 나눈 우정과 땀방울

마을 어귀에 도착해 버스에서 내리면 코끝을 찌르는 풋풋한 풀 냄새와 흙 내음이 우리를 반겼다. 논 한가운데서는 아버님이 벌써 굽은 허리를 펴지도 못한 채 흙과 사투를 벌이고 계셨다. 우리는 서둘러 교복을 벗어 던지고 바지춤을 걷어 올린 채 차가운 논물 속으로 뛰어들었다.

서툰 발걸음에 진흙이 튀고 엉덩방아를 찧으며 논물 세례를 받기도 했지만, 친구들과 줄을 맞춰 모를 심고 잡풀을 솎아 내는 작업은 즐거웠다. 등줄기를 타고 흐르는 땀방울이 눈가에 맺혀 따가울 때쯤, 멀리서 커다란 광주리를 머리에 인 어머니의 실루엣이 보였다. 그것은 고된 노동 끝에 찾아오는 구원이자 가장 행복한 축제의 시작이었다.

가마솥 술빵과 삶은 계란, 어머니의 미소

논둑 한쪽 그늘진 미루나무 아래 자리를 펴고 어머니가 광주리를 내리시면, 하얀 면보 사이로 구수한 냄새가 터져 나왔다. 막걸리로 정성껏 발효시켜 가마솥에서 쪄낸 커다란 술빵. 김이 모락모락 나는 그 빵을 투박하게 손으로 떼어 입에 넣으면, 달큰하고 포근한 맛이 온몸의 피로를 녹여 주었다.

어머니는 귀한 손님인 아들 친구들을 위해 닭장 속 계란도 넉넉히 삶아 오셨다. 껍질을 까서 소금에 살짝 찍어 먹던 그 고소한 노른자의 맛은 그 어떤 진미보다 훌륭했다. 친구들이 입가에 가루를 묻혀가며 “정말 맛있다”고 감탄할 때마다, 어머니는 땀 밴 수건으로 이마를 닦으며 흐뭇한 미소를 지으셨다. 그 소박한 들밥은 고된 농사일을 추억으로 바꾸는 마법 같은 성찬이었다.

어머니의 지문이 박힌 묵직한 반찬 보따리

행복한 주말은 화살처럼 지나갔다. 일요일 해가 뉘엿뉘엿 저물면 다시 충주 시내 자취방으로 돌아갈 시간이었다. 어머니는 부엌 바닥에 앉아 일주일간 혼자 지낼 아들을 위해 밑반찬을 챙기기 시작하셨다.

낡은 보자기 위로 멸치볶음, 콩자반, 무장아찌 등 어머니의 손맛이 밴 찬 통들이 층층이 쌓였다. 국물이 샐까 비닐로 겹겹이 싸고 다시 보자기로 단단히 매듭을 지으시는 어머니의 손길에는 애틋함이 가득했다. 내 손에 쥐여진 그 보따리는 고등학생의 어깨가 기우뚱할 정도로 묵직했다. 그것은 단순한 음식이 아니라, 타지에서 홀로 버텨야 할 자식을 향한 어머니의 간절한 기도이자 당신의 인생 전부였다.

자취방의 적막을 채우는 고향의 그림자

어둑해진 충주 시내 골목을 지나 싸늘한 자취방 문을 열면, 고향집의 온기는 간데없고 적막함만이 나를 맞이했다. 보따리를 방 한가운데 내려놓고 불 꺼진 방 안에서 잠시 멍하니 앉아 있노라면, 방금 전까지 함께했던 부모님의 모습이 아른거려 가슴 한구석이 아릿해졌다.

하지만 나는 이내 마음을 다잡았다. 흙먼지 속에서 자식을 위해 헌신하시는 부모님을 생각하며 희미한 형광등 아래 책상을 폈다. 부모님의 기대에 부응하기 위해, 더 나은 내일을 꿈꾸며 나는 펜을 쥔 손에 힘을 주었다. 쏟아지는 잠을 쫓아내며 영어 단어를 외우고 수학 문제를 풀 때마다, 보따리에서 새어 나오는 반찬 냄새는 나를 지탱해 주는 가장 든든한 응원군이었다.

별이 빛나는 밤, 짝사랑 정현이

밤이 깊어 세상이 고요해지면 나는 습관처럼 낡은 라디오를 틀었다. 지직거리는 주파수 사이로 '별이 빛나는 밤에'의 시그널 음악이 흐르고 진행자의 따뜻한 목소리가 방 안을 채우면, 공부로 긴장됐던 마음이 비로소 느슨해졌다. 그리고 그 틈을 타 마음속 깊이 숨겨두었던 이름 하나가 떠올랐다. 중학교 시절 짝사랑했던 정현이였다.

하얀 피부와 맑은 눈망울을 가졌던 아이, 정현이는 지금 어디서 무엇을 하고 있을까. 혹시 저 밤하늘 아래서 나와 같은 라디오 소리를 듣고 있지는 않을까. 라디오에서 흐르는 애절한 발라드 가사 한 구절 한 구절이 마치 나의 속마음을 대신 읽어 주는 것만 같았다. 보고 싶은 마음이 날카로운 가시처럼 가슴 한복판을 찔렀고, 나는 음악 소리에 실어 닿지 않을 그리움을 먼 곳으로 보냈다.

세월은 흘러 어머니의 반찬 보따리도, 나를 위로하던 라디오의 선율도 이제는 가슴 속에만 남은 추억이 되었다. 하지만 지금도 밤하늘에 별이 유난히 빛나는 날이면, 충주의 자취방에서 공부와 그리움 사이를 외롭게 오가던 그 시절의 소년이 떠오른다.

부모님의 사랑으로 허기를 채우고, 첫사랑의 설렘으로 꿈을 꾸며, 라디오 소리에 외로움을 달래던 그 뜨거웠던 청춘. 그 시절의 고단함과 애틋함이 있었기에 오늘날의 내가 있음을 안다. 정현이는 어디선가 잘 지내고 있을까. 이름만 떠올려도 가슴 한쪽이 따뜻해지는 그 추억들은 영원히 나의 가장 소중한 보물로 남을 것이다.

더디 흐르는 시간의 문장에서 인내를 읽다

....

고등학교 3학년이라는 숫자가 내 삶의 앞머리에 붙으면서, 익숙했던 풍경들이 하나둘씩 뒤로 밀려나기 시작했다. 가장 먼저 멀어진 것은 주말마다 습관처럼 몸을 실었던 시골행 버스였다. 굽이굽이 흐르는 남한강 줄기를 지나 도착하던 그 시골집, 툇마루에 앉아 있으면 코끝을 간지럽히던 흙 내음과 풀벌레 소리는 이제 내게 허락되지 않은 사치이자 먼 기억 속의 삽화가 되어버렸다. 취업이냐 진학이냐 하는 인생의 첫 번째 거대한 갈림길 앞에서, 나는 안식처였던 시골집 대신 충주 시내의 삭막한 콘크리트 숲을 선택해야만 했다. 매주 가던 그 길을 한 달에 한 번 갈까 말까 할 정도로 줄여가며, 나는 스스로를 활자의 감옥 속에 가두었다. 앞날을 위해서는 지금 이 순간의 그리움을 지워내야만 한다는 강박이 나를 짓눌렀기 때문이다.

충주 시내에서 마주한 고3의 시간은 무서울 정도로 정체되어 있었다. 독서실 창문 너머로 계절이 바뀌는 소리가 들려왔지만, 내

시곗바늘은 오로지 문제집의 여백 위에서만 맴돌았다. 세상은 바쁘게 돌아가는 듯 보였으나, 책상 앞에 앉아 있는 나의 시간은 끈적거리는 늪처럼 한없이 더디게 흘러갔다. 그 지루하고도 무거운 시간 속에서 문득문득 마음의 벽을 뚫고 들어오는 이름이 하나 있었다. 바로 짝사랑했던 정현이였다. 공부를 하다가 펜 끝이 멈출 때면, 정현이의 맑은 웃음소리나 함께 걷던 길 위의 공기가 불쑥 떠올라 가슴 한구석을 헤집어 놓곤 했다. 당장이라도 책을 덮고 달려가 목소리를 듣고 싶었지만, 나는 입술을 깨물며 그 마음을 억눌렀다. '딱 한 번만 생각하자, 딱 여기까지만 그리워하자'고 스스로를 다독이며, 터져 나오는 외로움을 오로지 딱딱한 책들과의 씨름으로 되돌려 보냈다.

그 시절의 나는 외로움을 달래는 법을 몰라 그저 견디는 법만을 익혀갔다. 친구들이 떠들썩하게 지나가는 소리를 뒤로한 채, 홀로 남겨진 공부방에서 보낸 그 긴 시간들은 나에게 고문과도 같았다. 하지만 역설적이게도, 나는 그 더디게 흐르는 정적 속에서 비로소 '인내'라는 삶의 근육을 키울 수 있었다. 시골집의 정겨운 풍경을 포기하고, 연모하는 마음을 서랍 깊숙이 넣어 두며 얻어낸 것은 단순히 지식만이 아니었다. 그것은 미래라는 막연한 불안을 정면으로 응시하며 오늘 하루를 온전히 버텨 내는 단단한 마음가짐이었다. 충주의 흐릿한 가로등 불빛 아래서 집으로 돌아오던 길, 느리게만 흐르던 그 시간들은 결국 나를 성숙하게 만드는 가장 뜨거운 담금질이었음을 나는 이제야 깨닫는다.

잠시 동안 마음이 흔들리고 그 친구의 얼굴이 눈앞에 어른거렸지만, 나는 이내 고개를 흔들어 생각을 떨쳐냈다. 지금 나에게 가장 중요한 것은 눈앞의 목표를 향해 나아가는 일이었다. 나는 다시 펜을 꾹 눌러 잡았다.

나는 라디오에서 흘러나오는 소리에 더 이상 귀 기울이지 않고 다시 열심히 공부에 몰두했다. 시골에서의 육체적인 노동이 잠시 멈추었을 뿐, 내 청춘의 또 다른 형태의 고된 노력은 멈추지 않고 계속되고 있었다. 주말의 땀방울이 만들어 낸 튼튼한 몸과, 일요일 밤의 집중력이 채워나갈 지식으로 나의 충주 시내 고등학교 시절은 그렇게 깊어 갔다.

주말마다 흙냄새를 맡으며 보냈던 그 경험은 나에게 가장 소중한 성장의 자양분이었다. 나는 아직도 그때 그 푸른 들녘, 친구들의 환한 웃음, 어머니가 정성껏 쪄 주신 따뜻한 빵의 달콤한 맛을 잊지 못하고 회상하곤 했다. 그 모든 것이 나의 소중한 청춘의 한 페이지였다.

고등학교 시절, 시간들은 순식간에 지나갔다. 정신을 차려보니 나는 이미 고3이라는 무거운 이름을 짊어지고 있었다. 시계는 멈추지 않고 흘렀고, 이제는 과거의 추억에 젖어 있을 여유가 전혀 없었다.

가장 먼저 변화한 것은 나의 주말 풍경이었다. 봄이 되어 농번기가 시작되어도, 주말마다 친구들을 이끌고 시골로 향하던 나의 발걸음은 눈에 띄게 뜸해졌다. 아버지께서 가장 일손이 필요하실 때였지만, 나는 더 이상 시골로 갈 수 없었다. 그 이유는 단 하나, 오직 공부에 몰두해야 했기 때문이었다.

책상 앞의 시간은 논두렁에서의 시간보다 훨씬 길고 무거웠다. 친구들과 함께 웃고 떠들며 나누었던 노동 대신, 이제는 묵묵히 혼자 문제집을 풀고 씨름해야 했다. 시골집에서 어머니가 해 주시던 달콤했던 빵과 따뜻한 밥 대신, 나는 도시락이나 간단한 음식으로 끼니를 때우기 일쑤였고, 어머니의 정이 가득했던 음식들은 아련한 추억이 되어 갔다.

주말마다 시골 가는 일이 뜸해지자, 나는 아버지께 죄송한 마음을 감출 수 없었다. 하지만 나는 스스로에게 다짐했다. '지금 내가 할 수 있는 가장 큰 효도는 이곳, 책상 위에서 목표를 이루는 것이다.' 과거 논에서 땀 흘려 얻었던 육체적 강인함을, 이제는 입시를 향한 정신적 집중력으로 바꾸어 사용해야 했다.

시골을 향한 애틋한 그리움을 뒤로하고, 나는 창문도 제대로 열지 않은 작은 방 안에서 펜을 쥐고 밤을 새웠다. 이 고된 고3 생활을 성공적으로 마치고, 원하는 미래를 쟁취하여 다시 당당하게 부모님 곁으로 돌아가리라 결심했다. 그렇게 나의 고3 주말은 흙과 햇볕 대신, 책과 펜, 불안하지만 뜨거운 열정으로 가득 채워져 갔다.

고등학교 3학년이 되자 나의 일상은 오직 '공부'라는 단어로만 채워졌다. 주말마다 시골에 가 일손을 도왔던 육체적인 노동은 끝났지만, 그 대신 나의 뇌는 쉼 없는 정신적 노동에 시달렸다. 단 하나의 실수도 용납되지 않는, 숨 막히는 공부와의 전쟁이었다.

나는 정말이지 공부를 열심히 했다. 책상 앞에 앉으면 허리가 아파도 참고, 눈이 따가워도 억지로 버텼다. 그렇게 촘촘하게 짜인 일상 속에서도, 예상치 못한 순간에 불쑥 정현이의 얼굴이 떠올랐다. 정현이는 나의 짝사랑이자 첫사랑이었던 것이다.

수학 공식이나 영어 단어를 외우던 중, 문득 펜이 멈추는 순간이 있었다. 라디오에서 흘러나오는 노래 가사 한 줄, 혹은 창밖으로 스치는 바람 소리에서도 정현이와의 짧은 추억이 되살아나곤 했다. 그럴 때면 마음 한구석이 아련해지면서, 지금 이 순간 공부를 때려치우고 그녀에게 연락하고 싶은 충동마저 느꼈다. 굳게 닫았던 감정의 댐이 순간적으로 열리는 기분이었다.

하지만 나는 곧바로 현실을 직시했다. 지금의 일탈은 미래의 후회로 돌아올 것이라는 것을 너무나 잘 알고 있었다. 나는 잠시 멍하니 있던 시선을 다시 책으로 돌렸다. 짝사랑했던, 첫사랑이었던 정현이가 보고 싶어 가끔은 생각이 났지만, 나는 이를 악물고 그 마음을 꾹 참고 공부를 정말 열심히 했다.

'지금은 아니다. 내가 먼저 목표를 이루어야 한다.' 나는 나 자신에게 엄격하게 명령했다. 짝사랑의 달콤하고 아픈 감정은 잠시 서랍 깊은 곳에 넣어두었다. 나는 다시 펜을 잡고 문제집을 풀어나갔다. 고된 육체노동을 이겨 냈던 그 끈기가, 이제는 간절한 첫사랑마저도 이겨 내는 단단한 힘이 되었다. 나의 고3 시절은 그리움을 억누르는 뜨거운 절제 속에서 치열하게 흘러갔다.

토요일 오후의 간절한 기대, 아쉬움

....

충주 시내의 북적이는 도서관을 벗어날 수 있는 유일한 시간, 바로 토요일 오후였다. 낡은 책가방을 메고 시내버스 정류장으로 향할 때면, 이미 마음은 복잡한 도시를 떠나 고요한 시골집 마당에 가 닿아 있었다. 하지만 그 발걸음에는 단순히 주말을 맞이하는 해방감 이상의, 아주 특별하고 간절한 기대가 숨어 있었다.

그것은 바로 버스 안에서 정현이를 만날지도 모른다는 희미한 가능성 때문이었다.

우리 시골집으로 가는 이 버스는 충주 시내에서 외곽으로 향하는 몇 안 되는 노선이었다. 그리고 정현이가 살고 있는 그 집이 바로 이 노선 어딘가에 있다는 것을 나는 확실히 알고 있었다. 시내에서 공부를 마치고 주말마다 그 집으로 돌아가야 하는 정현이가 나처럼 이 버스를 이용할 거라는 추측은 내게 단순한 바람이 아니라 단단한 확신이나 다름없었다. 혹시라도 정현이가 내 옆자리에 앉아 함께 도란도란 이야기를 나누며 시골길을 달릴 수 있다면, 그

건 분명 일주일간의 고단한 공부를 보상해 줄 가장 큰 행운일 것이었다.

버스에 오를 때마다 나는 습관처럼 가장 먼저 정현이의 얼굴을 찾았다. 혹시 놓쳤을까 싶어 빈자리를 찾아 걸어가는 동안에도 끊임없이 버스 내부를 훑어보았다. 설레는 심장을 억누르며 자리에 앉아 창밖을 보다가도, 누군가 새로 탈 때마다 고개를 돌려 숨 막히는 기대로 입구 쪽을 주시했다.

하지만 시내를 벗어나 푸른 논밭이 창밖을 가득 채울 때까지, 목적지인 시골 정류장에 도착해 버스 문이 열릴 때까지, 그 기대는 단 한 번도 현실이 되지 못했다.

벌써 몇 달째, 토요일 오후의 버스는 늘 같은 사람들과 같은 풍경만을 싣고 달릴 뿐이었다. 간절히 바라던 정현이의 모습은 어디에서도 볼 수 없었다. 버스에서 내릴 때마다 가슴 한쪽에는 씁쓸하고 서늘한 아쉬움이 남았다. '이번 주도 아니었구나.' 하는 작은 탄식이 목구멍으로 넘어왔다.

다음 주 토요일에도 나는 변함없이 이 버스를 탈 것이다. 그리고 또다시 이루어지지 않을 것만 같은 기적을 바라며 정현이를 찾을 것이다. 그 간절한 기다림과 실망의 반복이, 어쩌면 이 토요일 오후 버스 여정의 가장 특별한 부분이 되어버린 것 같아 왠지 모를 짠함이 느껴진다.

그렇게 고등학교 3년은 서로 다른 세상 속에서 흘러갔다. 고3이 되면서 진학과 취업의 갈등 속에서 고민을 하다가 집안 형편을 생각해 나는 취업을 준비했고, 정현이의 소식은 더 이상 들려오지 않았다. 나는 오직 미래만을 바라보며 앞으로 나아가기로 했다. 피나는 노력 끝에 마침내 1979년 고3 때인 12월, 고졸 채용 한국관광공사 시험에 높은 경쟁률을 물리치고, 필기와 면접 당당히 합격했다. 어린 시절부터 꿈꿔왔던 안정된 직장에 들어갔다는 기쁨보다, 짝사랑의 아픔을 이겨 냈다는 뿌듯함이 더 컸다. 정현이에게 멋진 모습을 보여주고 싶다는 막연한 마음이 나를 여기까지 이끌었을지도 모른다.

그렇게 나는 졸업과 함께 새로운 사회생활을 시작했다. 하지만 정현이는 졸업 이후 소식을 알 수 없었다. 그렇게 우리의 이야기는 서로 다른 책에 쓰이는 듯, 완전히 다른 길을 걷게 되었다.

꿈과 현실 사이, 다시 공부

....

꿈에 그리던 사회생활을 시작했지만, 대학 다니는 친구들을 볼 때마다 마음속 깊이 느껴지는 열등감은 쉬이 사라지지 않았다. 6개월의 고민 끝에 나는 힘든 결정을 내렸다. 안정적인 직장을 그만두고, 다시 공부를 시작하기로 한 것이다.

처음에는 야간대학에 진학할까? 생각도 했지만 더 큰 꿈을 향해

나는 다시 책상 앞에 앉아 밤낮으로 입시 준비에 매달렸다. 그리고 마침내 인천대학교 경영학과에 합격했다. 짝사랑 정현이를 향한 막연한 마음이 나를 여기까지 이끌었을지도 모르지만, 이제는 온전히 나 자신을 위한 길을 걷고 있었다. 그렇게 나는 사회생활을 잠시 멈추고 새로운 배움의 길로 들어섰다.

인천대학교 경영학과에 입학한 후, 나는 수많은 사람들을 만났다. 캠퍼스에는 멋지고 아름다운 여학생들이 가득했다. 하지만 내 눈에는 그 누구도 정현이처럼 보이지 않았다. 수많은 낯선 얼굴들 속에서 나의 마음은 여전히 신명중학교 영어 웅변반의 '김정현'을 향하고 있었다. 1년 늦게 시작한 대학 생활이었지만, 내 마음은 여전히 그 시절에 멈춰 있었다.

어느덧 대학 생활 2년째, 나는 여전히 정현이를 잊지 못한 채였다.

2학년 1학기가 되자 나는 조금의 여유를 얻었지만, 여전히 고등학교 시절의 그 치열함을 놓지 않았다. 수업을 듣고 과제를 할 때마다, 문득 정현이를 생각했다. 꾹 눌러 두었던 첫사랑의 감정이 피어올라 가슴 한쪽을 아련하게 만들었다. 또다시 연락처를 알아볼까? 찾아가 볼까 하는 고민이 끊이지 않았다.

하지만 나는 그럴 때마다 다시 펜을 쥐고 책상에 집중했다. '지금 흔들리면, 고3 시절의 노력이 모두 헛수고가 된다'고 스스로를 다그쳤다. 나는 대학에서도 정말 공부를 열심히 했다. 고등학교 때 농사일을 하며 얻은 성실함과 끈기는 대학 강의실에서도 빛을 발했다. 시험 기간에는 도서관에 틀어박혀 밤을 새웠고, 쉴 때도 복습을 게을리하지 않았다.

대학 중간고사가 끝났을 때, 캠퍼스는 마치 긴 겨울잠에서 깨어난 것처럼 해방감으로 들떴다. 숨 막히는 시험 기간이 지나가자 친구들은 더 이상 지체할 수 없다는 듯이 다음 계획을 세우기 시작했다. 그들의 얼굴에는 드디어 자유를 얻었다는 해방감과 쾌락이 가득했다.

친구들은 대개 인천의 월미도로 향했다. 시원한 바닷바람을 맞으며 톡 쏘는 막걸리를 마시러 가든가, 아니면 시내의 당구장에 가서 밤새도록 큐대를 휘두르며 스트레스를 풀었다. '야, 너도 같이 가자! 오랜만에 바람 좀 쐬자!' 하는 친구들의 유혹이 귓가에 맴돌았다. 나도 잠시나마 그들의 달콤한 제안에 마음이 흔들렸다. 고등학교 시절부터 꾹 참아왔던 자유에 대한 갈증이 나를 잡아끌었다.

하지만 나는 단호하게 고개를 저었다. 나에게는 1년 늦게 시작한 대학 생활을 더욱 압축적으로, 완벽하게 해내야 한다는 책임감이 있었다. 나는 곧바로 기말고사를 준비하며 친구들의 휴식과는 거리가 먼 길을 택했다. 고등학교 시절 부모님의 일손을 도우며 익혔던 성실함과 고3 시절 밤을 새우며 다졌던 끈기는 여전히 내 몸에 깊숙이 새겨져 있었다. 잠시의 쾌락보다는 장기적인 목표를 위해 움직이는 것이 나에게는 더 익숙한 방식이었다.

나는 친구들을 떠나보낸 뒤, 도서관 대신 햇볕이 잘 드는 캠퍼스의 잔디밭 구석을 찾아갔다. 따뜻한 봄 햇살 아래 펼쳐진 푸른 잔디는 평화로웠고, 나는 그 잔디를 바라보며 열심히 공부를 했다. 옆에서는 다른 학생들이 기타를 치거나 연인끼리 이야기를 나누었지만, 나는 펼쳐진 전공 서적에서 시선을 떼지 않았다. 간혹 푸른 잔디를 보며 시골 논에서 땀 흘리던 날들을 떠올렸지만, 그 기억은 나를 나태하게 만드는 대신 지금의 노력에 집중하게 하는 힘이 되었다.

친구들이 월미도에서 시끌벅적하게 막걸리를 들이켤 때, 나는 홀로 잔디밭에서 기말고사 범위를 한 페이지라도 더 훑었다. 나는 순간의 즐거움 대신 성취를 통해 얻는 진정한 자유를 준비했다. 그 치열한 절제 덕분에 나는 결국 장학금을 받고 군대에 갈 수 있었던 것이다.

뜨거운 땀으로 쓴 80년대 장학금 이야기, 입영통지서

....

1년의 늦깎이 입학. 남들보다 한 발 뒤에서 시작한 듯했지만, 그 시간은 오히려 나에게 '절실함'이라는 가장 귀한 무기를 안겨 주었다. 고등학교 졸업 후 잠깐의 직장 생활을 통해 일찍이 세상의 무게를 짊어져 본 경험은, 대학에서 보내는 단 하루의 시간조차 허투루 흘려보낼 수 없게 만드는 단단한 뿌리가 되었다.

캠퍼스에 발을 딛던 순간부터, 나는 이 늦은 시간을 만회하고자 밤낮을 가리지 않고 책을 파고들었다. 도서관의 차가운 열람실 의자 위에서, 새날을 맞이하는 새벽 공기를 마시며, 오직 한 가지 목표만을 향해 달렸다. 그것은 바로 내 힘으로 학업을 이어가는 것, 나를 믿고 기다려 준 모든 이들에게 나의 노력을 증명하는 것이었다.

그리고 마침내, 그 결실이 눈앞에 펼쳐졌을 때, 나는 가슴 벅찬 기쁨을 느꼈다.

1980년대. 대학 등록금이 40만 원 남짓하던 그 시절, 내가 땀 흘려 얻은 30만 원의 장학금은 단순한 액수가 아니었다. 그것은 나의 성실함에 대한 인정이었고, 세상으로부터 받은 격려의 메시지였다. 당시로서는 등록금의 대부분을 해결하고도 남을 만큼 큰돈이었기에, 이 돈은 내 청춘의 자부심 그 자체였다.

하지만 나는 이 귀한 결실을 잠시 유보하기로 결정했다. 곧 국방의 의무를 위해 잠시 펜을 놓고 군복을 입어야 했기 때문이다.

나는 이 장학금 전액을 곧장 은행의 정기적금 통장에 불입했다.

"이 돈은 지난 1년의 땀과 노력의 증표다. 30개월 후, 내가 다시 세상으로 돌아왔을 때, 흔들림 없이 다시 시작할 수 있도록 지켜줄 든든한 초석이 될 것이다."

차가운 연병장 안에서 훈련받는 동안에도, 내 마음 한구석에는 그 적금 통장이 가져다줄 미래의 희망이 자리 잡고 있었다. 장학금으로 얻은 이 돈은, 나를 제대 후의 시간으로 이어 주는 가장 굳건한 징검다리가 되어 주리라 믿었다.

군대에서의 시간은 비록 고되고 험난했지만, 나는 알고 있었다. 밖에서 묵묵히 이자를 쌓아 가고 있는 나의 '미래 자본'처럼, 지금 흘리는 나의 땀방울도 내일의 나를 더욱 단단하게 만들고 있다는 것을.

고이 간직한 그 30만 원의 장학금처럼, 나는 늦깎이로 시작한 삶의 페이지를 가장 아름답고 자랑스러운 이야기로 채워나가고 있다. 그리고 그 시작에는, 80년대 대학 캠퍼스에서 흘린 뜨거운 땀방울과, 미래를 내다본 현명한 결단이 있었다.

장학금으로 스스로에게 자부심을 확인시켜 준 나는, 다음 단계로 나아갈 준비를 했다. 바로 군대에 가는 것이었다. 1년 늦게 시작한 만큼, 남들보다 더 확실하게 시간을 정리하고 돌아와 복학 후의 목표에 집중해야 한다고 생각했다.

입대를 결정하고 짐을 꾸리는 순간에도 정현이 생각이 머릿속을 떠나지 않았다. 나는 꾹 참았던 첫사랑의 마음을 정리하지 못한 채 떠나는 것이 내내 마음에 걸렸다. 어쩌면 군대에서 그 간절했던 첫사랑의 마음을 깨끗이 정리하고 돌아올 수 있을지도 모른다고 생각했다.

캠퍼스의 낭만 속에서도 나의 마음은 오직 정현이만을 향해 있었다. 새로운 사랑을 시작하기보다는, 내 안의 첫사랑을 지키는 것에 더 익숙해져 있었다. 하지만 청춘의 시간은 멈추지 않았다. 1982년, 겨울 2학기 대학 기말고사가 12월 5일 끝나자마자 입영통지서가 내 손에 쥐어졌다.

그해 12월 8일, 나는 정현이의 이름을 가슴에 품고 훈련소로 입소해야만 했다. 어쩌면 이 거대한 시간의 단절이 정현이와의 짝사랑을 끝낼 수 있을지도 모른다는 막연한 기대를 품고서 말이다. 하지만 군 입대를 앞둔 순간에도 내 마음속에는 여전히 신명중학교 영어 웅변반의 앳된 정현이가 서 있었다.

논산행 열차에 몸을 싣다

1982년 12월 8일, 싸늘한 겨울바람이 부는 충주 공설운동장에 수많은 청춘들이 모였다. 정든 가족, 친구들과의 이별을 앞둔 채 모두의 얼굴에는 긴장과 아쉬움이 교차했다. 나 또한 그들 중 하나였다. 내 인생의 첫 번째 이별은 정현이와의 헤어짐이었지만, 진짜 이별은 오늘이었다. 차가운 공기 속에 떠오르는 건 단 하나의 이름, 정현이였다. 혹시 이 길모퉁이를 돌면 정현이가 서 있을까? 혹시라도 마지막 인사를 건넬 수 있을까? 헛된 기대를 품었지만, 끝내 정현이는 나타나지 않았다.

그렇게 나는 정현이의 아련한 뒷모습을 가슴에 품고, 논산행 열차에 몸을 실었다. 기차가 움직이자 창밖으로 익숙한 충주의 풍경이 멀어졌다. 첫사랑의 기억이 서린 도시를 뒤로하고, 나는 이제 새로운 세상으로 향하고 있었다.

논산 훈련소에 입대한 순간, 바깥세상과는 완전히 단절된 것 같았다. 모든 개인적인 감정이나 생각은 잠시 접어두고, 오로지 훈련과 명령에만 집중해야 하는 곳이었다. 하지만 그런 극한의 상황 속에서 오히려 나의 마음은 더욱 정현이에게 향했던 것 같다.

힘든 훈련을 받으며 땀을 쏟아낼 때, 차가운 물에 뛰어들어야 할 때, 정신력의 한계를 시험받을 때마다 정현이의 얼굴을 떠올렸다.

그녀를 잊기 위해, 그녀가 없는 세상에서도 꿋꿋하게 버텨낼 수 있다는 것을 증명하고 싶었는지도 모른다.

어쩌면 매 순간 정현이를 떠올리는 것이 나에게는 하나의 동기부여가 되었는지도 모른다. '이 훈련을 이겨 내고 더 멋진 사람이 되어 정현이 앞에 나타나리라' 같은 다짐이 훈련을 버티게 하는 힘이 되었을 수도 있다.

4주간의 훈련이 끝났을 때, 몸은 지쳤지만 나의 마음속에는 정현이에 대한 그리움과 함께 한층 더 단단해진 자신이 있었다. 훈련소에서의 시간은 단순히 군인이 되기 위한 과정이 아니라, 한 사람을 잊지 못하는 마음을 이겨내고 더 강한 자신으로 거듭나는 시간이었다.

훈련병 명찰을 떼고 진짜 군인이 되다

....

4주간의 혹독한 훈련을 마치고 나는 경기도 연천에 있는 5사단 열쇠부대 군용 버스에 몸을 실었다. 창밖으로 스치는 풍경들은 더 이상 논산의 훈련장이 아니었다. 자유를 얻은 듯한 해방감보다는, 알 수 없는 공허함이 더 크게 밀려왔다. 옆자리에 앉은 동기들은 각자 집으로 가는 길을 상상하며 떠들었지만, 내 머릿속은 온통 정현이 생각뿐이었다.

달리는 버스 창에 비친 내 얼굴은 4주 전과는 완전히 다른 모습이었다. 짧아진 머리, 거칠어진 피부, 왠지 모르게 깊어진 눈빛. 그 모든 변화의 시간 속에도 정현이는 변함없이 내 마음의 중심에 자리 잡고 있었다.

버스 창밖으로 보이는 모든 풍경들이 중학교 때의 정현이 모습을 불러왔다. 어느새 연천이 가까워지고 있었다. 낯선 풍경, 낯선 공기, 앞으로 펼쳐질 낯선 군 생활. 그 모든 낯섦 속에서 내가 기댈 수 있는 유일한 익숙함은 정현이였다. 보고 싶은 정현이, 그 이름

석 자가 내 마음속 깊은 곳에서 울렸다. 4주간의 훈련도 잊지 못하게 만든 그녀를 뒤로하고, 나는 새로운 여정을 시작했다.

5사단에 배치된 첫날 밤, 모든 것이 낯설고 두려웠다. 창밖에서는 아무 소리도 들리지 않는데, 어둠 속의 막사 안에서는 섬뜩한 대남 대북 방송이 끊임없이 흘러나왔다. '삑- 삑-' 기계음과 섞인 알 수 없는 소리들은 불안함을 증폭시켰고, 나는 숨 막히는 긴장감 속에서 온몸에 소름이 돋는 것을 느꼈다.

두려움과 고초가 가득한 그 시간, 나는 그 모든 것을 잊기 위해 필사적으로 다른 생각을 하려 했다. 하지만 그럴수록 마음속에 더 선명하게 떠오르는 얼굴이 있었다. 바로 정현이였다.

대남 대북 방송의 섬뜩한 소리도, 최전방 부대의 낯선 공포도, 그녀를 향한 그리움 앞에서는 아무것도 아니었다. 오히려 그 무서운 소리가 귀에 들리지 않을 만큼, 그녀의 얼굴이 마음속에 가득 찼다.

어쩌면 내 마음은 무의식적으로 가장 힘들고 무서운 순간, 기댈 수 있는 유일한 존재인 정현이에게로 향했는지도 모른다. 그날 밤, 나는 오로지 정현이 생각뿐이었다. 그녀를 생각하는 것만이 이 막막한 현실을 버티게 해줄 유일한 탈출구였다.

끝이 보이지 않던 군 생활의 터널 속에서, 유일한 빛은 바로 첫 휴가였다. 매일 반복되는 훈련과 통제된 생활 속에서, 나는 오직 그날만을 손꼽아 기다렸다. 달력의 빨간 날을 세어 가며, 훈련 중에도 틈틈이 정현이의 얼굴을 떠올렸다.

힘에 부쳐 쓰러질 것 같은 순간에도, 혹시라도 휴가 때 정현이를 만날 수 있지 않을까 하는 작은 희망이 나를 다시 일으켜 세웠다. 그녀를 다시 만날 날을 상상하며, 이 고된 시간을 이겨 내고 더 멋진 모습으로 그녀 앞에 서리라 다짐했다. 중학교 짝사랑 때부터 시작된 정현이를 향한 마음은, 군 생활 내내 나의 가장 강력한 버팀목이었다.

첫 휴가날, 군복을 벗고 정현이를 만날 수 있을까? 하고 실낱같은 희망을 가져 본다. 나는 군인이 아닌, 오직 정현이를 사랑하는 한 남자였다. 혹시라도 그녀를 마주칠까 두리번거리며 걸던 그 순간, 군 생활의 모든 힘든 기억은 한순간에 잊혔다.

첫 휴가는 단순히 군대 밖으로 나가는 시간이 아니었다. 나에게는 가장 소중한 사람을 다시 만날지도 모른다는 희망으로 가득 찬, 나의 고된 시간을 보상받는 가장 의미 있는 시간이었다.

연천 5사단의 이등병,
첫 휴가 향한 간절한 기다림

....

경기도 연천 5사단에 배치되어 시작된 이등병 훈련 생활은 정말 너무나 힘들었다. 영하의 추위 속에서 흙바닥을 기었고, 끝없이 이어지는 구보와 강도 높은 훈련은 몸의 모든 근육을 비명 지르게 했다. 고등학교 시절 부모님의 농사일을 도와드리며 흙일을 거들었던 경험으로 다진 체력이라 자부했지만, 군대의 규칙적이고 강제적인 훈련 앞에서는 매 순간 한계를 느꼈다. 매일 밤 침대에 누우면 '내가 왜 이곳에 있는가' 하는 자괴감마저 들었다. 하지만 나는 대학 2학년 1학기를 마치고 정상적으로 군 생활을 시작했고, 남들처럼 이 과정을 훌륭히 마쳐야 한다는 의지로 스스로를 다독였다.

나에게는 이 모든 고통을 이겨 낼 확실하고 간절한 목표가 있었다. 오로지 첫 휴가를 기다리는 마음, 그것 하나만이 나를 지탱하는 유일한 정신적 끈이었다. 군기가 바짝 든 훈련소의 시계는 너무나 느리게 흘러갔지만, 나는 손꼽아 달력을 지워가며 그날만을 기다렸다.

그리고 그 기다림 속에는 한 사람이 있었다. 바로 꾹 참고 공부해야 했기에 연락 한 번 하지 못했던 정현이였다. '휴가를 나가면 반드시 정현이를 만날 것이다.' 이 간절한 희망은 나만의 비밀스러운 원동력이 되었다. 고된 행군 중 발이 부르트고 어깨가 천근만근일 때, 나는 눈을 감고 정현이의 모습을 떠올렸다. 시골 논에서 부모님 일손을 도우며 흘린 땀방울이 어머니의 빵으로 보상받았듯이, 지금의 이 고통도 휴가에서의 정현이와의 만남으로 보상받을 수 있으리라 믿었다.

정현이를 만날 생각에 힘든 일도 꾹 참으며 나는 정말 열심히 군 생활을 했다. 나는 악으로 깡으로 버텼고, 군대에서 요구하는 모든 훈련과 임무에 최선을 다했다. 시골에서 부모님 농사일을 도우며 배운 성실함은 군대에서도 나를 모범적인 이등병으로 만들어 주었다. 고통 속에서도 미소를 짓고, 궂은일도 마다하지 않았다. 그것은 내가 본래 착해서가 아니라, 빨리 휴가를 나가 정현이를 만나야 한다는 단 하나의 목표 때문이었다.

그렇게 나의 이등병 훈련은 고통과 인내, 첫사랑의 간절한 기다림으로 가득 채워져 갔다. 충주 시내의 고등학교 시절부터 이어진 나의 끈기는 연천의 추위 속에서 더욱 단단하게 굳어져 갔다. 이제 곧 눈앞으로 다가온 첫 휴가는, 단순히 잠시의 자유가 아니라 나에게 정현이를 만날 기회이자, 지난날의 모든 고통을 치유해 줄 가장 달콤한 보상이었다.

휴가를 쪼개어 찾아온 일병의 우정

....

삭막한 최전방을 가로지른 가장 소중한 구원

1983년, 내 삶에서 가장 경직되고, 가장 외로웠던 청춘의 한 페이지는 경기도 연천의 가을을 배경으로 펼쳐졌다. 당시 최전방 부대라는 특성상, 연천의 가을은 낭만과는 거리가 멀었다. 짙은 흙먼지와 새벽의 살을 에는 찬 공기, DMZ 부근 특유의 무거운 긴장감이 뼛속까지 스며들던 시절이었다. 나는 일병 계급장을 단 지 중간쯤 되었을 무렵이었다. 이 계급은 이등병의 막막함은 벗어났지만, 고참들의 끊임없는 지시와 병장의 엄격한 시선 아래 여전히 스스로의 존재감을 내세울 수 없는, 어정쩡한 위치에 있었다. 내 젊음은 녹색 군복 안에 갇혀, 바깥세상의 모든 소식과 자유로부터 철저히 격리되어 있었다.

특히 가을 무렵의 토요일 오후는 그 고립감이 정점에 달하는 시간이었다. 훈련이 잠시 멈춘 틈을 타 주어지는 짧은 휴식은 오히려 고향에 대한 그리움만 증폭시키는 잔혹한 여유였다. 따뜻한 어머니의 밥상, 시끌벅적했던 동네 친구들과 놀던 어린 시절, 무엇보다 나를 나답게 만들어 주었던 자유로운 시간들이 꿈결처럼 멀게 느껴졌다. 나는 침상에 기대어 낡은 잡지를 뒤적거리거나, 소총 손질을 하며 무료함을 달랬다. 그 황량하고 권태로운 시간 속에서, 간절히 바라는 것은 단 하나, 나를 세상과 이어 줄 작은 창문이었다.

바로 그때였다. 내무반 앞을 지키던 당직사병의 우렁찬 목소리가 생활관 전체에 메아리쳤다.

"일병 이철호, 면회! 면회다!"

그 순간 내 심장은 갑작스러운 충격파를 맞은 듯 멈췄다. 면회는 사막의 오아시스 같은 기회였지만, 연천까지 누가 올 수 있을까 하는 의문이 먼저 들었다. 급히 전투복의 주름을 정리하고 흙먼지를 털어내는 손은 흥분과 긴장으로 떨리고 있었다. 복잡한 감정을 억누르며 면회실로 향하는 복도는 그 어떤 행군로보다 길게 느껴졌다.

유리창 너머, 삭막한 회색 벽으로 둘러싸인 면회실에 익숙한 뒷모습이 앉아 있었다. 그를 발견하는 순간, 나의 굳건해야 할 군인의 경직된 자세는 무너지고 말았다. 그는 고등학교 시절 내 모든 비밀을 공유했던 절친, 조명주였다.

"명주야! 네가 어떻게 여기까지…"

나는 나도 모르게 소리쳤고, 명주는 특유의 장난기 가득한 미소를 지으며 나를 반겼다. 그런데 그의 모습이 눈에 들어왔다. 나와 똑같은 초록색 전투복 차림. 그리고 그의 가슴에도 나와 같은 일병 계급장이 달려 있었다. 명주는 햇볕에 거칠게 그을려 약간 검게 된 얼굴이었지만, 그 미소만큼은 변함이 없었다. 그는 자신의 군 생활도 고될 텐데, 그 어려움 속에서 나를 찾아온 것이었다.

"야, 오랜만이다. 놀랐지? 나도 일병 달고 정기 휴가 나와서 너한테 왔다."

그 말을 듣는 순간, 나는 다시 한번 가슴이 벅차올랐다. 명주는 다른 부대에서 복무 중이었고, 군 생활 중 손에 꼽을 만큼 귀한 정기 휴가를 받은 길이었다. 그 휴가는 마땅히 가족들과 함께 보내거나, 복귀 전까지 몸과 마음을 달래야 할 소중한 시간이었다. 그러나 명주는 그 시간의 일부를 기꺼이 희생하여, 나를 보기 위해 연천의 먼 길을 마다하지 않은 것이다.

그날의 만남은 단순한 친구와의 재회를 넘어선 의미를 가졌다. 군대라는 조직은 엄격한 위계질서와 계급의 무게로 숨 막히는 곳이었다. 우리는 이등병의 서러움과 상병의 여유 사이에 놓인 일병으로서, 서로의 위치가 얼마나 불안하고 힘든지를 누구보다 잘 알고 있었다. 우리는 서로의 군복에 붙은 일병 계급장을 보며 묘한 동질감과 동병상련을 느꼈다. 명주의 검게 그을린 얼굴과 나의 피곤한 눈빛은, 대한민국 청년으로서 견뎌야 했던 의무의 무게를 말해 주고 있었다.

우리는 시간 가는 줄 모르고 이야기했다. 명주는 자신의 부대에서 벌어진 우스꽝스러운 일들을 이야기해 주었고, 나는 그에게 억압된 생활 속에서 겪었던 소소한 스트레스들을 털어놓았다. 형식적인 대화나 감시자의 눈치를 볼 필요 없이, 오직 친구로서 주고받는 자유로운 말들이었다. 그 대화는 잠시나마 나를 잊었던 나의 존재, 고등학교 교복을 입고 미래를 꿈꾸던 나 자신을 되찾게 해 주었다. 명주와 함께 마신 미지근한 캔 커피 한 모금은 세상의 어떤 값비싼 음식보다 진하고 달콤했다. 그것은 텁텁한 군대 커피 맛이 아니라, 진정한 우정과 소중한 정기 휴가의 시간이 녹아든 특별한 맛이었다.

하지만 이 천국 같은 시간도 끝이 있었다. 우리는 다음을 기약하며 아쉬움 가득한 눈빛으로 작별 인사를 나누었다. 명주가 면회실 문을 나서 부대 정문 밖으로 사라지는 뒷모습을 보면서, 나는 다시금 연천의 차가운 현실로 돌아와야 했다.

그러나 내 발걸음은 더 이상 외롭지 않았다. 가장 절망적이고 고립되어 있던 일병의 시기에, 나와 똑같은 계급장을 달고 있는 가장 가까운 친구가 자신의 가장 소중한 정기 휴가를 희생하며 와주었다는 그 사실이, 나의 남은 군 생활을 버티게 해준 단단한 버팀목이 되어주었다. 그 짧은 만남이 나에게 주었던 심리적 위로와 힘은, 그 어떤 정신 교육이나 훈련보다 강력했다.

1983년 경기도 연천의 그 가을날 토요일, 군복 위에 일병 계급장을 달고, 약간 그을린 얼굴로 정기 휴가를 쪼개어 먼 길을 온 나의 절친 조명주. 그 만남은 나의 청춘 자서전에서 가장 빛나고 소중한, 영원히 잊을 수 없는 한 페이지로 남아 있다. 수십 년이 지난 지금도, 그날의 명주 얼굴과 그의 따뜻한 마음은 내 삶을 지탱하는 진정한 우정의 증거이며, 내가 이 세상에서 가장 아끼고 잊을 수 없는 벗을 가졌음을 증명해 주는 영원한 기억이다.

힘들게 기다려 온 군대의 첫 정기 휴가

....

그 모든 시간은 오직 정현이를 향한 기대감으로 가득 차 있었다. 군복을 벗고 사복을 입은 순간, 나는 군인이 아니라 그녀를 만날 생각에 설레는 한 남자였다. 혹시라도 거리를 걷다 마주치진 않을까, 친구들에게 그녀의 소식을 물으며 애타게 찾았다.

하지만 그 간절한 기다림에도 불구하고 그녀를 만날 수 없었다. 휴가가 끝날 무렵, 마음속에 품었던 희망이 서서히 무너져 내리는 것을 느꼈다. 군 생활의 고통을 이겨 내게 해 주었던 유일한 버팀목이 사라진 듯한 허탈함과 함께, 다시 돌아가야 할 군대로의 발걸음은 그 어느 때보다 무거웠다.

복귀 버스에 몸을 싣고 창밖을 바라보며, 홀로 아픔을 삼켜야만 했다. 그녀를 만나지 못했다는 아쉬움, 이제는 정말 그녀를 잊어야 할지도 모른다는 슬픔이 뒤섞여 마음을 짓눌렀다.

그날의 휴가는 단순한 외박이 아니었다. 내가 군 생활 내내 지켜 온 사랑과 희망이 좌절된, 아픈 시간이었다.

첫 휴가의 달콤함은 한 줌의 아쉬움과 함께 끝이 났다. 군대 밖의 세상은 여전히 시끄러웠지만, 내 귀에는 오직 부대 정문이 닫히는 소리만 메아리치는 듯했다. 다시 일상으로 돌아온 병영의 공기는 무겁고 차가웠다.

하지만 나는 주저앉지 않았다. 다음 휴가라는 희망이 있었기 때문이다. 내게 군 생활은 더 이상 무의미한 시간이 아니었다. 모든 훈련과 작업은 다음 만남을 위한 준비 과정이었고, 매일의 고된 일과 속에서 나는 더욱 강해졌다. 군화 끈을 묶는 손은 더 능숙해졌고, 반복되는 삽질과 행군 속에서 나의 몸은 단단해졌다.

어둠 속에서 보초 근무를 할 때면 나는 밤하늘의 별을 보며 정현이의 얼굴을 떠올렸다. 그리고 상상했다. 다음 휴가 때는 꼭 환한 웃음으로 그녀를 만나는 모습을. 그 상상은 나를 지탱하는 힘이 되었다.

군대 생활에 완벽히 적응해 갈수록, 마음속의 간절함은 더 깊어졌다. 나는 그 간절함을 동력 삼아 오늘을 살아냈다. 정현이를 만날 그날, 나는 지금보다 더 멋진 사람이 되어 있을 것이다.

첫 휴가에서 정현이를 만나지 못한 아쉬움은 무거운 짐이 되어 부대 복귀 후의 군 생활을 지배했다. 매일 반복되는 일상과 훈련 속에서 나는 그 아쉬움을 잊으려 애썼지만, 마음 한구석에는 늘 텅 빈 공간이 남아 있었다. 그 공간을 채울 수 있는 유일한 희망은 바로 다음 휴가였다.

그리고 마침내 두 번째 휴가 날이 다가왔다.

지루했던 시간이 마법처럼 빠르게 흐르는 듯했다. 나는 군복을 벗고 다시 민간인의 모습으로 돌아왔다. 첫 번째 휴가 때의 조급함과 달리, 이번에는 묘한 긴장감과 함께 묵직한 기대감이 마음속을 가득 채웠다. 지난 1년간의 고생이 바로 이 순간을 위한 것이라 스스로를 다독이며, 이번만큼은 만날 수 있을 거야. 지난번의 실패는 그저 더 큰 만남을 위한 예행연습이었다고 믿으며, 나는 다시 한번 용기를 냈다. 훈련으로 단련된 몸보다, 그 어떤 상황에도 흔들리지 않을 마음으로 정현이를 향해 발걸음을 옮겼다.

이번에는 반드시 만날 수 있으리라는 희망을 품고, 나는 중학교 시절 정현이가 살던 집을 향해 걸었다. 그곳은 내게 단순한 집이 아니었다. 오래전 용기 없던 내가 차마 들어가지 못했던, 추억과 미련이 봉인된 상자였다.

마침내 도착한 골목길. 모든 시간이 멈춘 듯 고요했다. 10여 년 전의 풍경과 크게 다르지 않은 그 집 앞에 나는 섰다. 멀리서 봐도 알 수 있었지만, 혹시나 하는 마음에 더 가까이 다가갔다. 현관문 앞에 선 순간, 내 심장은 훈련 때보다 더 격렬하게 뛰었다.

하지만 그때도, 지금도, 나는 용기가 없었다.

오랜 시간 품어왔던 희망은, 문을 향해 뻗으려던 나의 손끝에서

산산조각이 났다. 나는 그 흔적을 남기지도 못하고, 그저 멍하니 문을 바라보다 천천히 뒤돌아섰다. 이 모든 고생이 무의미해지는 순간이었다.

길었던 두 번째 휴가는, 그렇게 정현이의 집 앞에서 끝이 났다. 텅 빈 가슴을 안고 돌아온 부대. 군복을 다시 입는 순간, 나는 더 이상 자유를 잃은 군인이 아니었다. 영원히 마주할 수 없는 과거를 품은 채, 현실로 복귀하는 길고도 외로운 방랑자였다.

부대 정문을 통과하는 순간, 철컥, 하고 굳게 닫히는 철문 소리가 내 귀에는 마치 족쇄가 채워지는 소리처럼 들렸다. 다시 돌아온 내무반의 공기는 낯설지 않았다. 눅눅한 냄새와 정해진 규칙, 획일화된 삶. 모든 것이 제자리였지만, 나의 마음속에는 텅 빈 공간이 생겨 버렸다.

그때부터 군 생활은 이전과 달랐다. 혹독한 훈련과 반복되는 일상, 무거운 짐을 옮기는 매 순간이 견딜 수 없었다. 무게는 단지 군장의 무게가 아니었다. 만나지 못한 아쉬움, 닿지 않은 진심이 더해져 나의 어깨를 짓눌렀다. 동기들의 웃음소리도, 선임의 무뚝뚝한 말도 나에게는 그저 공허하게 울리는 메아리일 뿐이었다.

나는 뼈가 시리도록 혹독한 겨울의 한가운데서, 다시는 돌아오지 않을 그 짧은 휴가와 만나지 못했던 한 사람을 잊으려 애썼다. 그러나 그럴수록, 그녀를 만나지 못한 슬픔은 내 군 생활에 깊이 스며들어, 나를 지독히도 무겁게 만들었다.

가슴을 짓누르는 아쉬움을 뒤로한 채 돌아온 부대는 여전히 그 모습 그대로였다. 정현이의 얼굴은 보지 못했지만, 다시 만날 날을 기약하며 훈련에 매달렸다. 땀방울이 흐를수록, 총을 닦고 또 닦을수록, 그녀에게 더 멋진 모습으로 나타나고 싶다는 생각만이 간절했다.

수많은 밤을 뜬눈으로 지새우며 펜으로 그녀의 이름을 적었고, 훈련장에서는 매번 그녀를 향한 외침을 삼키며 뛰었다. 그렇게 참고 버티는 시간 속에 어느덧 전역의 날이 코앞으로 다가왔다. 그리고 마침내, 기다리고 기다리던 마지막 휴가를 떠나게 되었다.

홀가분한 마음과 설렘을 안고 부대 문을 나섰다. 바람은 왠지 모르게 더 자유롭게 느껴졌고, 하늘은 그 어느 때보다 푸르렀다. 이제 더 이상 미룰 수 없는 만남, 마지막 휴가의 끝에는 정현이가 기다리고 있다. 이제 드디어, 진짜 이야기를 시작할 수 있을 것이다.

길고 긴 기다림의 끝, 그 마지막 페이지를 함께 채워나갈 그날이 내가 정현이를 기다리고 있을 것이다.

끝내 닿지 못한 마음: 마지막 휴가

나의 군 복무 기간은 두 번의 기회, 끝내 찾아온 마지막 기회로 요약될 수 있었다. 일병 때의 첫 정기 휴가, 상병 때의 두 번째 휴가. 그때마다 나의 짝사랑, 정현이를 만날 수 있을 거라는 부푼 기대를 안고 위병소를 나섰다.

하지만 그때마다 현실은 냉혹했다. 나는 정현이에게 연락할 방법조차 없었다. 단절된 채로 입대한 탓에, 그녀의 번호도, 근황도 알 수 없었다. 그저 그녀가 혹시라도 있을 만한 추억의 장소들을 찾아 헤매는 것이 내가 할 수 있는 유일한 '노력'이었다. 정현이가 살던 동네 앞을 서성이거나, 학교 주변을 맴돌았다. 그러나 그녀의 모습은 단 한 번도 내 시야에 들어오지 않았다. 그때는 '다음 휴가 때는 운명처럼 마주치겠지'라며 스스로를 달랬다.

그리고 마침내, 모든 군 생활의 끝을 알리는 말년 휴가가 시작되었다. 이번이 정말 마지막 기회였다. 나는 그녀를 만나기 위해 휴가 기간 내내 동분서주했지만, 허탈한 발걸음만 되풀이할 뿐이었다. 주변을 통해 수소문하려 했지만, 그녀의 소식은 어디에서도 들리지 않았다.

가장 간절했을 때, 나는 닿을 수 없는 사람을 간절히 찾고 있었다. 나의 길고 길었던 군 생활 동안, 단 한 번의 마주침조차 운명처럼 허락되지 않았다. 처음에는 실망했고, 그다음에는 체념했으며, 이제는 그저 씁쓸함과 무력함만이 남았다. 그녀에게 나는 군복을 입고 온 이등병의 어설픈 짝사랑, 혹은 그저 기억 저편의 이름 그 이상도 이하도 아니었을 것이다.

그렇게 정현이를 만나지 못한 채 홀로 보낸 마지막 휴가는 쓸쓸한 공기로 가득 찼다. 복귀 날, 부대로 향하는 버스 안에서 창밖을 바라보았다. 창문에 비친 내 얼굴은 군 생활의 피로와 함께 끝내 닿지 못한 사랑에 대한 아쉬움으로 얼룩져 있었다.

'이제 정말 끝이구나. 인연이 아니었구나.'

가슴속에 품고 있던 오랜 기대와 떨림을 내려놓고, 나는 무거운 발걸음을 옮겨 익숙한 위병소 안으로 들어섰다. 짝사랑의 종지부를 찍은 채 복귀하는 말년 휴가 나온 나의 등 뒤로, 석양이 길게 그림자를 드리우고 있었다. 나의 군 복무는 이제 거의 끝났지만, 정현이를 향한 마음은 미련이라는 이름의 미완성으로 남겨진 채였다.

잊을 수 없는 세 번의 휴가 그리고 1985년 5월의 제대

……..

군 복무 중 누릴 수 있는 유일한 낙이자 희망이었던 세 번의 휴가. 그 휴가들은 오로지 한 사람, 정현이를 만나는 것으로 그 의미가 가득 채워져 있었다. 고된 훈련과 삭막한 부대 생활 속에서 정현이에 대한 짝사랑은 내가 버틸 수 있는 유일한 동력이었다. 휴가 날짜가 다가올 때마다 심장은 설렘으로 가득 찼고, 마치 드라마 속 주인공이라도 된 듯 그녀를 찾을 계획을 머릿속으로 수없이 그렸다.

그러나 현실은 냉정했다. 막상 세상으로 나와 정현이를 찾아 나섰지만, 도저히 연락처를 알 수가 없었다. 그녀의 이름 외에 아는 정보가 거의 없었기에, 내가 할 수 있는 일이라곤 옛 추억이 깃든 장소를 서성이는 것뿐이었다. 첫 번째 휴가, 두 번째 휴가, 마지막 세 번째 휴가까지… 짧고 소중한 시간을 정현이의 흔적을 찾는 데 모두 쏟아부었지만, 끝내 그녀의 목소리 한 번 듣지 못하고, 모습 한 번 보지 못했다. 매번 부대로 복귀하는 길은 그렇게나 무거울 수가 없었다. 만나지 못했다는 아쉬움과 허탈함은 다시 기약 없는 기다림으로 바뀌어 군 생활의 고독을 더욱 깊게 만들었다.

그렇게 정현이에 대한 미련을 뒤로하고, 군 생활을 묵묵히 이어가던 중 마침내 기다리고 기다리던 순간이 찾아왔다. 바로 1985년 5월, 감격스러운 제대였다.

남들이 당연히 거쳐야 했던 복무 기간이었지만, 나에게는 특별한 혜택이 주어졌다. 나는 대학에 다니면서 군사 교육을 이수했기 때문에, 복무 기간에서 무려 45일이라는 단축 혜택을 받을 수 있었던 것이다. 남들보다 조금 더 일찍 자유의 몸이 된다는 것은, 45일만큼의 시간을 아꼈다는 기쁨뿐 아니라, 이젠 정현이를 다시 찾아 나설 수 있는 완전한 자유를 얻었다는 희망을 의미했다. 부대문을 나서는 순간, 1985년 5월의 따스한 햇살 아래에서 내가 경험했던 군 생활의 고통과 정현이에 대한 아쉬움이 마침내 해소되는 듯한 기분이었다.

비록 군 생활 동안 세 번의 휴가는 짝사랑하는 사람을 찾지 못한 실패로 기록되었지만, 이제는 민간인의 신분으로 그녀를 향한 간절한 마음을 다시 시작할 수 있게 되었다. 1985년 5월의 봄바람은 새로운 시작을 알리는 희망의 바람이었다.

군 제대 후, 세상은 마치 새로운 막을 올린 듯 낯설면서도 설렘으로 가득 차 있었다. 내 마음은 오로지 정현이를 다시 만날 수 있다는 희망 하나로 가득했다. 제대하면 정현이에게 늠름해진 모습을 보여 주고, 못다 한 이야기를 밤새도록 나누리라 수없이 다짐했었다. 하지만 냉혹한 현실은 내 기대를 산산조각 냈다. 애타게 찾아 헤매도 닿을 수 없는 연락처는 마치 텅 빈 번호부처럼 나를 좌절시켰다.

5월에 제대한 탓에, 3학년 1학기 복학까지는 너무나 긴 시간이 남아 있었다. 텅 빈 마음과 함께 무의미한 시간을 보내는 것이 두려웠다. 마치 세상과 단절된 섬에 홀로 남겨진 듯한 기분이었다. 그렇게 나는 복학 전까지 뭐라도 해야겠다는 생각에 몸을 움직이기 시작했다. 그건 단순히 돈을 벌기 위함이 아니었다. 힘들고 고된 아르바이트를 하며 땀을 흘리는 동안은 잠시나마 정현이에 대한 생각을 잊을 수 있었으니까.

그렇게 시작한 일은 상상 이상으로 고되었다. 해가 지고 파김치가 되어 집으로 돌아오면, 온몸이 쑤시고 아파서 아무것도 할 수 없었다. 하지만 몸이 힘들수록 내 마음은 오히려 맑아지는 것을 느낄 수 있었다. 고통은 정현이를 향한 그리움을 잠시나마 잊게 해 주는 유일한 마취제였다.

그 시간들은 씁쓸하고 아팠지만, 나에게는 다시 일어설 힘을 주는 소중한 시간이었다. 텅 빈 가슴을 채우기 위해 시작했던 아르바이트는 결국 나를 한층 더 단단하게 만들어 주었다. 그러던 어느 날, 땀으로 범벅이 된 몸으로 쉬고 있을 때, 불현듯 정현이가 너무 보고 싶다는 생각이 들었다. 고단함에 잠시 잊고 지냈던 그리움이 파도처럼 밀려왔다. 그때 문득, 중학교 동창이자 정현이와 같은 동네에 사는 남주희가 떠올랐다. 주희를 만나면 정현이의 소식을 들을 수 있지 않을까 하는 희망이 생겼다. 나는 주희에게 연락해, 오랜만에 서울 이문동 경희대 근처 커피숍에서 만나기로 했다.

주희는 여전한 모습으로 나를 반겨 주었다. 오랜만에 만난 녀석과 이런저런 이야기를 나누다 조심스럽게 정현이의 소식을 물었다. "혹시 정현이 연락처 아니?" 내 말에 주희는 고개를 갸웃거리며 말했다. "정현이? 글쎄, 나도 몰라."

그 순간, 내 가슴은 쿵 하고 내려앉았다. 마지막 희망마저 사라지는 듯한 기분이 들었다. 애써 괜찮은 척 웃었지만, 눈앞의 커피는 아무 맛도 느껴지지 않았다. 녀석에게는 별일 아닌 이야기겠지만, 나에게는 세상이 무너지는 것 같은 절망이었다. 그렇게 나는 아르바이트를 시작했을 때보다 더 깊은 허무함과 마주하게 되었다.

제대 후, 청춘의 땀이 이자로 돌아오던 순간

군 복무 기간은 잠시 멈춰 있던 시간처럼 느껴졌지만, 사실 가장 생산적인 시간이었음을 나는 알고 있었다. 바로 2년 반 전, 피와 같은 장학금 30만 원을 맡겨두었던 정기적금 통장이 있었기 때문이다.

전역 후 가장 먼저 은행 창구로 향했다. 그 통장은 단순히 돈이 묶여 있던 종잇조각이 아니었다. 그것은 대학에서 흘린 나의 뜨거운 땀, 미래를 향한 나의 치밀한 계획이 응축된 희망의 징표였다.

직원에게 통장을 내밀고 만기 해지를 요청했다. 잠시 후, 잉크젯 프린터가 '착착' 소리를 내며 인쇄한 최종 금액이 적힌 종이가 내 앞으로 밀려왔다.

원금 30만 원. 그리고 그 아래 찍힌 숫자는 내 가슴을 벅차게 만들었다.

당시 1980년대 초반, 시중 은행의 이자율이 6~7% 정도였던 것으로 기억한다. 30만 원의 원금은 30개월이라는 시간 동안 묵묵히 제 몫을 해냈고, 그 결과 약 6만 원의 이자가 붙어 있었다.

6만 원.

단순한 숫자가 아니었다. 30개월이라는 긴 공백 동안, 내가 흘린 땀이 단 한 순간도 헛되지 않았음을 증명하는 금액이었다. 군 생활의 고됨 속에서도 나의 미래는 멈추지 않고 성장하고 있었음을, 이 숫자가 웅변하고 있었다.

그 순간 몰려온 감정은 형언할 수 없었다. "너무나 뿌듯했다."

남들은 입대 전 장학금을 써버리거나 흔한 용돈으로 사용했을지 모르지만, 나는 인내했고 계획했다. 그리고 그 인내와 계획이 은행 이자라는 형태로 물질적인 보상을 안겨 주었다. 이것은 내 노력이 낳은 또 하나의 결실이었고, 미래에 대한 나의 투자가 옳았음을 확인하는 순간이었다.

이 돈은 복학하는 나에게 새 학기를 위한 든든한 용돈이 되었고, 한층 성장한 자신감을 바탕으로 다시 한번 학업에 전념할 수 있게 만든 소중한 자양분이 되었다. 나의 20대 청춘은 계획과 노력, 현명한 결단으로 가득 채워져 있었다.

군 제대 후 아르바이트를 끝내고 3학년으로 복학 준비를 하다

....

전역 후, 약 8개월간의 아르바이트를 마치고, 대학 3학년으로 복학하기 위해 나는 고향 충주를 떠나 형님 댁에 몸을 의탁하게 되었다. 그곳에서 나의 보금자리가 된 곳은 다름 아닌 다락방이었다. 창밖으로는 쏟아지는 도시의 불빛과 소음이 가득했지만, 나에게는 그곳이 세상에서 가장 아늑하고 소중한 공간이었다.

처음 다락방에 짐을 풀었을 때의 어색함도 잠시, 그곳은 곧 나만의 작은 왕국이 되었다. 삐걱거리는 나무 계단을 오를 때마다 하루의 고단함과 내일의 희망을 함께 짊어지고 올라가는 기분이 들었다. 좁은 공간이었지만 나에게는 그 어떤 넓은 방보다도 자유로웠다. 작은 책상 위에는 전공 서적과 노트들이 빼곡하게 쌓여 있었고, 그 옆에는 형수님이 챙겨 주신 따뜻한 간식들과 우유가 놓여 있었다.

고된 공부에 지쳐 잠시 숨을 돌릴 때면, 천장의 작은 창문을 통해 밤하늘을 올려다보곤 했다. 별 하나 보이지 않는 도심의 밤하늘이었지만, 나는 그 속에서 나의 꿈과 미래를 그려 보곤 했다. 빵 한 조각을 베어 물며 나는 다시금 펜을 잡았다. 따뜻한 빵의 온기는 내 손끝으로 전해져 차가운 책상 위를 따뜻하게 데워주었고, 나는 그 온기를 연료 삼아 밤늦도록 학문에 매진했다.

다락방에서의 생활은 단순히 머무는 공간을 넘어, 내 삶의 중요한 터닝포인트가 되었다. 그곳에서 나는 자신과의 싸움에서 승리하는 법을 배웠고, 작은 것에 감사하는 마음을 깨달았다. 외로움과 고단함이 밀려올 때도 있었지만, 나는 결코 포기하지 않았다. 다락방의 좁은 공간은 오히려 나의 집중력을 극대화하는 촉매제가 되었다. 세상과 단절된 그곳에서 나는 오로지 내 자신에게만 집중할 수 있었고, 그것은 나를 더욱 강하게 만들어 주었다.

그렇게 다락방에서 보낸 시간들은 내 인생에서 가장 치열하고 아름다운 순간들로 지금까지 기억된다. 빵 한 조각의 따스함과 함께, 나는 그곳에서 나의 꿈을 향한 첫걸음을 내디뎠다. 이제는 추억이 된 다락방의 삐걱거리는 계단 소리와, 그 속에서 피어난 나의 열정은 앞으로도 남은 내 삶을 이끌어가는 소중한 자산이 될 것이다.

정현이와의 아련한 추억, 봄날의 유혹 모두 잠시 접어두었다. 내 눈앞에는 오직 '성공적인 취업'이라는 뚜렷하고 현실적인 목표만이 존재했다.

이 봄, 남들이 낭만을 이야기할 때, 나는 도서관 창밖으로 보이는 푸른 이파리에서 나의 굳건한 의지를 보았다. 중학 시절의 정현이가 순수한 추억이라면, 지금의 나는 치열한 성장의 과정을 겪는 현실의 나였다. 이파리가 단단한 잎으로 자라나듯, 나 역시 쉼 없이 달려 목표를 이뤄낼 것이다. 이 봄은 낭만의 계절이 아닌, 나의 미래를 위한 가장 뜨거운 시작이었다.

군 제대 후 캠퍼스에서 다시 피어난 '영어 교실 짝사랑', 정현

군 제대 후 복학한 나의 나이는 스물여섯. 나는 낯선 강의실 풍경과 동기들 사이에서 어색함을 지워가며 다시 학생의 본분으로 돌아가려 노력했다. 하지만, 나의 마음 깊은 곳에서는 학점이나 취업 준비보다 더 아련하고 해묵은 궁금증이 끊임없이 피어났다. 그것은 바로 '정현'에 대한 생각이었다.

그녀는 나의 옆자리에 앉았던 여학생이 아니었다. 정현은 방과 후나 주말에 곽혜순 영어 선생님이 지도하는 중학교 영어 웅변반 교실에서 처음 만났고, 나는 그녀에게 첫눈에 반했다. 낯선 영어 단어를 외우던 그 공간에서, 정현은 나에게 세상에서 가장 빛나는 존재였다. 짧은 시간, 짧은 공간에서 이루어진 풋풋한 만남이었기에, 그 기억은 더욱 순수하고 강렬하게 남아 있었다.

군대를 다녀오느라 2년 이상의 시간을 '멈춤' 상태로 보낸 스물여섯의 나. 다시 현실로 돌아와 보니, 정현의 시간이 궁금해지기 시작했다.

"정현이는 지금 어디서 살고 있을까? 혹시 결혼은 하지 않았을까?"

나는 군 복무를 마쳤지만, 정현은 그 시간 동안 멈추지 않고 흘러갔을 것이다. 스물여섯이라는 나이는 여성에게도 사회적으로 중요한 전환점을 맞이했을 가능성이 높은 시기였다. 특히 그 시절의 정현이 워낙 밝고 매력적이었기에, 그녀가 이미 인생의 반려자를 만나 가정을 이루었을 것이라는 상상은 너무나 현실적으로 다가왔다.

캠퍼스의 벤치에 앉아 복잡한 전공책을 들여다볼 때마다, 나의 시선은 종종 멀리 허공을 헤매었다. 영어 교실의 낡은 책상에 앉아 환하게 웃던 정현의 모습과, 지금쯤 어딘가에서 '한 남자의 아내'가 되어 살아가고 있을 정현의 모습이 교차되었다. 내가 군대에서 고된 훈련을 받을 때, 정현은 예쁜 드레스를 입고 누군가의 축하를 받으며 결혼식을 올렸을지도 모른다는 생각은, 나에게 묘한 패배감과 함께 깊은 아쉬움을 남겼다.

그녀의 현재를 알아보고 싶다는 충동은 늘 있었지만, 실행으로 옮길 수는 없었다. 그 시절의 풋풋한 짝사랑이, 이제는 연락조차

할 수 없는 '기혼자'의 현실로 깨지는 것을 두려워했기 때문이다. 그녀의 삶이 행복하기를 진심으로 바라지만, 그 행복의 영역에 내가 감히 발을 디딜 수 없다는 사실 자체가 스물여섯의 나에게는 쓰라린 현실이었다.

나에게 정현은 더 이상 중학생이 아니었다. 그녀는 내가 시간을 멈춘 사이, 결혼이라는 인생의 가장 큰 단계를 이미 넘었을지도 모르는 '미지의 여성'이었다. 군 제대 후 새로운 학업을 시작한 복학생의 일상 속에서, 나의 중학교 2학년 '영어 교실 짝사랑'은 그렇게 풀리지 않는 결혼 여부의 궁금증으로 끊임없이 나를 사로잡았다.

중학교 짝사랑 '정현이'를 놓아주고, 내 삶의 빛을 찾다

....

4.5점 만점의 4.3점, 장학증서의 의미

중학교 시절, 내 마음속의 작은 우주를 가득 채웠던 이름, 정현이.

그때의 나는 교실 뒤편에서 몰래 정현이의 뒷모습을 훔쳐보며 하루를 시작하고 마무리하는 평범한 소년이었다. 풋풋하고 아련했던 그 시절의 짝사랑은, 시간이 흐르고 공간이 바뀌어도 내 안에 깊은 뿌리를 내렸죠. 그 감정은 단순한 동경을 넘어, 마치 내 삶의 한 축을 이루는 간절한 염원과도 같았다.

군 제대 후, 다시 찾기 시작한 정현이는 내게 숙명과도 같은 과제였다.

군 제대 후 세상에 다시 나왔을 때, 가장 먼저 하고 싶었던 일은 정현이의 흔적을 찾아내는 것이었다. 동창회 연락망을 뒤지고, 수많은 친구들에게 연락처를 알아보았고, 심지어 몇 년 전 졸업앨범을 들고 무작정 동네를 헤매기도 했었다.

혹시나 하는 마음에 용기를 내어 몇몇 동명이인에게 연락을 해 보기도 했지만, 돌아오는 대답은 언제나 "죄송합니다. 저는 찾으시는 분이 아닙니다."라는 허무한 메시지뿐이었다.

그렇게 수많은 시도와 좌절이 반복되었다.

어느덧 시간이 훌쩍 흘러, 더 이상 정현이를 찾을 수 없다는 냉혹한 현실을 인정해야 할 순간이 왔다. 세상은 넓고, 시간은 계속 흐르며, 중학생 정현이의 모습은 이제 영원히 과거 속에만 존재할지도 모른다는 깨달음이었다. 가슴속에 꽉 막혀 있던 간절함이 서서히 녹아내리며, 묵직한 아련함과 함께 단념(斷念)이라는 단어가 찾아왔다.

'이제 그만 놓아주어야 하는가 보다. 내가 정현이를 찾는 이 열정만큼, 내 삶을 찾는 데 에너지를 쏟아야 하는 시기가 온 것 같다.'

그때부터, 나는 군 제대 후 복학한 캠퍼스 생활을 180도 바꾸어 놓았다.

정현이를 찾기 위해 낭비했던 시간과 감정의 에너지를, 오롯이 나 자신에게 집중하기 시작했다. 책상 앞에 앉아 펜을 잡을 때마다, 정현이를 찾을 수 없었던 그 막막함과 허탈감이 오히려 강력한 집중력으로 변모했다. 이것은 더 이상 도피가 아니었다. 짝사랑의 아픔을 잊기 위한 수단이 아니라, 내가 내 삶의 주인공으로 우뚝 서기 위한 치열한 전투였다.

복학 첫 학기, 나는 매일 새벽 도서관 문이 열기 전부터 줄을 서서 자리를 잡았고, 밤늦게까지 강의 노트와 전공 서적을 파고들었다.

강의실 맨 앞자리는 항상 나의 몫이었고, 이해되지 않는 개념은 교수님을 찾아가 집요하게 질문했으며, 주말에도 친구들과의 약속을 마다하고 스터디 그룹에 참여했다.

그렇게 정현이를 향했던 순수한 열정이 학업 성취를 향한 집념으로 완벽하게 전환되었다.

그리고 마침내, 결실을 맺는 날이 왔다.

숨 막히게 달려온 중간고사와 기말고사를 모두 마친 후, 성적표를 확인하는 순간 내 눈을 의심했습니다.

4.5점 만점인 학교 성적 기준에서, 나는 압도적인 4.3점이라는 경이로운 성적을 거두었다. 그저 '좋은 성적'이 아니라, 최우수 성적이었다.

그리고 얼마 후, 내 손에는 '장학생(獎學生)'이라는 세 글자가 선명하게 박힌 증서와 장학금을 받았다.

장학증서를 들고 캠퍼스를 걷는 순간, 나는 깨달았다. 정현이를 잃었지만, 그 빈자리를 나의 노력과 성취라는 빛나는 것으로 채웠다는 것을. 짝사랑의 그림자 속에서 벗어나, 이제 내 삶의 뚜렷한 목표를 찾아낸 것이다.

비록 정현이는 내 곁에 없지만, 4.3점이라는 성적과 장학증서는 이제 내가 스스로에게 줄 수 있는 가장 빛나는 보상이었고, 과거의 짝사랑이 내 삶을 긍정적인 방향으로 이끌어 준 가장 아름다운 추억의 동력으로 남게 되었다.

제대 후 첫 캠퍼스의 봄,
중학 시절의 아련함과 나의 다짐

....

마침내 대학교 3학년 1학기 복학을 하게 되었다. 하지만 설렘보다는 낯선 기분과 불안함이 앞섰다. 2년이라는 시간은 대학의 풍경을 완전히 바꿔 놓았다. 익숙했던 건물들은 그대로였지만, 캠퍼스를 오가는 사람들은 모두 낯선 얼굴들이었다. 나와 함께 입학했던 동기들은 이미 졸업했거나 4학년이 되어 각자의 길을 걷고 있었고, 풋풋했던 새내기들은 이제 학과 생활의 중심이 되어 있었다.

마치 과거에서 온 사람처럼, 나는 낯선 풍경 속에서 홀로 서 있는 듯했다. 처음에는 텅 빈 강의실에서 혼자 공부하기도 하고, 혼밥을 하는 것도 익숙해져야 했다. 새롭게 시작된 낯선 대학 생활은 제대 후 정현이를 찾을 수 없었던 상실감만큼이나 나를 외롭게 만들었다.

길었던 군 생활의 마침표를 찍고 돌아온 캠퍼스에 비로소 진정한 봄이 찾아왔다. 따스한 햇살이 내려앉은 잔디밭 위로 솜사탕 같은 벚꽃잎이 흩날리고, 겨우내 움츠렸던 나무들은 생명력을 폭

발시키듯 파릇파릇한 새 이파리를 매달고 있었다.

그 파릇파릇한 이파리를 볼 때마다 불쑥, 정현이가 떠올랐다. 정현이는 캠퍼스의 동기가 아니었다. 그 아이는 중학교 시절, 내가 매일 아침 설렘을 안고 등교하게 만들었던 첫사랑이자 짝사랑했던 여자 친구였다. 그 연둣빛 새싹처럼 풋풋하고 순수했던 시절, 그녀의 해맑은 미소가 파릇한 이파리 속에 아련하게 겹쳐 보였다.

잠시나마 정현이와의 추억에 마음이 젖어 들었다. 그녀가 앉아 있던 짝꿍 자리, 그녀에게 몰래 건네려다 망설였던 편지, 세상의 걱정이라곤 하나 없던 그 시절의 순수함이 밀려왔다.

하지만 나는 곧바로 현실로 돌아와야 했다. 군대에서 배운 단호함으로 감정을 다잡았다.

생각은 짧게, 행동은 단호하게.

나는 정말 공부를 열심히 해야만 했다. 파릇한 이파리가 상징하는 풋풋한 낭만은 이미 흘러간 중학 시절의 정현이와 함께 남겨두어야 할 과거였다. 2년의 군 생활은 나에게 현실의 무게와 시간의 소중함을 뼈저리게 가르쳐 주었다. 더 이상 달콤한 추억에 머물러 있을 여유가 없었다.

나에게 주어진 복학 생활은 단순히 학점을 따는 기간이 아니라, 미래를 위한 절대적인 도약의 시간이었다. 나는 마음을 굳게 다잡고 취업을 목표로 열심히 공부를 했다. 아침 일찍 도서관 문이 열기 전부터 줄을 섰고, 창밖의 벚꽃 대신 책 속의 활자를 바라봤다. 밤늦도록 전공 서적과 씨름하며, 혹독한 자기 관리를 이어갔다.

이제 나는 그간 마음 한구석을 무겁게 차지하고 있던 정현이와의 빛바랜 추억들을 하나둘 내려놓으려 한다. 익숙한 길목마다 서려 있던 지난 기억의 잔상들을 털어내고 나니, 비로소 눈앞의 풍경이 선명하게 들어온다. 흩날리는 벚꽃잎은 더 이상 아릿한 그리움이 아니라, 오직 지금 이 순간의 나를 축복하는 눈부신 서사다. 강의실 창가로 스며드는 따스한 햇살과 교정에 퍼지는 생동감 넘치는 소음들 속에서 나는 과거의 그림자 없이 온전한 '나'로서 숨을 쉰다. 지나온 겨울이 아무리 길었을지라도, 결국 첫눈 같은 위로를 건네며 봄은 다시 찾아왔다. 이제 나는 과거의 이름들에 기대지 않고, 오로지 내 안에 쌓인 삶의 무게와 다시 시작하는 설렘만으로 캠퍼스의 봄을 만끽한다. 비워낸 마음자리에는 새로운 배움의 즐거움과 현재의 고요한 평온함이 차곡차곡 쌓여간다.

올봄, 캠퍼스는 오직 나만을 위한 찬란한 무대다.

1980년대 봄날의 캠퍼스에서 내린, 가장 단호한 결심

....

군복 대신 낡은 가방을 메고 다시 밟은 캠퍼스는, 2년 전 내가 떠났던 그 자리에서 멈춰 있던 시간들을 단숨에 깨워내는 듯했다. 만개한 벚꽃잎이 바람에 흩날릴 때마다, 그 설렘은 곧 정현이라는 이름 석 자와 뒤섞여 내 가슴을 다시 한번 건드렸다. 중학교 2학년, 짝사랑이라는 단어의 무게를 처음 알게 해 준 그녀. 정현이는 내 군 생활, 그 고독하고 메마른 시간 속에서 유일하게 빛나던 이정표였다.

"혹시 복학하면 만날 수 있지 않을까?"

그 희미한 희망은 나를 지탱하는 힘이었다. 나는 제대할 때까지 백방으로 그녀를 찾았다. 학창 시절 친구들에게 연락하고, 동창회 연락망을 수소문하며, 주소록과 졸업 앨범의 행간을 샅샅이 뒤졌다. 전역이 가까워질수록 그 탐색은 간절함을 넘어선 집착처럼 느껴지기도 했다. 혹독한 훈련보다, 그녀의 소식을 찾을 수 없다는 현실이 더 고통스러웠다. 그러나 현실은 냉정했다. 그토록 간절히 찾았음에도, 그녀의 흔적은 그 어디에도 없었다. 마치 그녀가 내 기억 속에만 존재하는 유령처럼 느껴졌다.

그리고 오늘, 이 봄날의 캠퍼스 벤치에 앉아 그 모든 수색과 미련에 마침표를 찍기로 결정했다.

따스한 햇살 아래, 새 학기의 활기로 가득 찬 학생들의 모습이 눈에 들어왔다. 그들은 미래를 이야기하고, 당장의 시험과 리포트에 열중하며, 캠퍼스의 에너지를 마음껏 발산하고 있었다. 그들을 바라보는 순간 깨달았다. 정현을 찾아 헤매는 동안, 나는 내 삶의 가장 소중한 시간들을 과거라는 덫에 묶어두고 있었다는 것을.

이제 됐다. 충분히 노력했다.

더 이상 그녀를 향한 부질없는 미련과 헛된 희망에 귀한 시간을 내어줄 수 없다. 정현을 향했던 그 간절함, 백방으로 그녀를 찾으려 했던 그 집요한 에너지는 이제 다른 곳으로 향해야 한다. 바로 나의 미래, 학업, 꿈을 향해서 말이다.

나는 오늘 이 봄날의 캠퍼스에서, 정현이라는 짝사랑을 내 마음 속의 가장 아름다운 추억으로 조용히 봉인할 것이다. 그리고 그 빈자리를 학업에 대한 강한 열정으로 채울 것이다. 2년이라는 공백을 메우기 위해 남들보다 두 배, 세 배 더 치열하게 공부할 것이다. 강의실 맨 앞자리에 앉아 필기에 집중하고, 장서가 가득한 도서관에서 밤을 지새우며, 내가 이 학교에 돌아온 본래의 목적을 달성할 것이다.

안녕, 중학교 2학년의 설렘.

안녕, 군 생활을 지탱해 준 희미한 좌표.

정현아, 이제 나는 너를 놓아주고, 나 자신에게 집중할 것이다.

흩날리는 벚꽃잎 사이로, 나는 과거의 그림자를 털어내고 새로운 시작을 다짐하는 단단한 숨을 내쉬었다. 나의 청춘은 이제 미련이 아닌, 도전과 성취의 시간으로 채워질 것이다. 이 봄, 나는 비로소 진정한 나로 변했다.

새로운 시작, 캠퍼스에서 찾은 나의 삶

....

어느 날 내 마음속엔 묘한 감정들이 뒤섞여 있었다. 겉으로는 늠름해진 모습이었지만, 군에 가기 전부터 오랜 시간 나를 맴돌았던 중학교 때 짝사랑했던 정현이에 대한 미련은 여전히 옅은 그림자처럼 남아 있었다. 그 시절, 감히 다가서지 못하고 혼자서만 애태웠던 그 감정의 조각들은 때때로 복학 준비를 하는 나를 붙잡곤 했다.

하지만 이제는 그 기억을 과거의 아름다운 추억으로 묻어두기로 결심했다. 나를 괴롭히던 감정의 짐을 내려놓고, 새로운 20대의 페이지를 펼쳐야 할 때가 왔다는 것을 깨달았기 때문이었다. 군 복무는 내게 기다림과 인내뿐만 아니라, 나 자신에게 집중하는 법과 성실함의 가치를 선물해 주었다.

노력의 결실, 장학금이 열어준 자유

캠퍼스 생활은 내 결심을 현실로 만들어 주었다. 복학 후 내게 가장 큰 힘이 되어준 것은 바로 장학금이었다. 군대 가기 전, 짧은 대학 생활이었지만 열심히 노력했던 결과로 첫 장학금을 받았던 기억은 내 복학 생활에 강력한 동기 부여가 되었다.

그리고 다시 돌아온 캠퍼스에서 나는 더욱 학업에 몰두했다. 지난날의 아쉬움을 만회하듯, 마치 새로 입학한 신입생처럼 치열하게 공부했고, 그 결과 복학 후에도 다시 한번 장학금을 받는 쾌거를 이루었다.

"군 입대 전 2학년때, 복학 후 한 번의 장학금까지 포함해 총 두 번의 장학금을 받았다."

이 장학금은 단순한 금전적인 지원을 넘어서는 것이었다. 등록금 걱정 없이 마음껏 학업에 집중할 수 있는 마음의 평화를 선물해 주었기 때문이다. 경제적인 부담에서 해방되자, 내 대학 생활은 비로소 나만의 삶을 누리는 아름다운 시간으로 채워지기 시작했다.

마음 편하게 캠퍼스를 거닐고, 흥미로운 강의에 몰두하며, 동기들과의 관계에 진심을 다하는 나날들. 정현이로 인해 복잡했던 과거의 마음은 서서히 치유되었고, 나는 현재의 나 자신에게 완전히 집중할 수 있게 되었다.

이제 기본적인 학업 목표를 달성하고 경제적인 걱정까지 덜어낸 나는, 이 안정적인 기반 위에서 또 다른 계획을 세울 수밖에 없었다. 다음 단계는 더욱 적극적이고 주도적인 삶을 설계하는 것이었다.

전공 심화: 단순히 학점을 잘 받는 것을 넘어, 전공 분야에서 깊이 있는 지식을 쌓기 위한 학회 활동 참여.

미래 준비: 졸업 후 진로를 구체화하기 위한 인턴십 또는 대외 활동 탐색.

개인 역량 강화: 외국어 공부, 자격증 취득 등 나를 발전시킬 수 있는 자기 계발 계획.

더 이상 누군가를 짝사랑하며 시간을 허비하지 않는다. 캠퍼스는 나에게 주어졌고, 이 시간을 어떻게 채울지는 오롯이 나의 몫이 되었다. 정현이라는 이름의 첫사랑은 나를 성숙하게 만든 소중한 기억으로 남겨두고, 이제 나는 미래의 '나'를 위한 설계도를 펼쳐 들었다. 이 아름다운 대학 생활은 나를 위한 투자이자, 새로운 시작의 발판이었다.

홀가분한 마음으로 대학친구를 만나러 가다

....

군 제대 후 1학기 성적을 우수하게 맞춰 장학금을 받은 나는 홀가분한 마음으로 나의 대학 동기인 염정민을 만나러 청량리 돌다방으로 향했다.

대학 동기인 정민이는 방위로 군 복무를 마치고 나보다 먼저 졸업을 한 후에 이미 꽤 오래 직장을 다니고 있었다. 복학생 신분으로 오랜만에 그를 만난다는 생각에 나는 왠지 모를 긴장감과 설렘을 동시에 느꼈다. '녀석, 먼저 사회생활 하느라 고생이 많겠지'라는 생각을 하며 돌다방 문을 열고 들어섰다.

익숙한 구석 테이블에 염정민이 앉아 있는 것이 보였다. 그런데 정민이의 옆자리에는 또 다른 젊은 여자가 함께 있었다. 나는 순간 '혹시 여자 친구인가?' 하는 생각에 걸음을 멈칫했지만, 정민이는 나를 보자마자 벌떡 일어나 큰 소리로 외쳤다.

"야! 드디어 왔냐, 반가워!"

나는 멋쩍게 웃으며 테이블로 다가갔다. "하하, 오랜만이다. 근데 옆에 미인은 누구셔?" 내가 조심스럽게 묻자, 정민이는 그 여성을 바라보며 너털웃음을 터뜨렸다.

"얘? 네가 깜짝 놀랄까 봐 일부러 말 안 했지. 얘는 내 종질(從姪), 염기옥이야.

그리고 내가 당숙 아저씨고.*

그리고 너랑 나이가 동갑이다, 동갑! 오늘 마침 이 근처에서 볼 일이 있다고 해서 잠깐 같이 앉아 있었지. 기옥아, 인사해. 아저씨의 제일 친한 대학 동기이자 네 동갑 친구인 이철호야."

기옥은 자리에서 일어나 단정하게 인사를 건넸다. "안녕하세요, 염기옥이라고 합니다. 아저씨한테 이야기 많이 들었어요. 복학하셨다고요?" 염기옥의 눈빛은 호기심으로 반짝이고 있었다. 그녀는 깔끔한 정장 차림은 아니었지만, 단정한 블라우스와 치마를 입고 있어 이미 사회인의 느낌을 물씬 풍기고 있었다.

나는 "어어, 그래요! 동갑이라니 신기하네요. 저는 이철호라고 합니다." 그녀가 앉았던 의자를 끌어당겨 마주 보고 앉았다.

"염기옥은 너랑 동갑이지만, 일찌감치 취업해서 벌써 3년째 직장 생활 중이야." 정민이가 능글맞게 웃으며 커피를 한 모금 마셨다.

* 당숙(堂叔)은 아버지의 사촌 형제(5촌)를 부르는 호칭입니다.
당질(堂姪) 또는 종질(從姪)은 그 당숙 아저씨에게 조카뻘이 되는 사용자님을 부르는 호칭입니다.
친근하게는 그냥 '조카'라고 부르시는 경우도 많습니다.

나는 놀라서 그녀를 다시 보았다. "와, 벌써 직장인이라니 대단하다. 나는 이제 겨우 복학했는데."

세 사람은 청량리 돌다방의 낡은 테이블에 둘러앉아 한참 동안 이야기를 나누었다. 정민이는 오랜만에 만난 나에게 직장 생활의 애환과 성과를 섞어 이야기했고, 나는 군 복무 시절의 에피소드와 복학 후의 낯선 학교 분위기를 털어놓았다.

염정민은 시계를 흘끗 보더니 자리에서 일어났다. "야, 우리 여기서 이러지 말고 저녁이나 먹으러 가자. 청량리 시장에 괜찮은 돼지갈빗집이 있어. 오늘은 내가 쏜다!" 정민이는 호기롭게 앞장섰고, 우리는 왁자지껄한 시장 골목으로 발걸음을 옮겼다.

왁자지껄한 시장통 속에서 풍겨오는 달콤한 갈비 냄새가 식욕을 자극했다. 우리는 적당한 테이블에 자리를 잡고 갈비를 주문했다.

숯불이 들어오고, 정민이와 나는 오랜만에 소주 한 잔을 시켰다. 동갑내기 직장인인 염기옥은 술을 못한다며, 사이다를 시켜 잔을 채웠다. 고기가 불판 위에서 지글거리는 소리, 소주잔이 부딪히는 맑은 소리, 정민이의 호탕한 웃음소리가 어우러져 흥겨운 분위기를 만들었다.

나는 소주를 한 잔 털어 넣으며, 정민이에게 군대 이야기를 늘어놓았다. 정민이는 내가 복학 후 장학금을 받은 사실을 알고 있기에, 나를 놀리면서도 연신 흐뭇한 미소를 지었다.

“근데 정민아.” 내가 문득 말했다. “정현이를 완전히 잊게 해 준 건 이번 1학기 성적이더라. 정말 홀가분해.” 내가 정현이 이야기를 마무리 짓듯 언급하자, 정민이는 조용히 고개를 끄덕이며 나를 격려했다.

정현이를 완전히 잊은 후라 그런지, 나는 맞은편에 앉은 정민이 조카 염기옥이 은근히 마음에 들었다. 동갑이지만 벌써 2년 차 직장인인 그녀의 단정함과 차분함은, 대학 시절의 내가 찾지 못했던 새로운 매력이었다. 그녀는 말을 많이 하지 않았지만, 정민이와 나 사이를 오가는 대화의 흐름을 놓치지 않고 조용히 미소 짓는 모습이 매력적이었다.

나는 시간이 날 때마다 슬쩍 고개를 들어 그녀를 쳐다보았다. 그녀가 불판 위의 갈비가 타지 않게 뒤집을 때, 혹은 사이다 잔을 들어 마실 때마다 그녀의 행동 하나하나가 눈에 들어왔다. 그녀가 나를 쳐다볼 때면 나는 황급히 고기나 술잔으로 시선을 돌리곤 했지만, 그럴 때마다 심장이 간지러웠다.

“염기옥 씨는 회사 생활 재밌어요?” 나는 용기를 내어 그녀에게 직접적으로 질문했다.

그녀는 환하게 웃으며 대답했다. “네, 힘들지만 재미있어요.”

정민이가 그 틈을 놓치지 않고 끼어들었다. “야, 철호 너 내 조카 기옥이한테 관심 있지? 기옥아, 너도 얘가 마음에 드냐? 어때, 내 친구 괜찮지?"

나는 소주를 마시다 컥 하고 사레가 들렸다. "야, 염정민! 술 취했냐? 무슨 소리야!" 나는 얼굴이 화끈 달아올랐지만, 그녀는 그저 깔깔 웃을 뿐이었다.

"아저씨, 너무 그러지 마세요. 그래도 철호 씨, 처음 만났는데 말씀 잘 통하고 좋아요." 기옥의 긍정적인 반응에 나는 다시 한번 새로운 희망을 느꼈다. 이 만남은 정현이의 기억을 완전히 지우고 내 삶을 새롭게 시작하는 신호탄이 될 것만 같았다.

숯불구이의 따스한 연기와 친구 정민이가 권하는 소주잔이 그 서늘함을 기분 좋게 밀어냈다. 정민이의 조카인 기옥 씨와 셋이 마주 앉은 자리. 나는 숯불의 불꽃처럼 일렁이는 묘한 설렘 속으로 빠져들고 있었다.

웃음꽃을 피우며 고기 굽는 이야기에 집중하고, 술잔을 주고받으며 세상 돌아가는 소리를 나누는 사이, 시간은 너무나 무심하게 흘러갔다. 뭉근하고 편안한 기옥 씨의 목소리, 고기를 집어 주는 손길 하나하나에 나는 이전에는 느끼지 못했던 잔잔하면서도 강렬한 끌림을 느꼈다. 왠지 모르게 이 밤이 특별하게 기억될 것 같은 예감이었다.

문득, 가게 시계를 올려다보니 어느덧 밤 10시를 훌쩍 넘긴 시간. 정민이가 내일의 일정을 언급하며 자리에서 일어날 채비를 했다. 아, 여기서 이 시간이 끝이라는 사실이 너무나도 아쉽게 밀려왔다. 특히, 이제 막 그녀의 편안한 미소와 눈빛에 익숙해지기 시작했는데, 이대로 보내야 한다는 것이 유난히 크게 다가와 가슴 한쪽이 저릿했다.

더 이상 망설일 수 없었다. 용기를 내지 않으면, 이 인연은 숯불이 꺼지듯 희미하게 사라지고 말 것 같았다. 떨리는 목소리를 애써 숨기며, 조심스럽게 기옥 씨에게 말을 건넸다. 이 당시 연락처를 주고받는다는 것은, 전화번호가 적힌 쪽지 한 장이 전부이거나, 다음 만남을 기약하는 낭만적인 약속과도 같았다.

“기옥 씨. 혹시… 다음번에 직장으로 전화라도 한 번 드릴 수 있을까요? 연락처를… 좀 알려 주셨으면 좋겠는데요.”

순간, 숯불이 타닥거리는 소리 외에는 아무 소리도 들리지 않는 것 같았다. 나의 진심을 담은 용기가 어색하게 느껴질까 두려웠다. 하지만 기옥 씨는 당황하는 기색 없이, 슬쩍 미소를 지어 보였다. 그 미소는 늦가을 밤의 별빛처럼 은은하고 아름다웠다.

“다음에요. 다음에 우리, 정민 아저씨랑 이렇게 다시 한 번 꼭 만나요. 그때 알려 드릴게요.”

그녀의 대답을 듣는 순간, 가슴 속에는 알 수 없는 아쉬움이 퍼지는 동시에 묘한 기대감도 피어났다. 명확한 거절은 아니었기에, 그녀가 다음 기회를 열어주었다는 사실에 작은 희망을 느꼈다. 하지만 지금 당장의 간절함이 해소되지 않은 아쉬움은 어쩔 수 없었다.

기옥 씨는 그렇게 정민이와 함께 밤의 장막 속으로 사라졌다. 자리에 홀로 남아, 저는 식어가는 숯불과 연기처럼 그녀의 잔상이 흩어지는 것을 바라보았다. 손에 쥔 것은 아무것도 없지만, 내 마음속에는 '다음'이라는, 기약 없는 약속이 선명한 불씨처럼 남아 있음을 느꼈다.

이 초가을 밤, 숯불구이와 소주 한 잔이 맺어준 짧은 인연이, 다음 만남에서는 90년대 영화 속 주인공들처럼 아름다운 이야기로 이어지기를 간절히 기대했다.

깊어 가는 밤, 아쉬움과 설렘을 안고

....

어둠이 짙게 깔린 밤, 정민이와 그녀의 조카 기옥이, 나, 셋이서 함께했던 술자리가 끝이 났다. 취기가 올라 몽롱했지만, 그보다 더 짙게 남은 것은 우리가 나누었던 따뜻한 대화와 웃음의 잔향이었다.

특히, 기옥이. 그녀는 술을 못 마시기에, 우리의 건배에 살짝 입술만 대거나 맑은 음료를 마시는 모습이었다. 그럼에도 불구하고 술자리 분위기 자체에 취한 듯, 얼굴이 발그레하게 상기되어 있었고, 더 솔직하고 발랄한 모습을 보여주었다. 그 모습은 억지로 취한 것이 아니라, 순수하게 사람들과의 유쾌한 시간에 물든 듯하여 더욱 매력적이었다.

시간이 늦어지자 우리는 아쉬움을 뒤로하고 각자의 길로 흩어졌다. 정민이의 "다음에 또 보자"는 말과, 환하게 웃어 보이던 기옥이의 미소가 마지막 순간을 장식했다.

연락처도 모른 채, 버스 길 위에서 발걸음을 돌리는 순간, 가슴 한구석에는 짙은 후회가 몰려왔다. 술을 잘 못 마시는 그녀가 그 자리에서 보여준 맑은 웃음과 진솔한 이야기에 나는 완전히 빠져들었지만, 역시나 소심함이 발목을 잡았다.

'다음에 정민이에게 그녀의 연락처를 물어볼까?'라는 생각이 스쳤지만, 인연이란 언제 다시 올지 모르는 기회와 같다는 것을 알기에 아쉬움은 배가 되었다.

나는 집을 향한 버스 정류장으로 걸음을 옮겼다. 늦은 시간, 한산한 버스 안의 창가에 기대앉으니, 도시의 불빛들이 그림처럼 빠르게 스쳐 지나갔다. 그 불빛처럼, 오늘 기옥이와 나누었던 대화의 조각들이 머릿속에서 빠르게 재생되었다.

그녀의 꿈, 고민, 소소한 취미들.

술을 마시지 못하는데도 끝까지 자리를 지켜주던 예의.

내가 농담을 했을 때 환하게 웃던 그 눈빛.

수많은 '만약에'가 끝없이 펼쳐졌다. '내가 조금 더 적극적이었더라면…', '아주 잠깐이라도 단둘이 이야기를 나눌 기회가 있었더라면…'

그러나 이미 지나간 시간이었다. 나는 아쉬움을 곱씹으며, 어둠 속을 달리는 버스 안에서, 새로운 인연에 대한 막연한 기대감과 놓쳐버린 기회에 대한 후회를 동시에 느꼈다. 이 밤의 깊은 상상은 마치 멜로 영화의 한 장면처럼, 나의 마음을 설렘과 쓸쓸함으로 채워 넣었다.

마침내 버스는 나의 정류장에 도착했고, 나는 무거운 동시에 설레는 발걸음으로 집으로 향했다. 현관문을 열고 익숙한 내 공간에 들어서자, 오늘 술자리의 현실적인 끝이 느껴졌다.

나는 옷을 갈아입고 나의 보금자리인 다락방에 몸을 뉘었다. 따뜻한 이불 속에 파묻혔지만, 머릿속은 여전히 기옥이로 가득했다.

'내일 아침, 눈을 뜨자마자 정민이에게 연락해 볼까?'

'어떤 핑계를 대야 자연스럽게 기옥이의 연락처를 얻을 수 있을까?'

이불을 뒤집어쓴 채, 나는 침묵 속에서 오늘의 만남을 다시 곱씹었다. 술에 취하지 않고도, 사람과 사람이 만들어 내는 분위기에 취해 진심을 나눌 수 있다는 것을 깨달은 소중한 시간이었다.

밤이 깊어 갈수록, 연락처 하나 모르는 그녀에 대한 막연한 그리움과 다시 만나고 싶은 강렬한 바람이 합쳐져 잠 못 이루게 했다. 이 밤의 상념은 결국 새로운 인연을 시작하고 싶은 나의 간절한 소망이 아니었을까.

나는 하얀 종이 위에 펜을 들었다 놓기를 반복하다가, 결국 정민이에게 보낼 메시지 초안을 마음속으로 작성하기 시작했다. 이 아쉬운 밤이, 다음 만남을 위한 용기를 만들어 주는 기회가 되기를 바라면서.

짧은 만남, 긴 그리움, 연락처 없는 이별

대학 친구 정민이, 사랑스러운 조카 기옥이. 셋이 함께했던 시간은 단 하루였지만, 불판 위 돼지갈비처럼 달콤하고 정겨운 추억으로 가득했다. 이 처음이자 마지막 만남은 바로 청량리 돼지갈비를 중심으로 돌아갔다.

청량리의 허름하지만 정이 넘치는 갈빗집. 숯불 위에서 자작하게 양념이 배어든 돼지갈비가 노릇노릇하게 익어갔다. 달콤한 간장 양념 냄새와, 뼈에 붙은 살점을 뜯어 먹는 짜릿한 맛까지! 그 모든 것이 생생했다. 정민이와 기옥이는 조용히 갈비가 익기를 기다렸다. 처음 만난 사이였기에 서로에게 갈비를 챙겨주거나, 갈빗대를 두고 투닥거리는 친밀한 행동은 없었다. 다만, 고기가 익자마자 눈치껏 각자의 접시에 가져가 먹을 뿐이었다. 그 조심스러운 분위기 속에서 우리는 소주잔을 부딪치며 웃었고, 삶의 시시콜콜한 이야기를 나누며 짧은 행복에 취했다. 정민이와 나누던 소주 한 잔에는 청춘의 고민과 진솔한 우정이, 기옥이의 천진난만한 재롱에는 순수한 기쁨이 담겨 있었다.

하지만 그 모든 즐거움은 아쉬운 헤어짐 앞에서 갑작스럽게 멈춰 섰다. 만남 자체가 너무 급작스러웠던 탓일까, 혹은 왁자지껄한 분위기에 취했던 탓일까. 우리는 서로의 연락처조차 주고받지 못한 채 그렇게 헤어졌다. 다음을 기약할 번호도, 다시 만날 약속도 없었다. 남은 것은 뜨거운 불판의 열기처럼 강렬했던 돼지갈비의 맛과, 연락할 방법이 없다는 공허함뿐이었다.

잊혀지지 않는 맛, 집중해야 할 현실

시간은 무심히 흘러, 어김없이 대학 3학년, 2학기 강의가 시작되었다. 방학 동안 느슨해졌던 긴장감을 다시 조여 매고, 낯선 전공 서적과 씨름해야 하는 일상이 눈앞에 펼쳐진 것이다. '이제 모든 걸 잊고…'라는 다짐을 수도 없이 되뇌었지만, 단 하루의 만남에서 만들어진 따뜻하고 즐거웠던 돼지갈비와 소주 한 잔의 추억은 연락처가 없다는 사실 때문에 더욱 그리움으로 증폭되어 쉽게 지워지지 않았다.

나는 그들과의 추억을 억지로 밀어내지 않기로 했다. 하지만 연락할 방법이 없는 이상, 이 그리움을 잠재울 수 있는 유일한 방법은 다른 것에 몰두하는 것뿐이었다. 나는 이 그리움과 아쉬움을 학업에 쏟아붓는 힘으로 삼기로 했다.

오직 공부, 막연한 기다림

모든 기억이 선명해 공부에 집중하기 어려울 때면, 나는 정민이와 기옥이가 혹시라도 나를 수소문해 연락해 오기만을 막연히 기다리며 무조건 책상 앞에 앉았다. '만약 다음에 우연히 마주치게 된다면, 최소한 자랑스러운 모습은 보여 줘야지'라고 스스로를 다독였다.

공부는 현실로 돌아온 나에게 주어진 유일한 과제이자, 추억의 달콤함에서 벗어나게 해 주는 가장 확실한 도피처였다.

강의 시간에는 오로지 교수님의 목소리에만 집중했다. 그들의 얼굴이 떠오를 틈을 주지 않기 위해 필기는 더 빠르고 꼼꼼하게 했다.

도서관에서는 휴대폰을 가방 깊숙이 넣어두고, 전공 서적과 씨름하며 밤늦게까지 자리를 지켰다. 혹시라도 정민이에게 연락이 왔을까 미련을 두지 않기 위해, 오직 공부에만 몰입했다.

주말에는 밀린 과제와 스터디로 일정을 꽉 채웠다. 단 1분도 허투루 보내지 않으려는 노력은, 그들을 향한 그리움을 억누르는 유일한 방법이었다.

연락처가 없어 먼저 연락할 수 없다는 안타까움, 그럼에도 불구하고 그들이 언젠가 나를 찾아서 연락해 오기를 바라는 간절한 마음. 그 간절함이 나를 채찍질했다. 나는 오직 공부만 열심히 했다. 이 학기가 끝날 때쯤, 자랑스러운 성적표와 함께 그들이 나를 찾을 수 있는 단서(예: '성실하고 우수한 학생'이라는 명성)라도 만들 수 있기를 바라면서 말이다.

짧고 강렬했던 돼지갈비와 소주잔의 추억은 나의 2학기를 관통하는 '그리움 극복 프로젝트'의 동력이 되었다. 나는 이 2학기를 최고의 학기로 만들어 나갈 것이다.

엇갈린 마음의 편지: 친구의 조카, 기옥이를 향한 간절함

대학 친구 정민이와 나는 허물없이 친했다. 하지만 나의 마음은 정민이와 함께 청량리 갈빗집에서 돼지갈비와 소주잔을 나눈 정민이의 조카, 기옥이에게 머물러 있었다. 짧은 만남이었지만, 그 청량했던 미소와 조심스러웠던 분위기가 나에게는 강렬한 설렘으로 다가왔다. 우리는 헤어질 때 연락처조차 주고받지 못했지만, 나는 기옥이를 향한 마음을 감출 수 없었다.

나는 내심 정민이가 나의 들뜬 마음을 눈치채고, 혹시라도 우리 형님 댁 전화로 수소문해 연락을 해 주지 않을까 하고 은근히 바랐다. 그날의 분위기, 소주잔을 부딪치며 눈을 맞췄던 순간들이 혹시 기옥이에게도 특별하게 느껴졌을까? 캠퍼스를 거닐 때도, 도서관에서 책을 펼칠 때도, 나의 귀는 늘 주변의 전화벨 소리에 쏠려 있었다. 혹시 기옥이에게서 혹은 정민이를 통해 연락이 오지 않을까? 하지만 기다림은 길어졌고, 나의 기대와 달리 연락은 전혀 없었다.

친구에게 묻다, 조카의 주소를

며칠을 밤잠 설치며 기다렸지만, 세상은 조용했다. 결국 나는 더 이상 막연히 기다릴 수 없었다. 학업에 집중하기 위해서는 이 미련의 매듭을 어떻게든 풀어야 했다. 떨리는 마음으로 나는 용기를 내어 친구 정민이에게 먼저 전화를 했다. 1980년대 캠퍼스, 공중전화 박스 안에서 수화기를 든 나의 용기는 절실했다.

"정민아, 너 혹시 기옥이 집 주소 좀 알려줄 수 있을까? 그날 네가 갈비를 사 줬는데, 기옥이에게 고맙다는 말과 함께 작은 선물이라도 편지로 보내 주고 싶어서 그래."

나는 친한 친구인 정민이에게 조카 기옥이에 대한 나의 관심을 최대한 숨기려 노력했다. 나의 진심은 기옥이를 향하고 있었지만, 친구의 조카를 향한 마음을 대놓고 드러내기는 조심스러웠다. 정민이는 오랜 친구답게 별다른 의심 없이 기옥이의 집 주소를 불러주었다. 나는 급히 주소를 종이에 받아 적었다. 정민이에게는 그저 친구의 평범한 부탁이었겠지만, 나에게 이 주소는 기옥이에게 닿을 수 있는 유일한 길, 말하자면 희망의 좌표와도 같았다. 주소를 얻었다는 사실만으로도 나의 가슴은 벅차올랐다.

캠퍼스에서 쓰는 간절한 편지

대학 2학기 강의가 시작된 후, 나는 스스로 다짐했던 대로 무조건 공부만 열심히 했다. 하지만 수업이 끝난 후, 또는 점심시간의 짧은 여유 시간에, 나는 노트를 펼쳤다. 강의 내용을 정리하던 노트가 아니라, 기옥이에게 보내는 간절한 편지를 쓰기 위한 노트였다.

나의 캠퍼스 곳곳이 나의 비밀스러운 편지 쓰는 장소가 되었다. 햇살이 잘 드는 중앙 도서관 창가, 아무도 없는 강의실 맨 뒷자리, 혹은 캠퍼스 벤치에 앉아 나는 펜을 들었다.

편지의 수신인은 조카 기옥이였지만, 편지 한 줄 한 줄에는 기옥이를 향한 나의 솔직한 마음이 담겨 있었다. 나는 이 편지가 유일하게 기옥이에게 나의 근황과 관심을 전할 수 있는 수단임을 알았다.

'기옥 씨, 그날 돼지갈비 정말 맛있었고, 짧은 시간이었지만 함께한 시간이 참 좋았습니다. 기옥 씨와의 대화는 오래도록 제 마음속에 남았습니다. 혹시라도 답장 주실 수 있다면… 제 형님 댁 전화번호를 적어 놓겠습니다.'

나는 학업 시간 외의 모든 틈을 이용해 기옥이에게 직접 전하지 못하는 설렘과 그리움을 편지에 담았다. 강의의 복잡한 전공 지식들로 가득했던 나의 머릿속은 이제 오직 기옥이에게 보낼 편지의 내용과, 혹시라도 올지 모를 전화벨 소리에 대한 기대감으로 가득했다. 캠퍼스에서의 모든 나의 활동은 이제 오직 공부와, 기옥이에게 전달될 편지라는 두 가지 간절함으로 수렴되었다.

나는 이 편지가 기옥이에게 닿아, 나의 진심이 전해지기를 바라는 마지막 희망을 걸고, 무조건 공부만 열심히 하며 이 간절한 글들을 써 내려갔다. 이 2학기 동안 나는 그리움으로 완성되는 공부를 하고 있었다.

기옥과 나: 10월, 마침내 다락방으로 온 답장

나는 기옥에게 편지를 보내고 난 후, 그의 답장을 기다리는 나날을 보냈다. 기옥에게서 오는 소식은 매일 우편함을 확인했지만, 편지봉투는 보이지 않았다. 기옥에게서 오는 답장은 깜깜무소식이었다. 혹시 편지가 제대로 도착하지 않은 건 아닐까, 아니면 기옥이 내 마음을 거절한 건 아닐까 하는 불안감만 그림자처럼 나를 따라다녔다.

그렇게 편지의 여운이 가시기도 전에, 10월의 잔인한 중간고사

기간이 닥쳤다. 나는 불안한 마음을 억누르고 오로지 시험에만 집중하려 애썼지만, 책장을 넘기는 와중에도 문득 기옥의 답장에 대한 기대가 다시 고개를 들곤 했다. 며칠 밤을 새우며 벼락치기로 시험을 치러내는 동안, 답장에 대한 간절함은 잠시 미뤄졌다.

드디어 마지막 시험을 끝마쳤을 때, 나는 영혼까지 탈탈 털린 듯한 해방감에 젖었다. 친구들의 뒤풀이 제안도 마다하고, 오로지 형님 댁 다락방의 익숙한 공기에 몸을 뉘이고 싶은 생각으로 나는 일찍 형님 댁으로 들어갔다. 무거운 발걸음으로 현관문을 열고 들어서는데, 늘 텅 비어 있던 거실 한편에 익숙하지 않은 하얀 편지 봉투 하나가 놓여 있는 것이 눈에 들어왔다.

순간, 심장이 쿵 내려앉았다. 며칠 동안의 시험 스트레스와 답장 없는 기다림이 한순간에 폭발하는 듯했다. 조심스럽게 봉투 쪽으로 다가갔다. 봉투는 군더더기 없이 깔끔했고, 희미하게 익숙한 기옥의 또렷한 글씨체가 수신인인 나의 이름을 쓰고 있었다. 그것은 기다림의 고통을 단번에 보상해 주는, 너무나도 소중한 증거였다.

나는 봉투를 두 손으로 감싸 쥐었다. 드디어, 드디어 기옥의 답장이 도착한 것이다. 그동안의 모든 불안과 실망감은 마치 안개처럼 사라졌다. 나는 그 자리에서 숨을 크게 들이마셨고, 나도 모르게 너무나 반가워 얼굴에 미소가 활짝 지어졌다. 그 미소는 피곤함에 찌든 내 얼굴을 환하게 밝히는 듯했다. 나는 문을 잠그고, 서둘러 봉투를 뜯기 위해 나만의 공간인 다락방으로 향했다. 이제 이 하얀 종이 안에 담긴 기옥의 이야기가 나의 새로운 일상을 시작하게 해 줄 테니까.

설렘과 해방감으로 물든 캠퍼스의 가을

그토록 간절하게 기다리던 기옥의 편지가 드디어 손에 닿았다. 우체국 소인이 선명하게 찍힌 낯익은 봉투의 묵직한 무게는, 오랫동안 품어왔던 설렘과 기대감을 고스란히 담고 있는 듯했다. 편지를 받아 든 순간, 며칠 밤낮을 짓눌렀던 중간고사라는 거대한 그림자가 일시에 걷혔다. 지겨울 정도로 붙들고 있던 두꺼운 전공 서적과 빽빽한 필기 노트는 책상 구석으로 밀려났고, 그 빈자리는 숨막히는 해방감과 맑고 깨끗한 기쁨으로 채워졌다. 마치 길고 어두운 터널 끝에서 눈부신 빛을 만난 듯한 홀가분함이었다.

캠퍼스에는 이미 10월의 중반이 깊숙이 들어와 있었다. 늦가을의 정취는 대학 교정의 모든 풍경을 물들이고 있었다. 울긋불긋 단풍이 절정에 달한 느티나무 가로수 길 위로는 따뜻한 가을 햇살이 부서져 내렸고, 잔디밭에는 바스락거리는 낙엽 소리가 청춘들의 경쾌한 발걸음과 어우러져 아름다운 교향곡을 만들어 냈다. 시험 기간 동안 도서관에 틀어박혀 있던 학생들이 해일처럼 밖으로 쏟아져 나와, 벤치에 앉아 햇살을 쬐거나, 삼삼오오 모여 커피를 마시며 수다를 떨었다. 그들의 얼굴에는 시험의 굴레에서 벗어난 자유와 생기가 가득했다.

이러한 평화롭고 낭만적인 캠퍼스의 풍경 위로, 기옥에게서 온 편지는 황홀한 꽃잎처럼 내려앉았다. 간절히 바라던 소식이 주는 마음의 평온함과 함께 솟아나는 설렘은 어떤 것으로도 대체할 수 없었다. 품에 안은 편지를 펼치자, 기옥의 정갈하고 다정한 글씨체가 눈에 들어왔다. 그 편지는 한 번 읽고 덮어둘 수 있는 종류의 것이 아니었다. 단숨에 첫 페이지를 넘긴 후, 나는 가을 햇살이 가장 잘 드는 벤치에 자리를 잡고 두 번째로 편지를 읽기 시작했다. 첫 번째는 내용의 흐름을 좇았다면, 이번에는 문장 하나하나에 담긴 기옥의 목소리와 감정을 곱씹었다.

편지를 세 번, 네 번 읽어 내려가자, 기옥이 일상에서 느꼈을 소소한 기쁨과 고민, 나에 대한 변함없는 응원과 지지가 더욱 선명하게 다가왔다. 나를 설레게 하는 사람의 글씨체와 문장들은 대학 생활의 고된 현실 속에서 가장 확실한 위로이자, 앞으로 나아갈 힘의 원천이었다. 편지를 몇 번을 읽어도 질리지 않고, 매번 새로운 따뜻함과 에너지를 얻을 수 있었다.

중간고사가 끝났다는 후련함, 가슴을 두근거리게 하는 사람의 편지를 받았다는 행복이 완벽하게 겹쳐지면서, 나의 대학 생활은 빛나는 황금기로 접어들었다. 시험 압박도 사라지고, 기욱의 소식까지 닿았으니, 이보다 더 충만하고 즐거울 수 없었다. 따뜻한 가을볕 아래, 주머니 속에 넣어둔 편지가 주는 든든함과 설렘을 느끼며, 남은 학기를 이 긍정적인 에너지로 더욱 활기차게 채워나갈 것을 다짐했다. 캠퍼스의 가을은 가장 아름답고, 나의 마음은 가장 행복한 시기를 맞이하고 있었다,

공부에 대한 집착과
독서실로 걸려 온 간절한 안부 전화

....

1980년대 겨울 방학, 대학교 3학년을 마친 나는 4학년과 취업이라는 무거운 관문을 앞두고 있었다. 집에는 전화가 없었고, 나는 이 시대의 물리적 단절을 공부를 위한 최고의 고립 환경으로 이용했다. 2주. 그 기간 동안 나는 세상과 완전히 차단되었고, 심지어 기옥에게도 단 한 번의 연락도 하지 않았다.

내게는 이것이 공부에 전념하기 위한 냉철한 선택이었지만, 기옥에게는 일방적인 침묵 통보였다. 기옥은 공중전화나 이웃집 전화를 빌려도 내게 닿을 길이 없었다. 나의 의도는 오직 '집중'이었지만, 그 결과는 기옥에게 해결할 수 없는 불안감을 안겨주는 것이었다.

밤이 깊어 갈 무렵, 독서실은 펜 소리만 감도는 침묵의 성역이었다. 그때, 모두의 몰입을 강제로 깨뜨리는 날카로운 소리가 울렸다.

따르릉! 따르르릉!

총무실의 공용 전화였다. 그 소리는 이 고립된 공간에 외부의 손길이 닿았음을 알리는 신호였고, 이 야심한 시각에 걸려 온 전화는 늘 불길한 징조였다.

잠시 후, 총무님이 내 자리 번호를 불렀다.

"57번 자리 학생, 카운터로 와 주시오. 본인을 찾는 급한 전화요."

심장이 빠르게 뛰었다. '급한 전화'. 나의 이기적인 침묵을 깰 만큼 필사적으로 나를 찾는 사람은 오직 기옥뿐이었다. 기옥이 이 독서실 번호를 알기까지 얼마나 수소문했을지 짐작하며, 나는 수화기를 받았다.

수화기 너머에서 들려온 목소리는 떨리고 있었다. 그 떨림에는 극도의 공포가 아닌, 2주간의 연락 두절로 인한 깊은 불안과 궁금증이 담겨 있었다.

"하아, 정말 다행이다. 철호 씨 목소리 들으니까 이제야 안심이 돼."

기옥의 말에는 안도의 숨소리가 섞여 있었다.

"왜 그래? 무슨 일이야? 집에 전화가 없는 건 알지만, 독서실 전화번호를 간신히 알아 이렇게 전화한 거야.

내가 연락할 방법이 없어서… 정말 걱정했어. 혹시 공부 말고 다른 일이라도 생긴 건가 해서 궁금해서 미칠 것 같았어. 제발 아무 일 없다고 말해 줘."

기옥은 내가 공부에 전념하고 있다는 사실을 알면서도, 그 침묵이 혹시 건강이나 신변의 문제 때문일까 봐 견딜 수 없었던 것이다. 나는 내 공부를 위한 고집이 기옥에게 안겨준 이 무거운 걱정에 죄책감을 느꼈다.

나는 목소리를 가다듬고, 침착하게 말했다.

"기옥아. 나 아무 일 없어. 미안해. 그냥… 4학년 준비하려고 너무 깊이 빠져 있었어. 내가 네 걱정을 헤아리지 못했어."

기옥은 잠시 말이 없다가, 다시 힘없는 목소리로 부탁했다.

"그래… 철호 씨가 괜찮다면 그걸로 됐어. 하지만… 내일 저녁에 잠깐이라도 종로에서 보자. 딱 10분만이라도. 얼굴을 직접 봐야 이 불안감이 완전히 사라질 것 같아. 약속해 줘."

나는 더 이상 망설일 수 없었다. 내 공부를 위해 기옥의 불안을 외면하는 것은 더 이상 옳은 일이 아니었다.

"응. 그러자.

내일 우리가 늘 만나던 종로커피숍에서 내가 먼저 기다리고 있을게. 꼭 와."

독서실은 다시 침묵했지만, 내 마음은 기옥의 떨리는 목소리로 가득 찼다. 나의 공부 전념이라는 이기적인 선택이 기옥에게 안겨준 깊은 걱정.

이제 남은 방학 동안의 공부는 단순히 4학년을 대비하는 것을 넘어, 기옥과의 재회를 통해 그의 걱정을 완전히 덜어주기 위한 노력이 되었다. 나는 펜을 들었다. 다음 날 저녁, 기옥에게 아무 일

없이 건강한 내 모습을 보여주기 위해, 이 고독한 시간을 최대한 빨리 정복해야만 했다.

수화기를 내려놓았을 때, 온몸에 돋았던 소름은 사라지지 않았다. 총무실의 공용 전화는 다시 침묵했고, 독서실은 원래의 삭막한 고요함으로 돌아갔다. 나는 57번 자리로 돌아왔지만, 자리에 앉을 수가 없어 멍하니 책상 앞에 서 있었다. 눈은 허공을 응시했고, 기옥의 떨리던 목소리가 귓가에서 잔향처럼 울렸다.

멍하니 생각이 났다. 2주간 내가 쌓아 올린 모든 '고독한 전념'이 얼마나 부질없었는지. 4학년을 앞둔 불안을 이겨 내기 위해 택한 나의 선택은, 정작 나를 가장 아끼는 사람에게는 생사의 기로처럼 느껴졌던 것이다. 이 시대에 집에 전화 한 통 없는 나를 찾아내기 위해 기옥이 겪었을 수고와 마음고생을 생각하니, 뼛속까지 시린 겨울 한기가 몰려오는 듯했다.

내 손이 떨리고 있었다. 그 떨림은 추위 때문이 아니라, 죄책감과 후회 때문이었다.

"기옥이 미안하기도 하고…"

나의 미안함은 단순히 연락을 끊었다는 사실에 그치지 않았다. 나는 기옥의 사랑과 걱정을 내 미래를 위한 도구처럼 취급했다는 생각이 들었다. 나는 기옥에게 "내 공부가 중요하니 넌 2주간 기다려라"라고 무언의 명령을 내린 것이나 마찬가지였다. 취업이라는 현실 앞에서, 나는 기옥의 마음을 무시하는 이기적인 청춘이었다.

나는 조심스럽게 의자에 앉았다. 책상 위에는 두꺼운 전공 서적과 영어 단어집이 펼쳐져 있었지만, 활자들은 마치 낯선 기호처럼 눈에 들어오지 않았다. 나는 무릎에 팔을 괴고 고개를 숙였다. 내가 이곳에서 밤낮없이 쌓아 올린 것이 과연 참된 미래였을까? 사랑하는 사람의 안부를 외면한 성공이 무슨 의미가 있을까?

이내, 다음 날의 재회에 대한 복잡한 감정이 머릿속을 채우기 시작했다.

"또한 내일 만나면 어떤 이야기를 할까 걱정을 하면서…"

걱정은 꼬리에 꼬리를 물었다. 기옥에게 '정말 미안해'라고 말하는 것으로 충분할까? 기옥은 2주간의 침묵에 대해 어떤 방식으로든 서운함을 토로하지 않을까? 나는 기옥의 눈을 똑바로 볼 수 있을까? 만약 기옥이 "나를 포기하고 공부에만 매진하라"고 한다면 나는 과연 뭐라고 대답해야 할까?

나는 내일의 만남이 마치 또 하나의 시험처럼 느껴졌다. 4학년을 앞둔 진로 시험만큼이나, 기옥과의 관계 시험 역시 내 청춘의 중대사였다.

나는 멍하니 앉아 있을 수만은 없었다. 이대로 시간을 허비하는 것은 기옥의 걱정을 덜어주기는커녕, 내일 만남의 부담만 키울 뿐이었다. 나는 결심했다. 이 미안함과 걱정을 에너지로 바꾸어야 한다고.

나는 손을 뻗어 내려놓았던 펜을 다시 집어 들었다. 펜을 쥔 손에 힘을 주자 손가락 마디가 하얗게 질렸다.

"다시 [공부를 시작했다.]"

이제 책상 위에 펼쳐진 이 공부는 더 이상 나 혼자만의 취업 준비가 아니었다. 이 공부는 내일 기옥에게 보여줄 수 있는 가장 정직하고 유일한 대답이었다.

"걱정해 줘서 고맙다. 너의 불안이 헛되지 않도록 나는 이 시간을 허투루 보내지 않았다."

"내가 무사하다는 것 외에도, 널 걱정시키면서까지 이룬 성과가 있음을 보여주겠다."

나는 눈을 감았다가 다시 떴다. 귓가를 맴돌던 기옥의 목소리는 이제 나를 채찍질하는 듯했다. 나는 책의 활자 속으로 다시 파고들었고, 남은 밤을 온전히 집중력에 바쳤다.

내일의 만남이 주는 미안함과 기대, 이 4학년을 향한 무거운 책임감 속에서, 독서실의 차가운 새벽 공기는 나를 더욱 강하게 감싸안는 듯했다. 나는 기옥과의 재회라는 따뜻한 약속을 붙잡고, 1980년대의 외로운 겨울밤을 그렇게 버텨내야만 했다.

재회의 설렘과 뜻밖의 고백

2주간의 고독한 집중 끝에 드디어 맞이한 기옥과의 재회는, 독서실의 희뿌연 공기를 씻어내는 듯한 설렘으로 가득했다. 연락을 끊고 오직 책상 앞에만 매달렸던 시간들 덕분에, 그의 목소리를 다시 듣는 것만으로도 보상받는 기분이었다.

퇴근 시간에 맞춰 도착한 종로는 여느 때와 다름없이 활기로 넘실거렸지만, 내 눈에는 수많은 인파 속에서 홀로 빛나는 기옥의 모습만 들어왔다. 그가 환하게 웃으며 다가오는 순간, 2주 동안 억눌렀던 감정들이 파도처럼 밀려왔다.

우리는 조용한 식당에 자리를 잡고 앉아 밀린 이야기를 풀어내기 시작했다. 나는 지난 2주간 공부하며 느꼈던 압박감과 희망을 이야기했고, 기옥은 회사에서 있었던 소소한 일들을 전해 주었다. 그의 눈빛은 여전히 나를 향해 있었고, 그 익숙하고 따뜻한 시선에 나는 모든 긴장이 풀리는 것을 느꼈다.

대화가 무르익어갈 무렵, 기옥의 표정이 미묘하게 어두워졌다. 젓가락으로 식탁 위를 톡톡 두드리던 그가 잠시 머뭇거리더니, 숨을 깊게 들이마시고는 나를 똑바로 쳐다보았다.

"사실… 철호 씨한테 꼭 해줘야 할 얘기가 있어요."

평소와 달리 단호하고 진지한 목소리에 나는 문득 불안해졌다.

나는 미소를 지우고 그가 다음 말을 이어가기를 기다렸다. 기옥은 어렵게 입을 열었다.

"집에서… 선을 보라는 얘기가 나오고 있어요."

그 짧은 문장이 가진 무게는 엄청났다. 2주간의 노력과 희망이 담긴 나의 세계가 순식간에 정지된 듯했다. 머릿속이 새하얗게 비워졌다가, 곧이어 수많은 생각들이 뒤엉켜 폭풍우처럼 몰아쳤다. '공부만 열심히 하면 모든 것이 제자리를 찾을 줄 알았는데', '우리의 관계는 여기까지인 걸까'.

나는 순간적으로 솟아오르는 감정을 억누르며, 애써 침착함을 유지하려 노력했다. 테이블 밑으로 깍지 낀 손에 힘을 주었다. 지금은 감정적으로 대응할 때가 아니었다. 기옥에게서 나오는 이 이야기는, 우리 관계의 중대한 기로가 될 것임을 직감했다.

"응… 그래. 알겠어." 나는 최대한 차분한 목소리로 대답하며, 테이블 위에 놓인 기옥의 손을 가만히 덮었다. "쉽지 않은 얘기 꺼내줘서 고마워. 우리… 신중하게 이야기해 보자."

그의 눈에는 미안함과 고민이 가득했다. 나는 그의 고백에 무너지거나 화를 내는 대신, 오히려 더욱 침착해지면서 이 상황을 어떻게 헤쳐나갈지 신중하게 생각하기 시작했다. 2주간의 독한 공부가 나에게 준 것은 단순히 지식뿐만이 아니라, 어떤 시련 앞에서도 무너지지 않고 문제의 본질을 파악하려는 냉철함이었는지도 모른다. 우리는 이제 연인으로서가 아닌, 각자의 미래를 고민하는 두 사람으로서의 중요한 대화를 시작해야 했다.

확연히 오늘의 만남은 평상시와는 달랐다. 이전에는 서로의 눈빛만 봐도 웃음이 터지던 우리였지만, 지금은 그저 어색하고 무거운 침묵만이 우리 사이를 맴돌았다. 우리는 굳이 말을 섞지 않아도 서로의 마음속에 드리운 고민의 그림자를 읽을 수 있었다. 그 침묵은 종로의 활기찬 소음마저 집어삼키는 듯했다.

젓가락조차 들지 않은 채, 차게 식어가는 음식들을 바라보며 나는 애써 침착함을 유지하려 했다. 하지만 기옥의 입에서 "집에서 선을 보라는 얘기를 들었을 때"라는 말이 나왔을 때, 내 머릿속은 단숨에 복잡한 사색에 잠겼다.

오늘은 평상시와 달리, 침묵만이 흐르는 만남이었다. 기옥이 꺼낸 '선' 이야기는, 마치 공들여 쌓아 올린 모래성이 파도에 휩쓸려 사라지는 것처럼, 우리의 관계를 한순간에 정지시켜 버렸다.

재회의 상실감

나는 한동안 말을 잇지 못하고, 먼 거리의 불빛만 멍하니 바라보았다. 애써 고개를 돌려 기옥의 눈을 마주할 용기가 나지 않았다. 그의 눈빛 속에는 나에게 대한 미안함과, 현실의 벽 앞에서 좌절하는 자기 자신에 대한 괴로움이 뒤섞여 있을 것이 분명했기 때문이다.

하기야, 여자 나이 스물여섯이면. 시계가 멈춘 듯한 이 1980년대라는 시대 속에서, 그 나이는 이미 '많은 나이'였다. 대다수의 여성이 벌써 결혼을 했거나, 적어도 부모님의 성화에 못 이겨 맞선을 보고 있을 나이였다. 내가 독서실에서 꿈을 좇는 동안, 기옥은 세상이 부여하는 '결혼 적령기'라는 시한폭탄을 혼자 끌어안고 있었던 것이다. 이 현실의 무게는, 내가 아무리 공부를 열심히 한다 한들 당장 해결해 줄 수 있는 문제가 아니었다. 나의 침묵은 바로 이 해결 불가능한 현실에 대한 인정이었다.

우리는 더 이상 아무 말도 할 수 없었다. 어떤 위로도, 어떤 설득도, 이 상황을 바꿀 수 없음을 서로가 직감했다. 무거운 공기 속에서 시간이 흐르고, 결국 우리는 서로의 헤어짐을 위한 버스를 타기 위해 자리에서 일어났다. 식당을 나서는 발걸음은 천근만근이었다. 종로의 밤거리의 네온사인들이 슬픔을 조롱하듯 화려하게 반짝였다.

우리가 서 있던 정류장에는 각자 타야 할 버스가 달랐다. 먼저 기옥이 자신에게 오는 버스에 올랐다. 유리창 너머로 애써 웃어 보이려 했지만, 그의 표정에는 체념이 역력했다. 나는 한동안 기옥의 버스가 완전히 시야에서 사라질 때까지 쳐다보고 있었다. 버스는 어둠 속으로, 우리의 추억 속으로, 그를 태우고 천천히 멀어져 갔다. 그 뒷모습은, 내가 2주간 모든 것을 끊고 몰두했던 나의 미래가, 지금 이 현실 때문에 결국 멈춰 섰음을 상징하는 듯했다.

버스 안, 깊은 사색의 시간

버스가 사라지고 나서야, 나는 몸이 굳은 듯한 상태에서 벗어났다. 다리에 힘이 풀리는 것을 느끼며, 나도 내가 타야 할 방향의 버스에 천천히 올랐다. 버스 좌석에 깊숙이 기대어 앉았지만, 여전히 정신은 멍했다.

나는 버스를 타고 가면서 차창 밖으로 스치는 불빛을 바라보면서 깊은 사색에 잠겼다. 어둠을 뚫고 지나가는 버스의 창문 너머로, 수많은 가게와 집들의 불빛이 마치 붓으로 그린 번짐처럼 흩어졌다 사라지기를 반복했다. 그 빠른 속도의 움직임과는 대조적으로, 내 머릿속의 시간은 느리게 혹은 아예 멈춘 듯했다.

'나는 왜 공부를 시작했던가. 기옥과의 미래를 위해서가 아니었던가. 그런데 이제 그 미래가 나를 기다려주지 못하고 사라지고 있는데, 나는 이 펜을 계속 쥐고 있어야 하는가.'

불빛 하나하나가 지나갈 때마다, 2주간의 고독, 기옥과의 즐거웠던 기억, 오늘 밤의 차가운 현실이 영화 필름처럼 머릿속을 스쳐 지나갔다. 내가 이룩하고자 했던 꿈의 가치와, 당장 눈앞에서 놓쳐버린 사랑의 현실적인 무게가 저울 위에서 팽팽하게 맞섰다. 어느 쪽으로도 쉽게 기울지 않는 그 고통스러운 사색 속에서, 나는 내가 진정으로 원하는 것이 무엇인지, 그를 위해 내가 감수해야 할 희생이 무엇인지를 처절하게 되짚어보았다.

보금자리, 뜬눈으로 지새운 밤

버스가 종점에 도착했을 때, 나는 완전히 탈진한 상태였다. 무거운 몸을 이끌고 버스에서 내려 힘없이 걸었다. 주위의 모든 소음과 풍경이 멀게만 느껴졌다. 나의 발걸음은 익숙한 골목을 지나, 나만의 공간이자 유일한 위안처인 다락방을 향했다.

나의 보금자리인 다락방 문을 열고 들어섰을 때, 좁고 낮은 천장이 오히려 나를 감싸주는 듯한 안정감을 주었다. 그러나 그 아늑함도 오늘 밤의 슬픔을 달래 주지는 못했다. 나는 옷을 갈아입을 기력조차 없이, 그대로 이불 속으로 파고들었다.

하지만 잠은 오지 않았다. 나는 뜬눈으로 밤을 지새웠다. 천장에 어른거리는 희미한 불빛의 잔상과 함께, 수많은 생각들이 꼬리에 꼬리를 물었다. 기옥의 마지막 표정, 집안의 강요, 내 시험의 기약 없는 날짜… 이 모든 현실적인 문제들이 날카로운 조각이 되어 가슴을 찔렀다.

새벽녘, 창문으로 희미한 동이 터올 때까지, 나는 이별의 고통과 미래에 대한 불안 속에서 단 한순간도 눈을 붙이지 못했다. 그 밤은 2주간 독서실에서 보냈던 어떤 밤보다도, 길고, 처절하고, 고독한 밤이었다.

스물여섯, 군대까지 다녀온 복학생의 대학 3학년 겨울 방학. 이 다락방 안에서 나는 지금 홀로 앉아 기옥이 부모님이 기옥이에게 '선'을 보라고 했다는 감당할 수 없는 충격을 끌어안고 있었다. 이 사실을 커피숍에서 기옥이에게 전해 들었을 때, 내 머리는 완전히 멈췄다.

익숙한 방, 편안해야 할 공간이 갑자기 무겁고 낯설게 느껴졌다. 가슴이 답답해 한참 동안 멍하니 앉아 있었다. 머릿속에서는 수많은 생각들이 쉴 새 없이 충돌했다.

'우리의 사랑을 부모님의 뜻이 막아서는데, 이걸 어떻게 헤쳐나가야 할까?'

'기옥이는 어떤 선택을 할까? 내가 그녀를 붙잡을 만한 미래를 당장 제시할 수 있을까?'

'결혼 압박 앞에서 기옥이와의 관계는 무사할 수 있을까?'

'선', '결혼'이라는 단어는 기옥이를 사랑하는 내가, 이제 막 취업을 준비해야 할 스물여섯의 내가 당장 해결해야 할 문제가 아니었다. 기옥이와 함께 우리의 미래를 그려야 할 시기에, 기옥이가 부모님의 뜻에 따라 다른 사람을 만나야 할 위기에 처한 것이었다. 내가 열심히 쌓아 올리고 있던 기옥이와의 미래 설계도는, 그녀의 부모님의 일방적인 통보 앞에서 한순간에 무너지는 것 같았다.

복잡한 상념 속에서 시간이 얼마나 흘렀을까. 문득 고개를 들어 창밖을 바라봤다. 깜깜한 밤, 바깥은 이미 하얗게 변해 있었다. 솜털 같은 하얀 눈이 소리 없이 세상을 덮고 있었다. 창밖에는 눈이 내리고 있었지만, 내 머릿속은 오직 이 '선' 문제로 가득 차, 이 상황 자체가 도저히 믿기지 않았다.

눈은 언제나 낭만적이고 평화로운 풍경이었지만, 그날 밤의 눈은 내 마음의 혼란을 더욱 깊게 만들었다. 세상이 잠든 것처럼 고요한데, 오직 내 머릿속만은 폭풍처럼 시끄러웠다. 눈처럼 깨끗하게 모든 것을 지워버리고 싶었지만, 결코 그럴 수 없었다.

결정을 내릴 수 없었다. 부모님께 "싫다"라고 단호하게 말할 용기도, 기옥이에게 "무조건 나만 바라봐"라고 강요할 자신감도 생기지 않았다. 결혼이라는 중대한 삶의 변화 앞에서, 내가 과연 어떤 선택을 해야 할지, 내 삶의 다음 페이지를 어떻게 채워야 할지, 아무리 고민해도 답은 나오지 않았다. 머리만 더 복잡해졌을 뿐이다.

하얀 눈이 계속해서 쌓여갔지만, 그것은 내 마음의 복잡함 위로 또 다른 짐을 얹는 것 같았다. 그날 밤, 나는 눈 내리는 창가에서 깊은 고독과 싸우며, 스물여섯의 내 삶이 갑자기 너무나도 낯선 기로에 서게 되었음을 절감했다. 이 방학은 더 이상 취업 준비의 방학이 아니라, 사랑하는 기옥이의 미래와 우리의 관계를 걸고 치러야 할 중대한 선택의 시간이 되어 버린 것이었다.

이틀 밤의 고독, 끝없는 상념과 충주행 버스

....

이틀 밤이 지났지만, 그 고통스럽고 끈질겼던 고민의 시간은 단 하나의 결론도 내어주지 않았다. 여자 친구 기옥이의 부모님이 그녀에게 '선'을 보라고 했다는 청천벽력 같은 사실은, 내 머릿속에서 연료가 끊임없이 공급되는 기관차처럼 쉼 없이 폭주했다. 나는 이 작은 방 안에서 이틀 밤낮을 꼬박 지새우며 갇혀 있었다. 잠을 청해도 새벽녘이 되어서야 희미하게 눈을 붙일 뿐이었고, 눈을 뜨면 어김없이 '기옥이와의 미래'와 '넘을 수 없는 현실의 벽'이라는 두 가지 질문이 무거운 짐처럼 나를 짓눌렀다.

나는 어떤 결정도 내릴 수 없는 무능력한 상태에 빠져 있었다. 부모님께 단호히 "이 결혼 압박에 맞서 싸우겠다"고 선언할 기옥이의 용기와, "당장 취직해서 기옥이를 책임지겠다"고 큰소리칠 수 없는 스물여섯 복학생인 나의 초라한 현실이 칼날처럼 내 자존심을 베었다. 나는 나의 마음과 현실 사이의 괴리를 인정할 수도, 그렇다고 기옥이에게 희생을 강요할 수도 없었다. 이대로 더 이

방에 머물다가는 내가 먼저 이 혼란 속에서 침몰하여 무너져 내릴 것만 같았다.

결국 나는 잠시 머리를 식히기로 했다. 이 지긋지긋한 현실의 고민과, 옴짝달싹할 수 없는 방 안의 답답한 공기에서 벗어나야 했다. 목적지는 굳이 선택한 것이 아니라 도망치듯 정한 부모님이 계신 충주였다. 충주에 가면 이 난해한 실타래를 풀 수 있을 거라는 기대보다는, 단지 익숙하고 안전한 가족의 울타리 안으로 잠시 숨고 싶은 본능적인 충동이었다.

전날 밤부터 이어진 많은 눈 때문에 바깥 풍경은 여전히 하얗게 덮여 있었다. 새벽의 고요함 속에서 나는 무거운 배낭을 멨다. 방을 나서는 순간, 며칠 동안 내가 갇혀 지냈던 그 방의 차갑고 무거운 공기가 뒤통수를 잡는 것 같았다. 버스터미널로 향하는 시내 도로는 밤새 내린 눈이 녹지 않아 군데군데 얼어붙어 있었고, 아침 일찍부터 서두르는 사람들의 발걸음 소리와 차들의 조심스러운 엔진 소리만이 들려왔다.

충주행 버스에 몸을 실었다. 지정된 좌석에 기대앉았지만, 창밖으로 보이는 세상처럼 내 머릿속도 온통 희뿌옇고 명확하지 않았다. 며칠 전 내가 고민하던 그 밤에 내리던 눈이 그대로 두껍게 쌓여 있었다. 버스 기사님은 길의 상태를 확인하며 평소보다 훨씬 조심스럽고 느린 속도로 운전했다. 버스의 육중한 차체가 미끄러운 고속도로 위를 조심스레 나아갈 때마다, 나의 마음도 불안하게 흔들렸다.

버스 안에서도 고민은 멈추지 않았다. 나는 수첩을 꺼내 들었다가 다시 닫기를 반복했다.

'부모님께 이 상황을 솔직히 말씀드리고 도움을 청해야 할까?' (하지만 그건 내 무능력을 인정하는 것 같아 싫었다.)

'아니면, 아무 일도 없었던 것처럼 잠시 학업 스트레스로 쉬러 온 척해야 할까?' (하지만 기옥이의 문제가 내 머릿속을 가득 채우고 있는데 연기할 자신이 없었다.)

'충주에 도착하면 기옥이에게 뭐라고 연락해야 할까? 지금 내가 도망치는 것처럼 보이지는 않을까?'

차창 밖으로 끝없이 펼쳐지는 눈 덮인 논밭을 바라보며, 나는 내 인생의 진로를 스스로 통제할 수 없다는 무력감을 깊이 느꼈다. 버스 안의 히터는 따뜻했지만, 내 마음은 냉기 가득한 겨울 같았고, 머리는 식을 줄 몰랐다.

오랜 시간이 걸려 마침내 버스는 충주 터미널에 도착했다. 몸은 이틀간의 수면 부족으로 천근만근 지쳐 있었지만, 무사히 집에 도착했다는 안도감과 동시에 부모님을 마주해야 한다는 새로운 긴장감이 밀려왔다. 나는 터미널을 나섰다. 낯익은 충주의 풍경 속으로 걸어 들어가면서, 이틀 밤을 지새우며 내리지 못한 '결정'을 과연 이곳, 부모님의 집에서 찾을 수 있을지 스스로에게 묻고 있었다.

충주 터미널을 나서 낯익은 풍경을 가로질러 부모님의 집 문을 열었다. 미리 연락도 없이 불쑥 찾아온 나를 본 부모님은 깜짝 놀라셨지만, 이내 얼굴 가득 반가움을 띠셨다.

“아이고, 이게 웬일이니! 네가 웬일로 연락도 없이 불쑥 왔니? 방학인데 왜 이렇게 초췌해 보이니?”

따뜻하고 허둥지둥한 부모님의 반응은 내 예상보다 훨씬 포근했다. 오랜만에 맡는 집 냄새, 익숙한 부모님의 목소리는 이틀 밤 동안 복잡하게 얽혔던 내 머릿속의 실타래를 잠시 풀어주는 듯했다. 나는 더 이상 기옥이 문제, ‘선’ 통보, 내 무력감이라는 그 복잡했던 기억들을 끌어안고 괴로워하고 싶지 않았다. 나는 그 순간, 모든 복잡한 마음을 잠시 내려놓고 그냥 편하게 쉬었다 가기로 결정했다.

“갑자기 며칠 쉬고 싶어서요. 방학이라 잠깐 머리도 식힐 겸 내려왔어요.” 애써 밝게 말하자, 부모님은 그저 내 행색을 안쓰럽게 바라보셨다.

“그래, 그래. 쉬어야지. 복학하려면 얼마나 힘들겠니. 잘 왔다, 잘 왔어!”

부모님은 곧바로 나를 안방으로 밀어 넣어 따뜻한 이불을 덮어주셨고, 어머니는 곧바로 부엌으로 향하셨다. 얼마 지나지 않아 밥상에는 내가 가장 좋아하는 반찬들이 가득 차려졌다. 평소에는 신경도 쓰지 않았던 소박한 가정식이었지만, 그날따라 어머니가 직접 무치신 나물, 갓 구운 생선, 뜨끈한 된장찌개는 세상 어느 고급 요리보다 맛있었다.

억지로 웃는 내 모습에도, 부모님은 그저 따뜻한 눈빛으로 "많이 먹어라"는 말만 반복하셨다. 나는 정말 오랜만에 배가 부르도록 밥을 먹었고, 그 순간만큼은 모든 고민을 잊을 수 있었다. 역시 내 고향 충주는 포근한 곳이었다. 복잡한 현실의 질문들로부터 잠시 벗어나, 무조건적인 사랑을 받을 수 있는 유일한 안식처였다.

나는 더 이상 아무 생각도 하지 않기로 했다. 일단은 이 포근함 속에 몸을 맡기고, 충분히 휴식을 취해야 했다. 부모님의 따뜻한 환대와 맛있는 반찬 속에서, 나는 지쳐 있던 심신을 회복하고 있었다.

어머니가 차려주신 맛있는 점심 식사를 마쳤다. 식사하는 내내 아버님과 어머님은 "공부하는 데 힘들지는 않느냐", "취업 걱정은 너무 하지 마라" 등 따뜻하고 다정한 말씀으로 나를 감싸 주셨다. 부모님의 진심 어린 위로 덕분에, 억눌려 있던 불안감이 잠시나마 사그라드는 것 같았다.

하지만 부모님과의 대화가 끝나고 방으로 돌아오자, 다시금 현실의 무게가 짓누르기 시작했다. 나는 부모님께 피곤하다며 양해를 구하고 내 방으로 들어갔다. 오래 비워두었던 방이었지만, 어머니가 미리 깨끗하게 청소해 두신 덕분에 햇볕이 잘 드는 따뜻한 방이었다. 나는 두꺼운 이불을 덮고 잠시 낮잠을 청하기로 했다. 이틀 밤을 지새운 육체는 거짓말처럼 피곤했기 때문에, 잠시 눈만 감으면 깊은 잠에 빠질 수 있을 것 같았다.

눈을 감았다. 따뜻한 온기가 온몸을 감쌌고, 묵직했던 몸이 서서히 편안해지는 것을 느꼈다. 하지만 마음은 달랐다. 육체는 잠을 원했지만, 내 머릿속은 단 1초도 쉬지 않았다.

오로지 여자 친구 기옥이가 부모님께 '선'을 보라는 압박을 받고 있다는 그 얘기가 끊임없이 머릿속에 떠올랐다.

기옥이의 불안한 눈빛: 커피숍에서 나에게 그 사실을 털어놓던 기옥이의 불안하고 흔들리던 눈빛이 생생하게 되살아났다.

나의 무능력함: 기옥이에게 "걱정하지 마, 내가 전부 해결할게"라고 자신 있게 말해 주지 못했던 무능력함에 대한 자괴감이 밀려왔다.

향후 계획: 당장 이 위기를 어떻게 넘겨야 할지에 대한 구체적인 계획 없이 충주로 도피했다는 죄책감도 나를 괴롭혔다.

나는 잠을 자려 애쓰며 뒤척였다. 이불을 걷어찼다가 다시 덮었다. 눈을 질끈 감아보기도 하고, 베개를 고쳐 베기도 했다. 하지만 눈을 감을 때마다 기옥이의 문제와 우리의 불투명한 미래만이 환영처럼 선명해질 뿐이었다. 평화로워야 할 낮 시간, 포근해야 할 고향집의 내 방은 나에게 또 다른 고문실이 된 것 같았다.

결국 깊은 잠에 빠지는 것은 불가능했다. 나는 잠을 청해 왔지만, 오로지 그 기옥이가 '선'을 보라는 그 얘기가 계속 머릿속에 떠올라 낮잠을 잘 수가 없었다. 나는 이불을 걷어차고 일어나 앉았다. 아직도 따뜻한 기운이 남아 있는 방이었지만, 내 마음은 여전히 차가운 겨울이었다.

결국 몸을 일으킨 나는 더 이상 이 복잡한 마음을 혼자 끌어안고 있을 수 없음을 깨달았다.

시간은 어느덧 오후 3시가 조금 넘은 시간이었다. 나는 문득, 이 복잡한 마음을 잠시라도 잊으려면 환경을 바꿔야겠다고 생각했다. 결국 충주에 있는 몇몇 친구들에게 연락을 돌렸다. 현재의 고민을 털어놓지는 못하더라도, 오랜 친구들의 익숙한 얼굴을 보는 것만으로도 위안을 얻을 수 있을 것 같았다.

연락을 받은 친구들은 흔쾌히 응해 주었다. 공직 생활을 하는 친구, 평범한 직장 생활을 하는 친구, 아직 졸업하지 않고 충주 지역 대학에 다니는 친구 등 네다섯 명이 급하게 모이기로 했다. 약속 장소는 충주 시내의 자주 가던 프랜차이즈 카페였다.

친구들과의 수다, 잠시 잊은 현실

나는 옷을 대충 갈아입고 부모님께 외출을 알린 후 카페로 향했다. 친구들은 오랜만에 만난 나를 반가워하며 복학 생활이나 군대 이야기 등을 캐물었다. 우리는 왁자지껄한 분위기 속에서 커피를 마시며 수다를 떨기 시작했다.

나는 애써 내 속의 깊은 고민을 감추고, 친구들의 이야기에 집중하려 노력했다. 그들의 일상적인 고민—공직 생활의 고충, 직장 상사의 잔소리, 학점 관리의 어려움, 새로운 소개팅 이야기—은 기옥이와의 미래를 걸고 씨름하는 나의 문제에 비하면 한없이 가볍고 평화롭게 느껴졌다. 이 평범하고 일상적인 대화 속에서 나는 잠시나마 스물여섯의 평범한 복학생으로 돌아간 것 같은 기분을 만끽할 수 있었다. 복잡한 현실로부터 벗어난 소중한 몇 시간이었다.

충주 시내의 밤과 또 다른 시작

시간은 빠르게 흘러갔다. 카페 창밖으로 뉘엿뉘엿 해가 넘어가기 시작했다. 저녁노을이 붉게 물들었다가 이내 어둠이 내려앉았다. 우리는 커피잔을 비우고도 헤어지기 아쉬워했다.

"야, 이대로 헤어지긴 아쉽지 않냐?

우리 오랜만에 어디가서 술 한잔 하자?"

직장인 친구가 제안했고, 모두가 동의했다. 우리는 커피를 마시던 자리를 정리하고, 또 다른 술을 한잔 마시러 충주 시내의 번화가로 향했다.

시내의 술집 거리는 주말을 맞이하여 활력이 넘쳤다. 우리는 시끌벅적한 술집에 자리를 잡고 맥주와 소주를 시켰다. 술기운이 오르자 이야기는 더욱 깊어졌다. 진로, 결혼, 여자 친구(물론 기옥이 이야기는 꺼낼 수 없었다.) 등 스물여섯 청년들이 가진 현실적인 고민들이 술잔과 함께 오갔다.

나는 억지로라도 술을 마시며 내 머릿속의 복잡한 생각들을 잠재우려 애썼다. 친구들의 웃음소리, 술잔이 부딪치는 소리, 시끄러운 음악 소리만이 내 귀에 가득했다. 충주의 밤거리, 오랜 친구들과의 만남 속에서 나는 잠시나마 '선'과 '기옥이'에 대한 고민을 잊고 오직 이 순간에만 집중하고 있었다.

술집의 시끄러운 음악과 친구들의 웃음소리 속에서, 나는 억지로 짓던 미소를 잠시 내려놓았다. 맥주와 소주를 섞어 마신 덕분에 약간의 취기가 오르자, 애써 외면했던 내 속의 무거운 돌덩이가 더 이상 참을 수 없게 느껴졌다. 나는 이 분위기에 찬물을 끼얹는 것 같아 미안했지만, 이 심각한 고민을 누군가에게라도 털어놓지 않으면 내가 먼저 터져 버릴 것만 같았다.

나는 술잔을 내려놓고 조용히 친구들에게 시선을 돌렸다.

"저기, 나 지금… 고민이 좀 있어."

왁자지껄하던 분위기가 순간 멎고, 친구들은 의아한 눈으로 나를 바라보았다. 직장인 친구가 걱정스러운 듯 술잔을 내려놓았다. 나는 머뭇거리며 말을 더듬기 시작했다.

"나 지금, 정말 좋아하는 여자 친구가 생겼는데… 기옥이라고. 나랑 나이가 동갑이야."

가장 중요한 사실을 꺼내놓고 나니, 그다음 말을 잇기가 더 힘들어졌다. 숨을 깊게 들이마시고, 목소리를 가다듬었다.

"근데 지금, 기옥이네 집에서 선을 보라고 압박을 하고 있대. 우리 사귀는 거 아시는데도, 내가 아직 대학생이고 자리도 못 잡았다고 반대하시나 봐."

나는 말을 마친 후 테이블만 멍하니 응시했다.

"그래서 나는 지금… 이 문제 때문에 이틀 밤을 거의 새웠고, 도저히 결정을 내릴 수가 없어. 기옥이를 붙잡아야 할지, 아니면 현실을 인정하고 잠시 놓아줘야 할지… 이런 걸로 지금 깊은 생각을 하고 있어."

나의 고백과 함께 테이블 위에는 순간 팽팽한 침묵이 감돌았다. 친구들의 눈빛은 장난기라곤 찾아볼 수 없는 진지함으로 바뀌었고, 충주의 밤공기 속에서 우리의 술자리는 갑자기 무겁게 내려앉았다. 스물여섯 청년들의 흔한 연애 고민과는 차원이 다른, 현실의 벽이 개입된 무거운 문제임을 모두가 깨달은 듯했다.

친구들은 술잔 대신 턱을 괴거나 팔짱을 끼며 진지하게 내 이야기를 경청하기 시작했다. 그들의 침묵은 나에게 잠시나마 기대어 쉴 공간을 허락해 주는 것 같았다. 나는 알 수 없는 해답을 친구들에게 기대하며, 그들의 입만 바라보고 있었다.

나의 무거운 고민을 듣던 중, 잠시 침묵하던 테이블에서 몇몇 친구들이 입을 열기 시작했다. 가장 먼저 말을 꺼낸 것은 공직 생활을 하는 친구였다. 그는 맥주잔을 내려놓고 상체를 테이블 쪽으로 기울이며 진지한 표정으로 나를 바라보았다.

"어… 그래, 나도 비슷한 고민 중이야. 나도 여자 친구 있어. 나보다 한 살 어리지만, 우리는 이미 결혼하기로 마음먹었어."

그는 비록 공직이라는 안정된 직장을 가지고 있지만, 결혼을 준비하는 과정에서도 복잡한 현실 문제가 있음을 내비쳤다. 하지만 그의 말 속에는 '결심'이라는 단호함이 담겨 있었다.

그 외에 다른 친구들 역시 연인 관계에 대한 이야기를 꺼내기 시작했다. 한 살 연상의 여자 친구와 진지하게 교제 중인 친구도 있었고, 두세 살 어린 여자 친구와 행복하게 사귀는 친구도 있었다. 테이블에 앉은 대부분의 친구들이 여자 친구가 있었기에, 나는 그들의 현실적인 이야기에 더욱 기대감을 가질 수 있었다.

친구들의 이야기 속에서 나는 용기를 얻었다. 그들은 나에게 현실적인 조언과 함께 자신감을 북돋아 주었다.

"야, 뭐 어때! 결혼해! 네가 지금 당장 돈은 없어도, 기옥이랑 마음을 합쳤으면 밀고 나가야지."

"맞아. 네가 지금 대학교 3학년이라도, 남은 시간 동안 진짜 열심히 졸업 준비하고 스펙 쌓고 노력하면 되잖아. 네가 기옥이를 얼마나 아끼고 사랑하는지, 얼마나 책임감 있는 사람인지 기옥이 부모님께 보여 드려야지!"

"부모님도 결국 네가 기옥이한테 진심이라는 걸 알면 마음이 움직일 거야. 우물쭈물하지 말고, 네 계획을 자신감 있게 보여 줘!"

친구들의 진심 어린 조언은 술기운과 섞여 내 안에 갇혀 있던 불안감을 조금씩 걷어냈다. 나는 무조건 회피하거나 절망할 상황이 아니었다. 사랑을 지키기 위해 노력하는 26세 청년으로서 당당하게 맞설 용기를 얻은 것 같았다. 그들의 격려 속에서 나는 비로소 이틀 밤을 지새우며 내리지 못했던 결단의 실마리를 잡기 시작하고 있었다.

친구들의 진심 어린 조언과 격려 속에서, 내 안에 갇혀 있던 불안감은 깨끗하게 씻겨 나갔다. 더 이상 침묵하거나 도망칠 수 없다는 것을 깨달았다. 친구들의 현실적이면서도 용기를 북돋는 조언 속에서, 나도 서서히 마음속으로 결단을 내렸고, 이내 온몸에 새로운 자신감이 생기기 시작했다.

'내가 망설이고 무력하게 있을수록, 기옥이는 집에서 더 큰 압박을 받을 것이다. 나에게 필요한 것은 확고한 의지다.'

술기운이 많이 올라 어느덧 시간은 밤 10시가 되었다. 우리는 술잔을 비우고 자리에서 일어났다. 헤어지기 전, 친구들은 마지막까지 등을 두드려주며 "힘내라, 우리가 응원할게"라고 말해 주었다. 복잡했던 고민을 잠시 내려놓고, 그들의 격려를 들은 것만으로도 나는 충분히 충전된 기분이었다.

시끌벅적한 술집 거리를 뒤로하고 우리는 터미널 근처에서 각자의 집으로 향했다. 네온사인과 가로등이 어우러져 희미하게 비치는 충주 시내 거리를 뒤로하고, 우리는 다음에 또 만날 것을 약속하며 헤어졌다.

나는 집으로 향하는 동안 홀로 걸어가면서 많은 생각을 했다. 술기운 때문인지 발걸음은 다소 비틀거렸지만, 머리는 어느 때보다 맑았다. 낮에는 그토록 괴롭히던 고민들이 친구들과의 대화와 결심 덕분에 명확하게 정리되기 시작했다.

나는 내일 당장 기옥이에게 전화해 우리의 확고한 미래 계획을 이야기할 생각이었다. 지금 당장 취직을 할 수는 없지만, 내년 4학년 복학 후 졸업반 생활을 하면서 반드시 졸업 전에 취업을 해야겠다고 마음먹었다. 남은 겨울 방학 동안 무엇을 준비하고, 다음 학기에 복학해서 어떻게 취업 준비를 병행할지 구체적인 계획을 세워서 그녀에게 보여주기로 마음먹었다. 이는 단순히 기옥이를 안심시키기 위함이 아니라, 기옥이 부모님께 내가 그녀의 미래를 책임질 책임감 있는 남자라는 것을 증명하기 위한 첫걸음이었다.

결론은 내렸지만, 집으로 돌아가는 길 내내 나는 그 결론을 어떻게 실행에 옮길지 세부 사항을 다듬었다. '복학과 동시에 모든 스펙 집중', '졸업 전 취업 성공'. 그리고 '대학 졸업 후 취업이 되는 즉시 기옥이와 결혼하겠다'는 결심까지 확고하게 머릿속으로 그리며 한 걸음 한 걸음을 내디뎠다.

충주 집에 무사히 도착한 나는 곧바로 잠을 청했다. 이틀 밤을 지새우며 고통받던 밤과는 달랐다. 육체는 취기와 피로로 인해 무거웠지만, 마음속의 짐을 내려놓았기에 곧바로 깊은 잠에 빠질 수 있었다. 나는 간절히 바랐다. 내일 아침에는 이 결단이 흔들림 없이 현실이 되기를.

결의를 다진 여정, 익숙한 다락방으로

....

어머니가 준비해 주신 따뜻한 해장국으로 아침을 먹고, 점심 식사까지 부모님과 함께했다. 식사를 마친 후, 나는 더 이상 시간을 지체할 수 없음을 느꼈다. 내 눈빛과 행동에서 단단한 결심을 읽으신 부모님께 인사를 드리고 충주를 떠나 서울행 버스에 몸을 실었다.

창밖으로 정든 고향의 풍경이 멀어지는 것을 보며, 나는 간밤에 친구들과 나누었던 이야기를 다시 한번 되새겼다. 술기운 속에서 내렸던 결심은 해가 뜬 아침에도 흔들림 없이 굳게 다져져 있었다.

버스가 고속도로에 접어들자, 차창 밖으로 끝없이 펼쳐지는 겨울 풍경이 스쳐 지나갔다. 전날 내린 눈으로 덮인 산과 들판은 깨끗하고 고요한 모습이었다. 며칠 전만 해도 이 하얀 풍경은 내 마음의 혼란을 가중시켰지만, 지금은 달랐다. 마치 내 머릿속의 복잡했던 생각들이 눈처럼 깨끗하게 정리된 것을 상징하는 듯 너무나 아름답게 느껴졌다.

나는 버스 안에서 가방을 뒤져 수첩을 꺼냈다. 어젯밤에 세웠던 계획들을 종이에 옮겨 적으며 세부적인 로드맵을 확정했다.

1단계(겨울 방학): 기옥이 부모님께 보여줄 '취업 준비 실행 계획서' 작성. 필수 자격증 리스트업 및 강의 등록.

2단계(4학년 복학): 학점과 취업 준비 병행. 졸업 전 반드시 취업 성공.

3단계(취업 성공): 대학 졸업 후 취업이 되는 즉시 기옥이와 결혼하겠다는 뜻을 확고하게 전달.

나는 이 계획서가 단순한 약속이 아니라, 기옥이를 지키기 위한 나의 선언서임을 알고 있었다. 버스가 서울에 가까워질수록, 내 심장은 불안 대신 기대와 결의로 뛰기 시작했다.

마침내 서울에 도착한 나는 곧바로 형님 댁 다락방으로 향했다. 사실 복학하면서부터 나는 이곳 형님 댁 다락방에서 지내고 있었다. 익숙한 공간이었기에, 짐을 풀거나 적응할 필요가 없었다. 작고 천장이 낮은 다락방이었지만, 이곳은 외부의 시선 없이 오직 내 목표에만 집중할 수 있는 완벽한 공간이었다.

다락방에 들어서자, 나는 비로소 숨을 크게 내쉴 수 있었다. 이곳은 내가 기옥이와의 미래를 걸고 싸울 나의 전진 기지였다. 나는 지체 없이 가방에서 휴대폰을 꺼내 기옥이에게 전화를 걸었다.

전화기 너머로 들려오는 기옥이의 목소리는 여전히 불안했지만, 나는 단호하고 자신감 있는 목소리로 말했다.

"기옥아, 나 지금 서울이야. 나 어제 친구들 만나서 결심했어. 너 혼자 두지 않을 거야. 우리, 내일 만나자. 내가 네 부모님께 보여드릴 우리의 구체적인 계획을 가지고 갈게."

내 단호한 목소리에 기옥이는 잠시 망설이는 듯했지만, 이내 작은 목소리로 답했다. "응, 알았어. 내일 만나요."

그다음 날, 기옥이를 만나기로 약속을 했다. 나는 다락방 창밖으로 보이는 서울의 밤을 바라보았다. 이 결심과 계획이 우리의 미래를 지켜줄 수 있기를 간절히 바라면서, 나는 내일의 만남을 준비했다.

종로에서의 재회, 결혼 약속 선언

나는 기옥이 퇴근 시간에 맞춰 종로의 약속 장소로 향했다.

종로 거리는 퇴근 시간의 분주함으로 가득 차 있었고, 수많은 직장인들 사이로 잠시 후 익숙한 얼굴이 보였다. 퇴근 후 지친 기색이 역력했지만, 나를 발견하고 환하게 미소 짓는 기옥이였다. 그녀를 보자, 이 모든 고민을 끝내고 우리의 사랑을 지켜야 한다는 책임감이 다시 한번 강하게 밀려왔다.

우리는 인파를 피해 조용한 카페로 들어가 커피 한 잔을 마시며 마주 앉았다. 기옥이는 내 충주행 이후의 상황을 불안한 눈빛으로 살폈고, 나 역시 그녀의 집안 압박이 얼마나 심했을지 짐작할 수 있었다. 길게 말을 늘어놓을 필요가 없었다. 나는 커피잔을 내려놓고 정면으로 기옥이를 응시했다.

"기옥아."

내 목소리는 떨리지 않았고, 단단한 확신이 실려 있었다.

"나는 그동안 너에 대해서 정말 많은 생각을 했어. 이틀 밤을 새우고 충주까지 내려갔다 왔지만, 결국 나는 결론을 내렸어."

나는 잠시 숨을 고른 뒤, 내가 내린 결론을 단호하게 말했다.

"기옥아, 나는 너를 너무 사랑해. 나랑 결혼해 줘."

기옥이의 눈이 커졌다. 예상치 못한 나의 직설적인 말에 그녀는 당황한 듯했지만, 나는 망설이지 않고 우리의 현실적인 상황과 결의를 덧붙였다.

"지금 당장은 우리가 가진 것이 부족하지만, 조금만 더 참아 줘. 내가 내년 4학년 졸업반으로서, 졸업 전에 반드시 취업해서, 바로 너와 결혼할 수 있도록 모든 것을 걸게."

나는 내가 세운 구체적인 계획을 설명했고, 가장 중요한 부탁을 건넸다.

"그리고 기옥아, 너도 자신감을 가져. 네 부모님께 우리의 마음과 나의 계획을 잘 설득해 줘. 우리는 헤어질 이유가 없어."

나는 내가 준비한 계획서가 가방에 있지만, 지금은 그것보다 내 진심과 결의를 전달하는 것이 더 중요하다고 판단했다. 나는 기옥이의 손을 잡고 정말 자신감 있게 내 마음과 계획을 쏟아냈다.

그런데 기옥이는 복잡한 표정을 지으며 쉽게 입을 열지 못했다. 그녀의 눈에는 눈물이 살짝 고이는 듯했다.

안도의 한숨과 기옥이의 현실

나의 갑작스럽고도 단호한 결혼 선언과 확신에 찬 계획을 들은 기옥이는 결코 싫지 않은 모습이었다. 그녀는 당황했지만, 내 진심이 담긴 눈빛과 과감한 결의가 그녀에게 용기를 준 듯했다. 기옥이는 나의 계획을 듣는 동안 한참 동안 망설이다가 마침내 천천히 고개를 끄덕이는 모습을 보였다.

"알았어. 나도 너 믿을게. 너 혼자 감당하게 하지 않을 거야. 네가 계획 세운 대로 나도 옆에서 최선을 다해서 버티고, 부모님께 우리 상황을 잘 설명할게."

그녀의 확답을 듣자, 나는 이틀 밤을 새우며 짊어졌던 무거운 짐을 내려놓은 듯 정말 깊은 안도의 한숨을 내쉬었다. 나는 이제야 비로소 정상적인 사고를 할 수 있게 된 것 같았다.

나는 기옥이의 손을 마주 잡았다. 그녀의 얼굴에는 기쁨보다는 여전히 현실적인 고뇌가 남아 있었다. 솔직히 말해서, 여자 나이 스물여섯이면 적은 나이가 아니었다. 특히 그 당시 80년대 후반에는 스물여섯이 결혼 적령기라는 인식이 강했기에, 기옥이 역시 부모님의 압박과 함께 자신의 '시간'에 대한 고민을 심각하게 했을 것임을 짐작할 수 있었다. 그녀가 망설인 이유 역시 나를 향한 사랑뿐 아니라, 이 현실적인 시기를 어떻게 극복해야 할지에 대한 두려움 때문이었을 것이다.

하지만 기옥이의 동의를 얻은 지금, 나는 더 이상 주저할 이유가 없었다. 나는 그녀에게 자신감을 얻었고, 짧은 만남을 정리하고 기옥이와 헤어져 형님 댁 다락방으로 향했다.

종로에서 형님 댁까지 가는 버스를 타고 돌아오는 와중에도 수많은 생각들이 스쳤다. 당장 내일부터 시작해야 할 취업 준비, 4학년 등록금 문제, 기옥이 부모님을 뵙게 될 날에 대한 상상까지. 현실적인 난관들이 머릿속을 스쳐 지나갔지만, 나의 마음은 오직 흔들리지 않았다.

옆자리에 앉은 승객의 숨소리, 버스가 도로를 가로지르는 진동 모두가 이제는 내 목표를 향한 배경음처럼 느껴졌다. 기옥이가 나의 결심을 믿어 주었듯, 나 역시 내 자신과 기옥이와의 사랑을 믿기로 했다. 나는 버스 창밖의 야경을 바라보며, 이 결단이 우리의 미래를 지켜줄 유일한 길임을 확신했다. 다락방에 도착한 나는 곧바로 4학년 계획서를 펼쳤다.

4학년 졸업반의 시작, 전투 속의 낭만

....

드디어 3학년 겨울 방학이 끝나고, 나는 대학 4학년 졸업반이 되었다. 이것은 대학생으로서의 마지막 생활이자, 기옥이와의 미래를 건 승부를 시작하는 중요한 전환점이었다.

개강과 함께 서울 형님 댁 다락방에서 학교로 가는 길은 전과 확연히 달랐다. 이전에는 막연한 취업 준비와 복학 스트레스뿐이었지만, 이제는 '졸업 전 취업 성공'과 '기옥이와의 결혼'이라는 두 가지 명확한 목표가 나에게 엄청난 집중력과 추진력을 불어넣어 주었다. 이 4학년 생활은 치열한 '마지막 학기의 전투'였지만, 나는 이 소중한 시간들을 후회 없이 보내기로 다짐했다.

물론 취업 준비가 최우선이었지만, 나는 마지막 남은 캠퍼스 생활의 즐거움도 포기하지 않기로 했다. 훗날 기옥이와 결혼해서 추억을 이야기할 때, 온통 피폐한 기억뿐이길 바라지 않았다. 나는 철저한 계획을 세워 시간을 관리했다. 평일 낮 시간은 무조건 학업과 취업 준비에 바쳤지만, 주말 저녁이나 특별한 날에는 기옥이와 만나 데이트하며 시간을 보냈다.

나는 4학년 졸업반으로서 학교생활을 완전히 취업 준비에 맞추어 재설계했다. 눈을 뜨는 순간부터 잠자리에 들 때까지 모든 시간이 철저히 계획되었다. 아침 일찍 도서관에 나가 전공 공부와 필수 자격증 시험을 병행했고, 수업 시간에는 단 한 순간도 놓치지 않으려 노력했다. 수업이 끝난 후에는 곧바로 취업 스터디에 참여하거나 필요한 스펙을 쌓는 데 몰두했다.

하지만 공부 중간중간, 캠퍼스 잔디밭에 앉아 쏟아지는 햇살을 만끽하거나, 친구들과 시답잖은 농담을 주고받으며 웃기도 했다. 벚꽃이 피는 계절에는 복잡한 생각에서 벗어나 짧게나마 캠퍼스 주변을 산책하며 달콤한 봄의 낭만을 즐겼다. 이런 짧은 휴식은 오히려 목표를 향해 달려갈 힘을 주는 원동력이 되었다.

형님 댁 다락방은 잠자는 곳 이상의 의미였다. 그곳은 내가 계획을 실현하는 나만의 사령부가 되었다. 밤늦게까지 책과 씨름했지만, 힘들 때마다 기옥이의 얼굴과 우리가 함께 다짐했던 순간을 떠올리며 버텼다. '이 고통은 잠시일 뿐이다. 이 고통이 기옥이와의 미래를 보장해 줄 것이다'라고 끊임없이 스스로를 다독였다.

나는 기옥이와도 꾸준히 연락하며 우리의 계획을 점검했다. 그녀 역시 부모님의 압박 속에서 나름대로 방패막이 되어주었고, 나의 굳건한 노력과 확고한 계획에 힘입어 희망을 잃지 않았다. 우리의 사랑은 이제 단순한 감정을 넘어, 미래를 향한 공동의 목표와 책임감으로 단단하게 묶여 있었다. 이 마지막 1년이 바로 우리의 운명을 결정지을, 전투와 낭만이 공존하는 소중한 시간이었다.

4학년 졸업반이 되어 시간이 흐를수록 마음속에는 초조함이 끊임없이 밀려왔다. 기옥이에게 약속했던 '졸업 전 목표 달성'이라는 마감 시한이 다가올수록 불안감은 그림자처럼 나를 따라다녔다. 주변 친구들이 하나둘씩 사회로 나가는 소식을 들을 때마다, 뒤처지고 있는 것은 아닌지 숨이 막힐 듯했다. 시간은 너무나 빨리, 잡을 수 없이 흘러가는 것만 같았다.

하지만 나는 스스로에게 흔들릴 틈을 허용하지 않았다. 만약 여기서 단 한 번이라도 초조함에 굴복한다면, 기옥이와의 미래를 건 모든 결단이 무너질 것임을 잘 알고 있었다. 나는 오직 정해진 목표를 향해, 어떠한 마음의 동요 없이 전진하는 일에 모든 것을 집중했다.

나의 하루는 철저하게 미래 설계라는 단 하나의 목적에 맞춰져 있었다. 다른 것들에 신경 쓸 여유가 없었다. 학교 수업 외의 모든 시간은 전공 지식을 심화하는 데, 실질적인 역량을 입증할 자격증을 따는 데, 나의 가치를 증명할 서류를 작성하고 실전 면접을 준비하는 데 할애되었다. 매일 밤 다락방의 스탠드 불빛 아래에서 늦게까지 씨름했고, '이 노력이 기옥이를 지킬 방패'라는 생각만이 나를 지탱했다.

나는 혹시라도 기옥이와의 약속이 틀어질까 두려웠지만, 그 두려움을 결단코 긍정적인 에너지로 바꾸어냈다. 다른 졸업반 친구들이 잠시 여유를 부릴 때도, 나는 결코 멈추지 않았다. 초조함은 나를 갉아먹는 독이 아니라, 나를 목표 지점까지 더 빨리 이끌어가는 원동력이 되었다. 나는 그렇게 캠퍼스 생활의 마지막 순간까지, 사랑하는 사람과의 미래를 확보하기 위한 치열한 투쟁을 홀로 이어 나가고 있었다.

청춘의 봄날, 멈춰 버린 시간

대학교 4학년이 되니, 시간은 마치 손에 잡히지 않는 모래처럼 너무나 빨리 지나가는 것 같았다. 그 속도에 익숙해질 틈도 없이, 나는 곧 사회로 던져질 예비 졸업생이었다.

활기 넘치는 캠퍼스에서 이리저리 오가며 웃고 떠드는 사람들의 모습도 더 이상 내 눈에 들어오지 않았다. 그들은 마치 흑백 영화 속 잔상처럼 희미했고, 나는 멍하니 오로지 학업과 취업을 목표로 공부를 해야만 했다. 마치 세상의 모든 소음이 차단되고, 내 머릿속에는 '합격'이라는 단어만이 날카롭게 울리는 듯했다.

시간이 빠르게 지나가는 것만큼 마음은 초조했지만, 나는 굳게 결심을 했다. 그것은 바로 나 자신과의 '기억에 약속'을 지키는 일이었다. 목표를 이루기 전까지는 사소한 즐거움이나 불필요한 걱정 같은 어떤 잡념도 생각하지 않겠다는 다짐이었다.

캠퍼스에는 어느덧 봄이 찾아왔다. 따스한 햇살 아래, 화사한 꽃들 사이로 나비들이 우아하게 날아가는 모습이 눈에 들어왔다. 그 아름다운 풍경조차 나에게는 잠시 외면해야 할 사치처럼 느껴졌다. 눈앞의 현실을 외면한 채, 나는 낡은 책상 앞에 앉아 펜을 쥐고 있었다.

나에게 4학년의 봄은, 청춘의 가장 아름다운 계절이었지만, 아이러니하게도 가장 치열하고 고독한 시간이기도 했다.

기옥과의 약속

나를 움직이게 하는 단 하나의 명확한 이유가 있었다. 나는 이미 결혼할 상대인 '기옥'이 생겼고, 현실적인 미래를 함께 그려야 한다는 책임감이 나를 압박했다. 이 압박감은 단순한 불안이 아니라, 반드시 이뤄내야 한다는 강력한 동기 부여가 되었다.

나는 이 모든 상황을 핑계 삼지 않기로 했다. 이 무게감을 등에 지고, 오로지 '취업'이라는 한 목표를 설정해서 모든 에너지를 쏟아붓기로 했다. 이제 나의 시간은 나만의 것이 아니었다. 나비가 날아가는 아름다운 봄날의 캠퍼스를 뒤로하고, 나는 기옥과 함께 걸어갈 단단한 길을 만들기 위해 앞으로 나아갔다.

공부를 하다가 잠시 숨이 막히고 힘들면, 나는 창밖 먼 산을 바라보았다. 그 산의 능선처럼, 우리가 함께 헤쳐나갈 미래의 높낮이를 생각했다. 내가 힘들어할 때마다, 기옥은 나에게 많은 응원의 메시지를 주는 존재였다. 그녀를 생각하는 것만으로도 나에게는 다시 책상 앞에 앉을 힘이 생겼다.

그렇게 치열했던 봄 학기가 흘러가고, 어느덧 중간고사와 1학기 기말고사가 끝이 났고, 길었던 여름 방학이 되었다. 이제 학업이라는 큰 짐을 잠시 내려놓았을 때, 나는 그동안 가장 중요하게 생각했지만 바쁜 시간 속에 미뤄두었던 다음 단계를 준비했다.

바로 기옥을 우리 부모님께 소개시키기 위해 설레는 마음으로 만남을 계획했다. 이 만남은 단순히 연인을 소개하는 것을 넘어, 우리의 미래를 공식적으로 인정받고 함께 만들어 가겠다는 선언과 같았다.

충주로 향하는 길, 떨리는 마음

....

우리는 충주로 향하는 고속버스를 함께 탔다.

주말 저녁의 고속버스 터미널은 인파로 북적였지만, 버스에 올라 창가 자리에 앉자 모든 소음이 아득해지는 기분이었다. 이제 중요한 관문이 코앞이었다. 부모님과의 만남은 우리의 결혼과 미래가 걸린 공식적인 첫 시험대였기에, 나는 물론이고 기옥의 긴장감은 극에 달해 있었다.

버스가 굉음을 내며 고속도로에 접어들자, 차창 밖으로 스쳐 지나가는 바람 소리가 유난히 크게 들렸다. 나는 옆자리에 앉은 기옥을 곁눈질로 바라보았다. 그녀는 꼿꼿하게 등을 세우고 앉아 있었는데, 애써 침착하려는 듯 창밖만 응시하고 있었다. 손가락을 만지작거리는 모습에서, 그녀의 심장 박동이 얼마나 빠를지 짐작할 수 있었다.

창밖으로 휙휙 지나가는 논과 밭, 이따금 보이는 작은 마을들처럼, 기옥의 눈빛에는 많은 근심과 깊은 생각이 파노라마처럼 펼쳐져 있는 것 같았다. 부모님께 좋은 인상을 드려야 한다는, 어쩌면 나보다 더 간절한 책임감이 그녀를 짓누르고 있음을 알 수 있었다.

"괜찮아, 걱정하지 마. 우리 부모님, 생각보다 훨씬 좋은 분들이야."

나는 조용히 그녀의 손을 잡아주었다. 그녀의 손은 생각보다 차가웠지만, 맞잡은 내 손을 놓치지 않으려는 듯 힘주어 잡는 그 따뜻한 온기가 서로의 긴장을 조금이나마 누그러뜨렸다. 우리는 서로에게 의지하는 유일한 존재였다. 그 순간, 나는 우리가 이 모든 것을 함께 이겨 낼 수 있다는 확신을 얻었다. 4학년의 치열함 속에서 쌓아온 우리의 관계는 이 작은 떨림보다 훨씬 단단했다.

두 시간 남짓 달렸을까. '딩동' 하는 알림과 함께 어느덧 충주에 도착했다. 서울과는 확연히 다른, 어둠이 내려앉은 고향의 공기는 신선하고 포근했다. 터미널 밖으로 나오니, 고향 특유의 넉넉한 정서와 적막함이 우리를 감쌌다.

우리는 곧바로 터미널 근처의 번화가로 향했다. 부모님께 드릴 선물을 이것저것 정성껏 사서 조심스럽게 들고 집으로 향했다. 기옥은 작은 곶감 세트와 건강 보조식품 상자 하나하나를 마치 보물처럼 소중히 다루었고, 어떤 선물을 먼저 드려야 할지 나지막이 고민하는 모습이었다. 나는 그런 그녀의 세심함과 진심을 보며, 나의 선택이 틀리지 않았음을 다시 한번 확인했다. 이 사람과 함께

라면 우리의 미래는 분명 따뜻할 것이다.

골목을 돌아 드디어 집 앞에 섰을 때, 대문 안쪽에서 희미한 불빛과 함께 인기척이 느껴졌다. 우리가 초인종을 누르자마자, 문이 활짝 열리며 아버지와 어머니는 반갑게 우리를 맞아 주었다. 두 분의 얼굴에 어린 기대와 넉넉한 웃음소리가 긴장했던 나의 마음과 기옥의 불안함을 순식간에 녹여 주었다.

길었던 4학년의 고독한 터널을 지나, 비로소 나의 미래가 기옥과 부모님의 품속에서 따뜻하고 안정된 첫걸음을 내딛는 순간이었다.

도착! 그리고 떨리는 점심 식사 준비

충주 집에 도착하니 12시 30분이 조금 넘은 시간이었다.

주말 낮의 고향집은 따뜻하고 정겨웠다. 문턱을 넘어서자마자 긴장감이 일순간 풀리는 듯했다. 어머니는 오랜만에 온 아들을 반가워하면서도, 처음 온 예비 며느리인 기옥을 위해 급하게 점심 식사를 준비했다. 부엌에서는 분주하게 냄비가 끓고, 도마 소리가 경쾌하게 울렸다. 어머니의 특유의 손맛이 담긴 음식 냄새가 온 집안을 채웠다.

나는 방 한구석에 놓인 작은 TV 앞에 앉아, 어머님이 식사 준비하시는 동안 말없이 TV를 바라보고 있었다. 사실 TV 속 내용이 눈에 들어올 리 만무했다. 나는 기옥이 혹시라도 불편하지는 않을까, 부모님이 기옥을 어떻게 평가하실까 하는 수많은 걱정과 기대 속에서 숨을 고르고 있었다.

그런데 기옥은 불편해하거나 어색해하는 대신, 곧장 어머님을 도우러 부엌으로 다가갔다.

"어머니, 제가 뭐 도와드릴 것 없을까요?" 기옥의 목소리는 조심스러웠지만, 그 속에 담긴 진심이 느껴졌다.

어머니는 처음엔 손사래를 쳤지만, 기옥은 재빨리 앞치마를 찾아 입고 상추를 다듬거나 밥상을 차리는 일을 거들었다. 두 분이 부엌에서 함께 웃으며 일하는 모습은 마치 오래된 모녀 같았다. 그 모습에서 나는 흐뭇함을 느꼈다. 낯선 환경에서도 스스로 움직이는 기옥의 배려심과 적극적인 모습이 부모님께도 좋은 인상을 주리라 확신했다.

그때, 나란히 앉아 TV를 함께 보시던 아버지가 나에게 슬쩍 얘기했다. 아버지는 TV에서 시선을 떼지 않은 채, 나만 들을 수 있는 작은 목소리로 말씀하셨다.

"네 여자 친구 괜찮구나. 어찌 얼굴도 이쁘고, 참 괜찮은 것 같은데."

아버지의 목소리에는 짧지만 깊은 만족감이 담겨 있었다. 나는 순간 울컥할 뻔했다. 취업 준비로 인한 압박감과 기옥과의 결혼이라는 책임감 속에서 홀로 고군분투하던 나에게, 아버지의 이 한마디는 커다란 응원이자 안심이었다.

"네, 아버지. 괜찮은 사람이에요." 나는 나지막이 대답하며 기옥을 바라보았다.

기옥은 여전히 어머니와 함께 도마 위에서 야채를 다듬고 있었다. 그녀의 옆모습은 낯선 환경에서도 빛이 났고, 부지런히 움직이는 손길에는 진심이 느껴졌다. 아버지는 다시 TV 화면으로 시선을 돌렸지만, 그 짧은 칭찬 덕분에 집안의 분위기는 한층 더 부드럽고 훈훈해졌다.

이제 남은 것은 점심 식탁이었다. 부모님과의 식사 자리가 이 모든 긴장감의 정점이 될 터였다. 밥상 위에서 오갈 이야기와 눈빛 교환들이 머릿속을 스쳐 지나갔다.

드디어 식사 준비가 완료되어 우리는 부모님과 함께 기옥이까지 네 사람이 마주 앉아 오순도순 점심 식사를 시작했다. 묵직한 나무 밥상 위에는 어머니의 정성이 가득 담긴 음식들이 수북했다. 구수한 된장찌개 냄새, 시골에서 직접 농사지은 듯한 신선한 채소와 갖가지 나물, 아버지가 아끼는 막걸리 한 잔. 식탁은 풍요롭고 평화로웠다.

어머님은 당신 아들인 나보다도 처음 온 예비 며느리인 기옥의 신경을 쓰는지, 젓가락이 향하는 곳마다 재빨리 움직이며 이것저것 반찬을 많이 챙겨 주었다.

“아이고, 기옥이. 이거 시골에서 갓 딴 고춧잎이란다. 젊은 아가씨들은 이런 풀떼기 잘 안 먹는다고 하는데, 이건 몸에 좋은 거니까 많이 먹어. 우리 아들이 너 온다고 얼마나 신경을 썼는지 모르겠다. 어서 먹으렴.”

기옥은 황송한 듯 연신 고개를 숙이며 “네, 어머니. 감사합니다. 정말 맛있어요. 어머니 손맛이 정말 좋으세요.”라고 대답했다. 그 모습은 식탁 위에서 긴장했던 분위기를 부드럽게 녹여주었고, 나 또한 덩달아 어깨의 짐이 가벼워지는 것을 느꼈다. 기옥의 싹싹함과 어머니의 넉넉한 마음씨 덕분에 식사는 흡족하게 이어졌다.

아버지는 밥상머리에서 평소보다 말이 적으셨지만, 기옥이 건넨 잔을 묵묵히 받으시며 은은한 미소를 지으셨다. 아버지의 그 미소만으로도 기옥에 대한 만족감을 충분히 짐작할 수 있었다.

반찬을 한참 집어주시던 어머니가 문득 숟가락을 내려놓고 기옥을 바라보며 얘기했다. 어머니의 눈빛은 따뜻했지만, 그 속에는 이제부터 우리 두 사람의 미래를 책임져야 한다는 현실적인 무게가 담겨 있었다.

“아가씨. 밥은 맛있게 먹고 있니? 그래, 어머니가 몇 가지 물어봐도 될까?” 어머니의 질문은 돌발적이었지만, 예의를 갖춘 부드러운 말투였다.

어머니는 이내 우리를 향해 시선을 돌리더니, "집은 어디야? 나이는 몇 살이야? 지금 하고 있는 일은 뭐야?" 하고 미래를 위한 구체적인 질문들을 던지기 시작했다. 당신 아들의 미래를 맡길 사람에 대해 궁금해하는, 지극히 당연하고도 솔직한 질문들이었다.

나는 그 순간 가슴이 콩닥콩닥거렸다. 내가 취업을 목표로 치열하게 시간을 보낸 만큼, 기옥 역시 이 자리에서 자신의 모든 것을 증명해야 한다는 부담감을 느낄까 봐 걱정되었다. 혹시라도 기옥이 당황하거나 말을 더듬어 부모님께 안 좋은 인상을 남길까 봐 나도 모르게 긴장하고 있었다. 아버지 역시 젓가락을 멈추고 어머니와 기옥을 번갈아 보셨다. 식탁 위의 모든 시선이 기옥에게로 쏠렸다.

그런데 기옥은 침착했다. 긴장한 기색이 없지는 않았지만, 흐트러짐 없는 자세로 아주 예쁘고 침착하게 대답을 시작했다.

"어머니, 저는 경기도 청평면 대성리에서 태어났고요. 스물여섯 살입니다. 지금은 서울 신림동에 있는 유치원에서 일을 하고 있습니다."

기옥은 질문 하나하나에 또렷한 목소리와 정중한 어투로, 숨김없이 어머니께 친절히 대답을 해 주었다. 자신의 배경과 현재 상황을 명료하게 설명하는 기옥의 모습에서, 진솔함과 함께 당당한 자신감이 느껴졌다. 그녀의 대답에는 꾸밈이나 과장이 없었고, 오히려 그 점이 어머니의 신뢰를 얻는 데 큰 도움이 되었다.

그 모습을 지켜보면서, 나는 비로소 마음이 한시름 놓였다. 걱정했던 모든 불안감이 눈 녹듯 사라졌다. 기옥은 단순히 나의 연인이 아니라, 우리 가족의 일원이 될 자격과 준비가 충분히 된 사람이었다.

그 후 어머니의 표정은 한층 밝아지셨고, "그래, 그래. 어려운 일 하네. 우리 아들하고 잘 지내고."라며 기옥의 손을 잡아주셨다. 그제야 식탁 위에는 안심과 만족, 미래에 대한 기대감이 넘실거렸다. 이 점심 식사 이후, 우리의 미래는 더 이상 나 혼자만의 '취업'이라는 좁은 목표가 아니라, 기옥과 함께 걸어갈 '결혼'이라는 확실한 목표가 되었다.

1980년대, 마장동 터미널에서 헤어지다

....

충주 부모님 댁을 출발했던 버스는 긴 시간을 달려 서울의 경계에 진입했다. 마침내 버스는 마장동 터미널 승강장에 멈춰 섰다(현재는 동서울 터미널로 이전되었지만, 1980년대 그 시절의 우리에게 마장동 터미널은 지방에서 서울로 오는 관문이었다).

'푸슈욱' 소리와 함께 버스 문이 열리자, 충주의 고요함과는 완전히 대비되는 서울의 소란스러움과 활기가 쏟아져 들어왔다.

우리는 짐칸에서 가방을 꺼내 어깨에 멨다. 버스 안에서 약속했던 미래에 대한 모든 다짐을 단단히 짊어진 채, 터미널 건물 안으로 들어섰다. 배가 고파진 우리는 터미널 근처에서 점심 식사를 하기로 했다.

우리는 터미널 근처 식당에서 순두부찌개로 간단히 점심 식사를 했다. 뜨끈한 국물은 이틀 동안의 긴 여정을 차분하게 정리해주었다. 식사를 하면서도 우리는 곧 헤어져야 할 생각에 쉽게 말이 이어지지 않았다.

"내일 출근 잘하고. 너무 피곤해하지 마. 오늘 충전 끝냈잖아." 내가 말했다.

"응. 나는 집에 가서 우리 엄마한테… 약혼 이야기 잘 꺼내볼게." 기옥이 수줍게 대답했다.

점심 식사를 마친 후, 우리는 터미널 앞에서 잠시 발걸음을 멈추었다. 서울의 복잡한 지하철과 버스는 이제 우리 각자의 집으로 향하는 길을 재촉하고 있었다.

서로를 마주 보며 잠시 포옹한 뒤, 우리는 서로 헤어졌다.

기옥이 인파 속으로 사라지는 모습을 한참 동안 바라보던 나는, 비로소 현실의 무게와 미래를 향한 설렘을 동시에 느꼈다. 몸은 다시 일상으로 돌아왔지만, 탄금대에서 얻은 '아이스크림 같은 시원하고 신선한 기분'과 약혼이라는 약속은 우리의 가장 강력한 무기가 되어 줄 것이었다. 나는 힘차게 발걸음을 돌려 집으로 향했다. 새로운 시작을 알리는 일요일 오후였다.

다락방의 밤: 학문과 고독이 빚어낸 심해

형님과 형수님과의 정겨운 저녁 식사를 끝낸 후, 나는 마치 오래된 습관처럼 나의 보금자리, 다락방으로 향하는 삐걱거리는 나무 계단을 밟았다. 아랫집에서 들려오는 TV 소리나 잔잔한 대화 소리는 계단참을 지나며 점점 멀어졌고, 다락방 문을 열고 들어서는 순간, 나는 완전히 나만의 세계로 진입했다. 이곳은 세상의 소음으로부터 격리된, 지극히 개인적인 사색과 학문의 공간이었다.

책상 앞에 앉아 낡았지만 익숙한 감촉의 전공서적을 펼쳤다. 종이 특유의 냄새와 잉크 냄새가 희미하게 코끝을 간질였다. 겉표지를 넘기자마자 눈앞에 펼쳐지는 복잡한 수식과 개념들은 평범한 하루의 끝을 마무리하는 숙제가 아닌, 오히려 깊은 바닷속으로 잠수하는 탐험가의 지도와 같았다.

창문 밖에서는 풀벌레 소리가 간간이 들려왔다. 이 소리는 고요함이 깨지는 방해가 아니라, 오히려 이 밤의 정적을 더욱 선명하게 만드는 자연의 리듬이었다. 마치 세상이 잠들었음을 알리는 조용한 신호처럼, 이 소리는 내가 오롯이 책 속의 세상에 집중할 수 있도록 도와주었다.

어둠 속에서 유일하게 의지할 수 있는 빛은 희미하게 비치는 가로등 빛이었다. 그것은 다락방의 좁은 창을 통해 비스듬히 들어와 책상 일부와 책의 모서리만을 은은하게 비췄다. 이 절제된 조명은 시선을 분산시키지 않고 오직 펼쳐진 페이지 위로만 고정하게 만들었다. 풀벌레 소리와 이 미약한 빛의 조화는 나를 더욱더 책에 몰두하게 만들었다. 세상의 모든 잡념이 멀어지고, 오직 책 속의 진리만을 파고들겠다는 열망만이 남아 나를 지배했다.

나는 펜을 쥐고 밑줄을 긋고 메모를 채워 넣기 시작했다. 한 페이지, 한 단락을 정복할 때마다 느껴지는 지적인 만족감은 형언할 수 없는 것이었다. 이 밤의 다락방은 나의 젊음과 열정이 고스란히 응축된 성지였으며, 희미한 가로등 아래 전공서적을 마주한 나는 지금, 나만의 지식의 심해 속으로 깊이 가라앉고 있었다.

여름방학, 매일 반복되는 어느 날 책상 앞에 앉아 전공서적을 펼치려는 순간, 창밖에서 들려오는 소리가 고요했던 다락방의 분위기를 완전히 바꿔놓았다. 간간이 들리던 풀벌레 소리 대신, 빗줄기가 좁은 유리창을 두드리는 소리가 선명하게 들려왔다. 희미하게 비치던 가로등 불빛은 빗물에 번져 더욱 아련하고 촉촉하게 공간을 채웠다. 이 비 오는 밤의 정취는 나를 책에 몰두하게 함과 동시에, 내면의 깊은 고뇌를 수면 위로 끌어올렸다.

가장 무거운 현실은 여전히 '기옥(基玉)', 즉 내가 사랑하는 사람과 함께할 단단한 삶의 토대를 마련하는 문제였다. 나는 나의 미래를 함께할 약혼자, 나의 유일한 결혼 상대자이자 동반자를 생각했다. 빗소리는 마치 그녀에게 약속해야 할 책임의 크기를 가늠하는 듯, 묵직하게 다락방을 울렸다.

'내가 과연 그녀에게 튼튼한 기옥을 선물할 수 있을까?'

지금 당장 내 앞에 놓인 취업이라는 거대한 벽과 불확실한 미래는, 학문적 성취만으로는 해결될 수 없는 냉정한 현실이었다. 나는 이 비 오는 밤에, 곧 만나 뵙게 될 그녀의 부모님 앞에서 나의 기옥에 대해 어떻게 설명해야 할지 수없이 시뮬레이션했다. 단지 '열심히 살겠습니다'라는 말 대신, 구체적이고 믿음직한 나의 미래 설계도를 제시해야만 했다. 그들의 귀한 딸을 책임질 자격을 증명하는 것, 그것이 이 밤의 전공서적 페이지보다 더 중요한 숙제였다.

나는 펜을 쥔 채 창밖의 빗줄기를 바라보았다. 빗줄기는 땅을 적시고, 모든 것을 깨끗하게 씻어내는 것처럼 보였다. 그때, 문득 깨달았다. 나의 기옥은 완벽한 부(富)나 안정된 지위가 아닐 수도 있다는 것을. 나의 진정한 기옥은 바로 나의 약혼자, 그녀 자신이었다.

그녀는 불안한 내 삶에 굳건히 뿌리를 내려준 영원한 등불이자, 어떤 비바람에도 흔들리지 않을 나의 최고의 기반이었다. 나는 이 책을 통해 그녀에게 부끄럽지 않은 내가 되기 위해, 흔들리는 현실 속에서도 좌절하지 않고 꿋꿋이 나아가겠다는 맹세를 속으로 다졌다.

"비록 지금은 이 다락방의 빗소리처럼 불투명하지만, 나는 반드시 당신에게 안정된 미래를 선물할 것이다."

이 다짐이 비 오는 밤, 나를 괴롭히던 현실의 모든 고민을 이겨낼 단 하나의 해답이었다. 나는 다시금 책을 펼쳤다. 이제 전공서적의 글자들은 더 이상 괴로운 암호가 아니었다. 그것은 나의 결혼 상대자에게 더 나은 삶을 약속하기 위한 구체적이고 실현 가능한 계획의 첫걸음이었다. 빗소리는 이제 나를 압박하는 소리가 아닌, 나의 맹세를 확인해 주는 잔잔한 배경음악이 되었다.

기옥을 향한 맹세, 4학년 2학기 개학을 앞둔 새벽

빗소리는 어느덧 가늘어졌지만, 다락방의 공기는 여전히 무겁고 습했다. 나는 현실의 문제들—기옥, 약혼, 미래—에 대한 깊은 고뇌 끝에, 결국 답은 이 책상 위에 있다는 것을 깨달았다. 사랑하는 나의 결혼 상대자에게 떳떳한 기반을 선물하기 위해서, 이 시간을 허투루 보낼 수 없었다.

시간은 나의 편이 아니었다. 시곗바늘이 새벽을 향해 움직이고 있었고, 이제 여름 방학이 끝나고 4학년 2학기 개학을 앞둔 날도 며칠 남지 않았다. 곧 이 다락방의 고독한 밤샘 공부 대신, 학교에서의 마지막 학기, 졸업과 취업을 향한 치열한 레이스를 맞이할 터였다. 4학년 2학기 개학을 앞두고 남은 이 소중한 시간을 헛되이 보낼 수 없었다. 현실의 벽을 깨부술 유일한 무기는, 이 전공서적에 담긴 지식이었다.

나는 깊게 숨을 들이마시고 다시 펜을 잡았다. 아까 전까지 미로처럼 느껴지던 복잡한 수식과 개념들이 이제는 나의 맹세를 실현하기 위한 구체적인 설계도로 보이기 시작했다. 약혼자에게 안정된 미래를 약속하겠다는 강한 의지가, 흐릿했던 글자들을 선명하게 만들었다.

집중력은 극도로 높아졌다.

페이지를 넘기는 소리, 펜이 종이를 스치는 사각거리는 소리만이 다락방을 채웠다. 나는 핵심 내용을 요약하고, 풀리지 않았던 문제들의 오류를 하나씩 수정해 나갔다. 피로감은 이미 잊은 지 오래였다. 눈꺼풀이 무거워질 때마다, 그녀의 얼굴과 미래의 단단한 기억을 떠올렸다. 그것은 어떤 각성제보다 강력한 자극이었다.

시간이 얼마나 흘렀을까. 어느새 창밖의 어둠이 옅어지고, 회색빛이 감돌기 시작했다. 희미한 가로등 빛을 대신해 새벽의 여명이 다락방 안으로 스며들어왔다. 동이 터오는 그 순간, 나는 비로소 가장 어려웠던 단원의 마지막 문제를 풀어냈다.

나는 전공서적을 덮었다. 새벽의 차가운 공기가 폐부 깊숙이 들어왔지만, 마음만은 뜨겁게 달아올라 있었다.

"졸업과 취업이 달린 4학년 2학기, 나는 이 새벽의 집중을 절대 잊지 않겠다."

나의 기옥을 굳건히 다지고, 그녀의 곁에서 영원한 등불이 되겠다는 맹세는, 마지막 학기 개학을 앞둔 새벽과 함께 더욱 단단하게 굳어졌다.

9월, 4학년 마지막 학기의 서막

드디어 9월이 되면서 대학교 4학년 2학기가 개강했다. 가을의 문턱에서 시작된 이 학기는, 나에게는 단순한 학업 과정이 아닌, 나의 결혼 상대자, 기옥을 향한 맹세를 실현하는 치열한 전장이었다.

창밖의 하늘은 높고 청명했지만, 나의 마음은 무거운 책임감으로 가득 찼다. 나는 이미 나의 사랑하는 기옥과 약혼을 공식적으로 허락받았다. 기옥은 벌써 사회에 진출하여 직장 생활을 시작한 사람이다. 그녀가 매일 일터에서 땀 흘리는 동안, 나는 아직 전공 서적과 씨름하는 학생 신분이었다.

4학년 마지막 학기. 이 기간은 취업이라는 거대한 문을 통과하기 위한 지식의 기반을 다지는 결정적인 시간이었다. 오전부터 밤늦게까지 이어지는 전공 심화 수업과 필수 이수 과목들은 잠시도 긴장을 풀 수 없게 만들었다. 복잡한 이론과 실험 과제에 매달려야 했고, 학점이 곧 미래의 명함이 될 것이라는 압박감은 나를 채찍질했다.

나는 바쁜 학업 중에도 이미 취업 준비에 열중했다.

남들이 3, 4학년 때 시작하는 취업 스터디나 자격증 준비를 나는 2학년 때부터 시작했다. 도서관에서는 전공서적 옆에 취업 관련 서적과 신문 스크랩을 쌓아두었다. 이 모든 노력은 오직 기옥에게 떳떳한 남편이 되기 위함이었다.

특히, 기옥이 '우리 충주 집'에 다녀와서 부모님께 우리 약혼의 뜻을 확고하게 말씀드렸고, 기옥의 집에서도 우리의 약혼을 흔쾌히 허락해 주셨다는 사실은 나에게 가장 강력한 동기였다. 기옥의 부모님들은 나의 진심과 기옥의 확고한 뜻을 믿어 주셨고, 나는 이제 양가 부모님의 허락 아래 미래를 준비하는 책임감을 안게 되었다. 기옥은 이미 나의 가장 단단한 기반이 되어 주었다.

핸드폰이 없던 1980년대, 나의 모든 마음과 하루의 치열함은 편지에 담겨 기옥에게 전달되었다. 나는 짧은 여유가 생길 때마다 펜을 들어, "기옥아, 나는 지금 당신을 향한 우리의 기옥을 다지고 있어. 조금만 더 참고 기다려줘."라는 맹세를 전했다.

4학년 마지막 학기의 가을바람은 차가웠지만, 기옥과 기옥의 집안에서 보내온 믿음과 책임감은 나의 심장을 뜨겁게 만들었다. 나는 이제 학생의 의무를 넘어, 한 여자의 삶을 책임질 남편으로서의 첫걸음을 치열하게 걷기 시작한 것이다.

주말의 왕십리, 졸업을 앞둔 4학년의 맹세

....

숨 막히는 4학년 2학기의 학업과 취업 준비 속에서, 나는 가장 소중하고 긴장되는 주말을 맞이했다. 바로 기옥의 부모님을 뵙는 날이었다. 이미 기옥이 '우리 충주 집'에 다녀와 약혼을 허락받았고, 기옥의 집에서도 흔쾌히 승낙하셨다는 소식을 들었지만, 정식으로 졸업을 앞둔 예비 사위로서 어른들 앞에 서는 것은 차원이 다른 무게감이었다.

약속 장소는 서울의 중심부, 왕십리였다. 기옥은 직장 때문에 서울에 머물고 있었고, 그곳에서 만나는 것이 서로에게 가장 편리했다. 나는 다락방에서 밤새 다려 입은 가장 단정한 셔츠를 입고 약속 장소로 향했다. 기옥의 손을 잡았지만, 심장은 마치 취업 면접을 앞둔 것처럼 격렬하게 뛰었다.

식당 문 앞에서 기옥의 부모님을 뵙자마자, 나는 깊숙이 고개를 숙여 인사했다. 부모님은 온화한 미소를 지으셨지만, 그 눈빛 속에는 직장인 딸의 미래를 맡기려는 졸업반 학생에 대한 기대와 걱정이 동시에 서려 있음을 느낄 수 있었다.

식사 내내 나는 극도로 긴장했다. 밥이 코로 들어가는지 입으로 들어가는지 모를 지경이었다. 나는 애써 침착한 목소리로 현재 4학년 2학기의 마지막 학업 상황과 더불어, 이미 진행 중인 취업 준비 계획을 상세히 말씀드렸다. 졸업과 동시에 기옥을 책임지기 위해 내가 얼마나 절박하게, 구체적으로 노력하고 있는지 숨김없이 전했다.

마침내, 내가 용기를 내어 조심스럽게 말씀을 드렸다.

"어머님, 아버님. 기옥을 제 아내로 맞이할 수 있도록 정식으로 약혼을 허락해 주십시오. 비록 지금은 마지막 학기를 보내는 학생이지만, 기옥이 사회에서 땀 흘리는 만큼, 저도 졸업 후 바로 취업하여 두 배로 노력하겠습니다. 저희 두 사람의 미래를 믿고 저희의 약혼을 공식적으로 허락해 주십시오."

잠시의 침묵 후, 기옥의 아버님께서 따뜻하지만 단호한 목소리로 입을 여셨다.

"자네의 그 진심과 기옥이에 대한 마음, 졸업을 앞둔 이 시점에도 이리 당당하게 찾아온 용기, 잘 알겠네. 그래, 두 사람 약혼하는 것을 허락하네."

그 순간, 나의 짓눌렸던 어깨가 한순간에 가벼워지는 것을 느꼈다. 왕십리의 식당은 햇살이 들어와 환하게 빛나는 듯했다. 나는 떨리는 목소리로 감사의 인사를 전했다.

공식적인 약혼 허락. 이 한 마디는 나에게 단순한 축하가 아니라, 4학년 2학기 졸업을 코앞에 둔 시점에서 얻은 가장 강력한 공인된 책임감이 되었다. 이제 나는 기옥의 부모님 앞에서 당당히 약속한 남자가 되었다. 나는 이 벅찬 기쁨을 안고, 다시 치열한 다락방의 책상, 즉 마지막 취업 전선으로 돌아갈 준비를 했다.

공인된 미래: 왕십리 약속 이후의 벅찬 기쁨

왕십리에서의 만남 후, 나는 온몸에 솜털이 곤두서는 듯한 벅찬 기쁨을 안고 다락방으로 돌아왔다. 4학년 2학기의 모든 취업 압박과 학업의 무게가, 기옥의 부모님으로부터 받은 공식적인 약혼 허락이라는 황금빛 메달로 인해 한순간에 가벼워진 듯했다.

집에 들어서자마자, 나는 거실로 내려가 형님과 형수님께 이 기쁜 소식을 전했다.

"형님, 형수님! 저, 기옥이 부모님께 정식으로 약혼 허락받았습니다!"

형님은 무뚝뚝하지만 진심을 담아 고개를 끄덕이셨다. "책임감이 더 무거워졌으니, 4학년 2학기 잘 마무리하도록 해." 형수님은 눈시울을 붉히며 기옥에게 전할 예물을 준비해야 한다며 기뻐하셨다. 가족의 축복과 지지는 나의 기옥을 향한 맹세가 더 이상 나 혼자만의 싸움이 아님을 확인시켜 주었다.

홍분을 가라앉힐 수 없어, 나는 곧바로 충주에 계신 부모님께 전화를 걸었다. 1980년대, 전화 한 통화가 주는 무게는 컸다. 수화기 너머로 아버지의 굵은 목소리가 들려왔다.

"네가 왕십리에서 기옥이 부모님을 뵙고 정식으로 허락받았다고? 그래, 우리 아들이 마침내 어른이 되었구나!"

부모님께서는 아들이 졸업을 앞두고 무거운 책임감을 지는 것에 대한 걱정보다는, 나를 믿고 허락해 준 기옥의 집안에 대한 감사와 나에 대한 자랑스러움을 먼저 표현하셨다.

그리고 가장 중요한 다음 단계가 빠르게 진행되었다.

기옥은 이미 직장 생활을 시작한 나이가 있는 만큼, 그녀의 집안에서는 더 이상 약혼식을 늦출 이유가 없다고 판단했다. 서둘러 공식적인 약혼식 날짜를 잡자고 독촉해 오신 것이다.

"너무 늦추지 말고, 졸업 전에 서둘러서 10월 중에 약혼 날짜를 잡는 게 좋겠습니다."

양가 어른들의 뜻이 하나로 모여, 우리는 곧 다가올 10월을 약혼 날짜로 결정했다. 이제 4학년 2학기는 단순한 취업 준비 기간이 아니라, 약혼식을 앞둔 예비 신랑으로서의 마지막 담금질이 되었다. 나는 이 벅찬 기쁨과 함께 다가올 현실적인 과제들(약혼 준비,

취업)을 동시에 해결해야 하는 새로운 압박감을 느꼈다. 하지만 이 모든 과정은 기옥과 함께할 미래의 기옥(基玉)을 다지는 가장 행복한 순간이었다.

10월의 약혼: 취업 전선의 틈, 왕십리의 맹세

4학년 2학기의 시간이 쏜살같이 흘러, 드디어 10월 약혼식이 코앞으로 다가왔다. 취업 준비와 마지막 학기 과제들로 눈코 뜰 새 없이 바빴지만, 나는 기옥과의 약속을 최우선으로 두었다. 양가 부모님께서 서둘러 날을 잡으신 덕분에, 나의 바쁜 일정은 더욱 촘촘하게 짜여야 했다.

나는 시간을 쪼개 기옥과 함께 예물을 사러 다녔다. 함께 앉아 약혼식에 필요한 장소를 정하고, 식사 메뉴를 고르는 모든 과정이 우리의 미래를 함께 설계하는 소중한 시간이었다. 우리는 자주 만나 예물, 장소, 하객 등 약혼 준비에 관한 모든 것을 직접 이야기했다. 때로는 바쁜 일정 탓에 편지를 통해서 서로에게 힘든 일정을 견딜 수 있는 격려를 보냈다.

마침내 10월 중순경, 우리는 왕십리의 한 식당에서 양가 부모님을 모시고 공식적인 약혼식을 치렀다.

단정하게 차려입은 기옥은 세상 그 누구보다 아름다웠고, 나는 떨리는 목소리로 어른들 앞에서 미래를 약속하는 맹세의 말을 전했다. 부모님들은 서로에게 인사를 나누며 두 사람의 앞날을 축복해 주셨고, 약혼 반지를 교환하는 순간, 나는 비로소 기옥과의 관계가 영원한 공인된 미래가 되었음을 실감했다.

이 소중한 자리를 축하해 주기 위해, 나의 대학교 친구 다섯 명 정도와 기옥의 친구 몇 명도 함께 참석했다. 학업과 취업 준비로 바쁜 와중에도 달려와 준 친구들, 직장 생활 중에도 시간을 내어 와준 기옥의 친구들까지. 그들의 진심 어린 축하 속에서, 나는 가장 사랑하는 가족과 소중한 친구들의 지지 아래 기옥과 하나가 되는 기쁨을 만끽했다.

약혼식을 마친 후, 우리 양가 부모님들은 결혼 날짜까지도 속전속결로 최종 확정 지었다. 1988년 4월 3일로 결정된 그 날짜는 단순한 약속이 아니었다. 비로소 현실이 된 미래 앞에서, 가장으로서 혹은 배우자로서 내가 짊어져야 할 책임감의 무게는 그 어느 때보다 무겁게 느껴졌다.

약혼식이 마무리된 후, 우리는 복잡한 식당을 벗어나 둘만의 시간을 가졌다. 양가 부모님께 인사를 드리고, 우리는 곧장 남산으로 향했다.

10월의 남산은 가을의 정취가 완연했다. 함께 케이블카를 타고 올라 밤의 서울을 내려다보는 순간, 우리의 미래 역시 저 서울의 불빛처럼 밝게 빛날 것이라는 희망이 가슴 가득 차올랐다. 나는 기옥의 손을 꼭 잡았다.

"기옥아, 약혼해 줘서 고마워. 우리의 약속이 이제 시작이야. 당신에게 떳떳한 남편이 될게."

밤하늘 아래, 우리의 약혼은 성공적으로 마무리되었다. 이제 졸업과 취업이라는 마지막 과제만이 남았다. 기옥과의 단단한 약속을 힘입어, 나는 4학년 2학기의 마지막 레이스를 완주할 힘을 얻었다.

약혼식 다음 날: 시험과 책임감의 무게

남산에서 밤하늘 아래 기옥과 영원한 미래를 맹세한 달콤한 여운은 채 가시기도 전에, 잔혹한 현실이 나를 기다리고 있었다. 약혼식이 끝나자마자, 4학년 2학기의 중간고사가 실시된 것이다.

나는 기옥과의 행복한 주말을 뒤로하고, 월요일 아침 일찍 다락방으로 돌아왔다. 약혼의 기쁨은 잠시 접어두어야 했다. 졸업이 달린 마지막 학기였기에, 중간고사의 결과는 나의 학점은 물론, 당장 눈앞에 닥친 취업에까지 영향을 미칠 수 있었다.

나는 정말로 밤새 다락방에서 전공서적을 붙잡았다. 낡은 스탠드 불빛 아래, 희미하게 비치는 가로등 빛과 씨름하며 시험 범위 전체를 머릿속에 구겨 넣었다. 복잡한 공식과 난해한 이론들은 약혼식 전에 느꼈던 고민들처럼 나를 괴롭혔지만, 이제 그 고통의 의미는 완전히 달랐다.

더 이상 이 공부는 나 혼자만의 성적을 위한 것이 아니었다. 기옥과의 미래를 위한 단단한 기반을 쌓기 위한 땀이었다. 왕십리에서 기옥의 부모님께 약속했고, 기옥의 믿음에 보답해야 할 책임감이었다. 펜이 종이를 스치는 소리, 책장이 넘어가는 소리만이 새벽을 채웠다. 눈꺼풀이 천근만근 무거워질 때마다, 나는 약혼식 때 기옥의 손에 끼워준 반지의 빛을 떠올리며 정신을 차렸다.

며칠 밤을 꼬박 새우며 중간고사를 치렀다. 지친 몸이었지만, 시험장을 나서는 발걸음은 가벼웠다. 약혼식의 행복을 잠시 미뤄 두고 시험에 매진한 나 자신이 대견했다. 이제 나는 잠시 숨을 돌린 후, 곧바로 취업을 위한 마지막 관문에 전력을 다해야 했다.

중간고사 후: 취업 전선에서의 신중한 기다림

....

치열했던 중간고사가 끝난 후, 나는 숨 돌릴 틈도 없이 본격적인 취업 준비의 소용돌이 속으로 뛰어들었다. 4학년 2학기의 캠퍼스는 이미 학문의 전당이 아니라, 생존을 위한 냉혹한 경쟁터로 변해 있었다.

나의 대학교 친구들 역시 마찬가지였다. 도서관 열람실은 밤늦게까지 불이 꺼지지 않았고, 스터디룸에서는 토익, 기술 면접, 인적성 시험 문제를 푸는 소리가 끊이지 않았다. 일부 동기들은 일찌감치 대기업 공채에 합격하여 기쁨을 나누기도 했다.

하지만 나는 선불리 움직일 수 없었다. 냉정하게 말해, 나는 아직 내가 마음에 드는 회사를 찾지 못했다. 당장의 합격이라는 결과에 쫓겨서 아무 곳에나 지원할 수 없었다. 기옥과의 약혼을 공식화한 이상, 단순히 '취업'이 아니라, 내가 평생 책임감을 가지고 일하며 기옥과 함께 단단한 미래의 기옥(基玉)을 쌓을 수 있는 곳을 선택해야 했다.

나는 조바심을 누르고, 기다리고 기다리며 더욱더 열심히 공부하는 모습에 집중했다.

대신, 나는 나 자신을 더욱 단단히 무장시키는 데 시간을 쏟았다. 취업 공고가 뜨지 않는 날에는 다락방에서 부족했던 전공 지식을 심도 있게 복습했다. 필기시험을 대비해 일반상식과 논술 준비에 매진했고, 면접에 대비해 나의 비전과 포부를 정립했다. 이 모든 노력은 내 마음에 드는 기업이 문을 열었을 때, 가장 완벽한 인재로 그곳에 들어서기 위함이었다.

합격한 친구들의 소식에 흔들릴 때마다, 나는 기옥과 나눈 약혼의 맹세, 왕십리에서 부모님께 드린 약속을 떠올렸다. 이 치열한 4학년 2학기는 단순한 레이스가 아니었다. 그것은 최고의 기회를 잡기 위한 신중한 인내와 준비의 시간이었다. 나는 다가올 기회를 놓치지 않기 위해, 오늘 밤도 다락방 스탠드 불빛 아래에서 펜을 멈추지 않았다.

4학년 2학기 종강: 초조함 속에 찾아온 끝

시간은 정말 너무나 빨리 흘렀다. 왕십리에서 기옥과 약혼식을 올리고, 맹렬하게 중간고사를 치른 것이 엊그제 같은데, 어느덧 기말고사가 끝나고 4학년 2학기의 종강 시간이 다가왔다.

학교는 해방감에 젖은 학생들의 웃음소리로 가득했지만, 나는 홀로 더욱더 초조해졌다. 대학 4년 동안의 학업이 마침표를 찍었음에도, 나는 아직 내 마음에 드는 회사를 찾지 못했기 때문이다. 기말고사를 치르는 마지막 순간까지도, 나의 시선은 전공서적과 함께 취업 공고를 배회했다.

주변의 상황은 나의 초조함을 더욱 부추겼다. 많은 친구들은 이미 졸업을 앞두고 합격했다는 소식을 전하며 여유를 즐기고 있었다. 그들의 해방된 모습은 축하해 마땅했지만, 약혼이라는 무거운 책임감을 진 나에게는 무언의 압박감으로 다가왔다.

나는 다락방으로 올라와 창밖을 바라보았다. 창문 밖에는 희미한 가로등 빛만 남아 있었다. 졸업은 눈앞인데, 정작 취업이라는 가장 큰 관문이 여전히 닫혀 있었다. 기옥에게 편지를 쓸 때마다, 나의 초조함이 묻어날까 걱정하며 단어 하나하나를 고르는 것이 고역이었다.

"기옥아, 내가 너무 신중한 것일까? 아니면 내가 원하는 꿈이 너무 높은 것일까?"

나는 스스로에게 수없이 질문했지만, 대답은 여전히 희미했다. 약혼은 끝이 아니라 시작이었고, 이제는 정말로 기옥에게 떳떳한 남편이 될 수 있는 기회를 잡아야 했다.

나는 책상 위에 놓인 전공서적을 정리하며 다시 마음을 다잡았다. 종강은 끝이 아니라, 취업을 위한 전업 준비 기간의 시작을 의미했다. 나는 더 이상 캠퍼스에 묶여 있을 필요가 없었다. 이제부터는 오직 내 마음에 드는 회사의 공고가 뜰 때까지, 전력을 다해 준비하는 것만이 내가 할 일이었다.

희망의 발견: 한겨레신문 창간 사원 모집 광고

....

4학년 2학기 종강 이후, 나는 잠시의 망설임도 없이 학교 도서관에 자리를 잡았다. 합격 소식을 듣고 캠퍼스를 떠난 친구들과는 달리, 나는 여전히 내 마음에 드는 회사의 공고를 기다리는 신중한 구직자였다.

겨울 방학의 도서관은 한산했지만, 나의 마음은 여전히 뜨거웠다. 나는 매일같이 도서관의 열람실에 앉아 취업 필기시험 준비에 매진했고, 틈틈이 신문과 잡지를 뒤지며 산업 동향을 파악했다. 졸업 후에도 학생 신분을 벗지 못한 듯, 책상 위에는 전공서적과 함께 일반 상식 자료들이 수북이 쌓여 있었다.

그러던 어느 날, 평소처럼 도서관에서 일간신문을 펼쳐 보던 나는, 심장이 멎는 듯한 충격을 받았다. 취업 공고란이 아닌 신문의 주요 면을 가득 채운 크고 당당한 광고 하나가 나의 눈을 사로잡았다.

바로 신문 1면에 5단으로 크게 광고된 '한겨레신문'의 창간 사원 모집 공고였다.

나는 나도 모르게 자리에서 벌떡 일어날 뻔했지만, 주변의 시선 때문에 황급히 몸을 숙였다. 떨리는 손으로 신문을 집어 들고 5단 광고를 몇 번이고 다시 읽었다. 그동안 내가 막연히 꿈꿔왔던 '정의롭고, 새로운 미래를 만드는 일'에 가장 가까운 곳, 사회에 의미 있는 기여를 할 수 있는 곳. 바로 그곳의 문이 크고 당당하게 열린 것이다.

그것은 시대적 의미를 담은 새로운 출발이었고, 내가 기옥에게 약속했던 떳떳한 남편이 될 수 있는 가장 훌륭한 기반을 다질 기회였다.

나는 가슴 벅찬 기쁨을 주체할 수 없었다. 지난 몇 달간의 초조함과 기다림이 이 거대한 5단 광고로 보상받는 기분이었다. 이제 더 이상 방황할 필요가 없었다. 나는 이곳에 꼭 합격해야 한다는 목표를 가슴에 새겼다.

나는 즉시 다락방으로 돌아와, 취업 준비의 방향을 한겨레신문의 인재상에 맞추어 전면 수정했다. 필기시험 과목을 다시 정하고, 자기소개서에 담을 나의 비전과 포부를 다듬기 시작했다. 왕십리에서 나눈 약혼 맹세와 기옥의 믿음이, 이제 나에게 한겨레신문이라는 구체적인 목표를 향해 꾸준히 노력하게 만드는 강력한 에너지가 되었다.

한겨레신문 지원: 민주 언론을 향한 신념을 담아

한겨레신문의 5단 창간 사원 모집 광고를 발견한 후, 나의 모든 시간은 오직 입사 지원서를 작성하는 일에 쏟아부어졌다. 우편으로 접수해야 했던 그 시절, 지원서 한 장 한 장에는 나의 진심과 노력이 손 글씨 그대로 담겨야 했다.

정성껏 지원서를 작성하는 동안, 한겨레신문이 나의 마음에 더욱더 들었던 이유가 머릿속을 가득 채웠다.

이 신문은 단순히 새로운 회사가 아니었다. 그것은 해직 언론 기자들이 주축이 되어, 민주 언론을 열망하는 수많은 사람들의 뜻과 정성으로 태어나는 국민주 신문이었다. 억압받던 시대 속에서 진실을 외치다 해직되었던 그들이 다시 뭉쳐, 새로운 역사를 쓰려는 이 신념의 불꽃이 나의 심장을 뜨겁게 했다.

나는 나 역시 이들과 똑같이 가야 한다는 신념을 가졌다. 내가 4년간 대학에서 배웠던 지식과 가치관은 바로 이런 정의로운 사회 건설에 기여하기 위함이었다. 기옥과의 약혼을 통해 얻은 가장의 책임감은, 이제 이 사회를 바로 세우는 일에 기여해야 한다는 더 큰 책임감으로 확장되었다.

나는 지원서와 자기소개서에 나의 신념을 담는 데 집중했다. 단정한 글씨체와 완벽한 문장 구조로, 나의 학업 성과뿐만 아니라,

민주 언론을 향한 나의 확고한 열망을 강력하게 표현하려 했다. 왕십리에서 맹세했던 기옥과의 미래가, 이 새로운 신문의 창간 사원이 되는 것으로부터 시작되어야 함을 논리적이면서도 간절하게 설명했다.

밤이 깊어 다락방 스탠드 불빛이 희미해질 때까지, 나는 수십 번 원고를 고치고 수정했다. 마침내 모든 것을 담아 완성한 지원서를 깨끗한 봉투에 넣었다. 봉투가 우체통 속으로 떨어지는 둔탁한 소리는, 민주 언론의 새로운 장을 향해 내가 내딛는 굳건한 첫 발걸음을 알리는 소리처럼 들렸다. 이제 남은 것은 이 신념에 걸맞은 합격이라는 결과를 만들어 내는 일뿐이었다.

우편 접수 후: 다락방의 칩거와 은밀한 필승 다짐

이력서를 우편으로 접수하고 난 후, 나는 세상과 잠시 단절하는 시간을 가졌다. 다락방은 다시 나의 세상이 되었다. 해직 언론 기자들의 숭고한 신념이 담긴 한겨레신문의 창간 사원이 되겠다는 목표는, 나를 4학년 2학기 때보다 훨씬 더 고독하고 치열한 집중 속으로 몰아넣었다.

나는 기옥에게 일부러 이 원서를 냈다는 이야기를 하지 않았다.

이 결정은 온전히 기옥을 향한 나의 깊은 마음 때문이었다. 만약 내가 한겨레신문에 지원했다가 불합격한다면, 그 좌절감과 실망은 나 혼자 감당하고 싶었다. 내가 흔들리는 모습을 기옥에게 보여 주고 싶지 않았고, 기옥이 혹여나 나 때문에 실망할까 봐 염려되었다. 우리의 약혼은 희망을 기반으로 했기에, 나는 몰래 시험을 치러 합격이라는 결과만을 그녀에게 선물하고 싶었다.

이제부터는 필기시험 준비가 관건이었다. 우편으로 접수한 이력서가 나의 간절한 신념을 대변했다면, 필기시험은 내가 가진 실력과 지식을 증명해야 할 냉정한 무대였다. 나는 한겨레신문이 추구하는 민주 언론의 가치에 맞추어, 시사 상식과 논술 능력을 극대화하는 데 전력을 다했다.

나는 도서관 대신 다락방을 선택했다. 누군가에게 방해받을 틈 없이, 쌓아 올린 전공서적 옆에 시사용어집과 논술 교재를 펼쳐두고 밤샘을 이어갔다. 기옥과의 약혼이 나에게 부여한 책임감은, 나의 의지를 단련하는 굳건한 채찍이 되었다. 나는 이 시간이 기옥과의 미래를 위한 가장 가치 있는 투자임을 알았기에, 단 1분도 허투루 쓰지 않았다.

잠시 펜을 놓을 때마다, 나는 기옥에게 편지를 썼다. 다만, 편지 속에는 한겨레신문에 대한 언급 대신, "나는 지금 우리의 미래를 위한 가장 중요한 시험을 준비하고 있어."라는 암시만 담았다. 몰래 필승을 다짐하며, 나는 합격이라는 최종 목표를 향해 다락방의 칩거에 들어갔다.

합격 발표를 기다리며: 고독한 면접 준비

한겨레신문 창간 사원 모집, 시험은 엄청난 긴장감 속에 마무리되었다. 수많은 응시자들 틈에서 나는 나의 신념과 지식을 모두 쏟아냈고, 시험장을 나설 때 온몸의 진이 다 빠지는 것을 느꼈다. 이제 남은 것은 합격자 발표를 기다리는 시간뿐이었다.

그러나 나는 그 시간을 허투루 보낼 수 없었다. 기옥에게는 말할 수 없는 비밀스러운 목표였기에, 불안함은 오롯이 나의 몫이었다. 필기시험 결과를 초조하게 기다리면서도, 나는 곧바로 면접시험 준비에 착수했다.

다락방 책상 앞에는 면접 예상 질문 리스트와 한겨레신문의 창간 정신에 대한 자료가 쌓여갔다. 신문이 추구하는 민주 언론의 가치, 해직 기자들의 열망, 내가 이 새로운 조직에 어떻게 기여할 것인지에 대해 끊임없이 자문하고 답변을 다듬었다.

"당신은 왜 수많은 대기업을 마다하고 한겨레신문을 선택했는가?"

이 질문에 대한 답변은 이미 내 안에 있었다. 바로 '똑같이 가야 한다'는 신념과 기옥과의 약혼으로 얻은 책임감이었다. 나는 면접에서 나의 진심과 책임감, 새로운 시대의 언론인이 되고자 하는 열망을 가장 강력하게 전달할 준비를 했다.

나는 합격자 발표 날짜가 다가올수록 초조함과 기대감이 교차하는 날들을 보냈다. 기옥에게는 평소와 다름없는 편지를 보내려 노력했지만, 나의 긴장감은 편지의 행간마다 스며드는 듯했다.

이 고독한 준비 기간은 나에게 더 큰 인내를 요구했다. 그러나 나는 이 모든 과정이 왕십리에서 맹세한 우리의 미래를 위한 가장 중요한 통과 의례임을 알았다. 며칠 후, 마침내 운명의 합격자 발표일이 다가왔다.

희미한 축복: 경쟁률 수십 대 일의 기적

한겨레신문 창간 사원 모집의 시험을 치르고 난 후, 나는 긴장과 초조함 속에 합격자 발표를 기다렸다. 더욱 나를 압박한 것은 응시 인원에 대한 소문이었다. 특히 내가 지원한 제작국 응시 인원들은 수십 대 일의 경쟁률이 넘는 치열한 격전지였다는 사실이었다. 그것은 시대적 사명감과 열망으로 가득 찬 수많은 인재들이 나섰다는 증거였다.

조용히 합격자 발표를 기다리던 어느 날, 운명의 순간은 우편함이 아닌, 전화벨 소리를 타고 찾아왔다.

그날도 나는 다락방에서 면접 준비 자료를 읽으며 초조하게 시간을 보내고 있었다. 그때, 아래층에서 요란하게 전화벨이 울리기 시작했다. 나는 올 것이 왔다는 듯 온몸이 굳어졌다.

잠시 후, 아래층에서 형수님이 나를 부르는 소리가 들려왔다.

"삼촌, 전화 왔어요! 신문사에서 온 것 같아요!"

나의 심장이 바닥으로 곤두박질치는 듯했다. 정말, 정말 운명의 순간이었다.

떨리는 다리를 이끌고 아래층으로 내려가 수화기를 받았다. 귓가에 낯설지만 단호한 목소리가 들려왔다.

"안녕하십니까. 한겨레신문 창간 준비위원회입니다. 귀하께서는 서류 전형 및 시험에 합격하셨습니다. 이어지는 면접 일정은…"

합격! 단 두 글자가 귓가를 때리는 순간, 나는 그 자리에 멍하니 서 있을 수밖에 없었다. 수십 대 일의 치열한 경쟁을 뚫고, 내가 해냈다!

수화기 너머로 면접 일정을 설명하는 소리가 이어졌지만, 나의 귀에는 아무것도 들리지 않았다. 눈시울이 뜨거워지더니, 마침내 합격의 눈물이 뺨을 타고 흘러내렸다. 이 눈물은 기쁨뿐만 아니라, 기옥에게 비밀로 한 채 홀로 감당해야 했던 압박감과 책임감이 한순간에 해소되는 안도감의 눈물이었다.

나는 벅찬 감동을 억누르며 전화를 끊었다. 형수님은 걱정스러운 눈빛으로 나를 바라보셨지만, 나는 아무 말도 하지 못하고 그저 입을 꾹 다문 채 다락방으로 올라왔다.

이제 남은 것은 마지막 관문, 면접뿐이었다. 이 기쁜 소식을 당장 기옥에게 편지로 전하고 싶었지만, 최종 합격이라는 완벽한 결과를 선물하기 위해, 나는 다시 한번 고독한 면접 준비에 돌입하기로 다짐했다.

1988년 1월, 창간 염원의 현장

....

1988년 겨울, 그 쌀쌀한 공기를 뚫고 들려온 1차 합격 소식은 수화기를 통해 전해졌다. 하지만 그 기쁨은 잠시뿐이었다. 내가 지원한 곳은 단순한 언론사가 아니었다. 그것은 이 땅의 민주주의를 향한 수많은 시민들의 염원이 모여 아직 태동 중이던 '새로운 신문'의 씨앗이었다. 최종 면접은 그 씨앗을 함께 틔울 창간 동지가 될 수 있느냐를 가르는 마지막 관문이었다.

나는 곧장 겨울 방의 냉기를 벗 삼아 책상 앞에 앉았다. 내가 준비해야 할 것은 단순한 지식이 아니었다. 그것은 소명(召命)에 대한 맹세였다. 나는 창간 준비 위원회의 자료를 뒤적이며, 시민들의 성금으로 시작된 한겨레의 정신과 그 역사적 이력을 면밀히 파고들었다. 아직 세상에 나오지 않은 신문이지만, 그 태동 과정 속에 담긴 고난과 희생의 의미를 밤새도록 되새겼다. 서릿발처럼 차가운 방 안에서, 나는 촛불 같은 신념을 태우며 면접관들에게 내가 창간 정신의 계승자가 될 자격이 있음을 증명할 준비를 마쳤다.

마침내 결전의 날, 1988년 1월 초의 어느 아침이었다.

외투를 단단히 여며도 뼛속까지 스며드는 매서운 겨울바람이 나를 에워쌌다. 면접 장소인 안국 전철역, 안국빌딩으로 향하는 길, 그곳은 곧 새로운 시대의 언론을 태동시킬 산실과도 같았다. 안국동 거리는 겨울 특유의 잿빛 정적이 감돌았지만, 그 빌딩 주위에는 묘한 열기와 긴장감이 감돌았다.

묵직한 마음으로 엘리베이터에 올라타 10층을 눌렀다. 창간을 꿈꾸는 이들의 숨결이 가득했던 그곳. 10층 복도는 꿈을 향한 마지막 도전을 하는 사람들의 간절함만이 가득했다.

드디어 내 이름이 불리고 면접실 문을 열었다. 겉으로는 침착하려 애썼지만, 다리가 후들거리는 것은 어쩔 수 없었다. 하지만 면접관들, 즉 창간의 주역들의 눈을 마주하는 순간, 밤샘을 통해 다져온 창간 정신이 나를 지탱해 주었다. 나는 목소리가 아닌 신념으로 답했다. 아직 존재하지 않는 신문의 일원이 되어 이 시대에 어떤 역할을 할 것인지, 그 비전을 확신에 찬 목소리로 전달했다.

면접을 마치고 안국빌딩을 나섰을 때, 내 몸은 땀으로 축축했지만 마음은 놀랍도록 개운했다. 나는 해냈다고, 창간의 꿈에 나의 모든 열정을 잘 펼쳐내고 돌아왔다고 스스로에게 속삭였다. 이제 내게 남은 것은, 그해 겨울 '첫눈 같은 희망'이 내 삶과 함께 한겨레라는 이름으로 세상에 내려앉기를 간절히 기다리는 일뿐이었다.

면접을 마치고 안국빌딩을 빠져나왔을 때, 1988년 1월의 차가운 겨울 공기는 더 이상 나를 짓누르지 않았다. 지고 있던 거대한 짐을 내려놓은 듯, 나는 홀가분함과 후련함을 느꼈다. 잠시 형님 댁에 들러 짧은 안도를 취한 뒤, 이제 완전히 편안해진 마음으로 충북 충주에 계신 부모님 댁을 향해 고속버스에 몸을 실었다.

고속도로에 진입하자 서울의 잿빛 풍경이 멀어지고 황량한 겨울 들판이 펼쳐졌다. 길어진 여정은 내게 사색의 시간을 허락했다. 나는 창가에 기대앉아 면접장에서의 모든 순간들을 복기하는 한편, 가슴 한편에 묻어둔 한 사람을 간절히 떠올렸다. 바로 나의 약혼자였다.

보고 싶었다. 당장이라도 달려가 그 긴장과 부담감을 그녀의 따뜻한 품에서 내려놓고 싶었다. 하지만 나는 그녀에게 새로운 신문의 창간 사원 모집에 응시했다는 사실을 철저히 숨겼다. 이 중요한 도전에 대해 말하지 않은 건, 혹시 모를 실패가 그녀에게 실망이나 불안을 안겨줄까 염려했기 때문이다. 나는 이 모든 것을 나 혼자만의 간절함으로 이겨 내고, 오직 성공의 소식만을 그녀에게 전하고 싶었다. 그녀의 걱정 없는 얼굴을 지켜 주는 것이 내 몫이라고 생각했다.

버스의 흔들림 속에서, 나는 면접의 떨림 대신 약혼자에 대한 그리움을 붙잡았다. 그리고 그 그리움은 곧 합격이라는 굳은 결의로 이어졌다. 내가 성공해야만 그녀에게 이 모든 과정을 당당하게 털어놓을 수 있었다. '합격'은 단순한 취업이 아니었다. 그것은 그녀와 함께 새로운 삶을 시작할 수 있는 명분이자, 내 삶의 새로운 장을 선언할 수 있는 당위성이었다.

도회지의 소음이 사라지고 고향인 충주의 정적이 느껴지기 시작할 무렵, 나는 창밖을 응시하며 주먹을 꽉 쥐었다. 이 긴장과 준비, 숨겨온 간절함의 무게를 짊어진 만큼, 나는 스스로에게 맹세했다. 나는 꼭 합격해야 한다. 내 모든 열정과 노력을 쏟아부은 창간의 꿈이 충주의 부모님 댁에서 반드시 현실이 되어 돌아오기를, 그 기쁜 소식을 가장 먼저 사랑하는 그녀에게 전해줄 그날을 나는 그 겨울 버스 안에서 간절히 염원했다.

다락방에서의 고민과 다음 행보

서울 형님 댁에 도착하여 익숙하고 포근한 나의 보금자리, 다락방에 들어섰다. 좁지만 아늑한 그 공간은 잠시나마 휴식을 주는 동시에, 불안한 미래를 홀로 감당해야 하는 고뇌의 장소가 되기도 했다.

나는 그곳에서 또다시 수많은 생각들을 가다듬었다. '만약 한겨레신문 최종 합격자 명단에 내 이름이 없다면 어떻게 해야 할까?'

확정된 결혼 날짜 앞에서 합격 소식만이 유일한 희망이었기에, 불합격 시의 충격과 현실적인 대책에 대한 고민이 끊임없이 밀려왔다.

나는 이대로 결과를 기다리며 시간을 허비할 수 없다고 판단했다. 불안감을 행동력으로 바꾸어, 곧바로 또 다른 회사를 준비하기 시작했다. 만약의 사태에 대비하기 위해, 나는 마음을 다잡고 여러 곳의 정보를 알아보고 지원서를 넣기 위해 여기저기 지원하는 행동에 착수했다.

한겨레신문 최종 합격과 기쁨의 순간

....

희망과 불안 속의 기적: 최종 합격 통보

한겨레신문 면접 결과를 기다리는 며칠 동안, 나는 희망과 불안이라는 팽팽한 줄 위에서 곡예를 하는 심정이었다. 불안감을 덜기 위해 다른 회사들에 부지런히 이력서를 제출하며 다음 행보를 모색하는 중이었다. 그렇게 마음의 짐을 나누어 지고 있던 1월 하순의 어느 날, 내게 정말 기적 같은 일이 찾아왔다.

기대하지 않았던 순간, 전화벨이 울렸다. 수화기 너머로 들려온 목소리는 너무나 명확했고, 그 내용은 내 인생의 경로를 완전히 뒤바꿀 만큼 엄청난 것이었다.

"한겨레신문 최종 합격을 축하드립니다."

그 세 글자가 귓가에 박히는 순간, 온몸의 피가 역류하는 듯한 짜릿함과 함께 심장이 터질 듯이 뛰기 시작했다. 그동안 나를 짓누르던 책임감의 무게, 결혼을 앞두고 안정적인 직장을 구해야 한다는 절박함, 불확실한 미래에 대한 모든 걱정이 한순간에 눈 녹듯 사라지는 기분이었다. 기쁨을 넘어선 해방감과 감격에 잠시 말을 잇지 못했다. 이 기쁜 소식은, 어머니의 따뜻한 북엇국을 먹고 서울로 향하던 버스 안에서 간절히 염원했던 그 꿈이 현실이 되었음을 의미했다.

기쁨의 공유: 기옥에게 전하는 극적인 소식

벅차오르는 감동을 주체할 수 없어, 나는 이 소식을 가장 먼저 전하고 싶은 사람을 떠올렸다. 바로 나의 절친한 벗, 기옥이었다. 그는 오랜 시간 나의 고민과 힘든 도전을 지켜봐 주었지만, 내가 한겨레신문 입사 과정에 지원했다는 사실은 전혀 모르고 있었다. 나는 이 엄청난 소식을 전화로 간단히 알리고 싶지 않았다. 이 감격스러운 순간을 그의 눈을 보며, 가장 극적으로 전달하고 싶었다.

나는 곧바로 기옥에게 연락을 취하며 다급하게 말했다. "기옥아, 지금 당장 만나야겠다. 무슨 일이 있어도." 나의 평소와 다른 다급한 목소리에 그는 깜짝 놀라 수화기 너머로 걱정스러운 듯 물어왔다. "무슨 일인데? 목소리가 왜 그래? 갑자기 왜 그래?" 마치 안 좋은 일이라도 생긴 것 같은 반응이었다.

나는 벅찬 감정을 애써 누르며 자세한 설명 없이 만남을 강력하게 요청했다. 우리는 곧바로 만날 장소와 시간을 정했고, 기옥은 무슨 일인지 영문을 모른 채 궁금증과 걱정을 안고 나의 연락을 기다리게 되었다. 내 인생 최고의 기쁜 소식을 전할 순간이 다가오고 있었다.

종로 다방, 기다림과 긴장

한겨레신문 최종 합격 소식을 통보받은 그날, 나는 벅차오르는 가슴을 진정시키기 어려웠다. 이 기쁨은 결혼을 앞둔 우리의 미래와 직결된 것이기에, 나는 이 소식을 가장 소중한 약혼자, 기옥에게 제일 먼저, 가장 극적으로 전해 주고 싶었다.

기옥의 퇴근 시간에 맞춰 우리는 평소 자주 만나던 장소, 종로의 오래된 어느 다방에 약속을 잡았다. 약속 시간보다 일찍 다방에 도착한 나는, 떨리는 마음으로 따뜻한 커피를 앞에 두고 그녀를 기다렸다. 다방 문이 열릴 때마다 심장이 철렁했지만, 마침내 약속된 시각, 익숙한 얼굴의 기옥이 문을 열고 들어섰다. 나의 다급한 연락 때문에 그녀는 잔뜩 걱정스러운 기색이었다.

마침내 터진 기쁨의 소식과 눈물

기옥이 내 앞에 앉자마자, 그녀는 나의 잔뜩 상기된 얼굴을 살피며 급하게 물었다.

"무슨 일인데 그래? 갑자기 보자고 하니 얼마나 놀랐는지 알아? 안 좋은 일이야?"

결혼을 앞두고 직장을 구하는 일에 누구보다 마음 졸였던 약혼자의 걱정 어린 물음에 나는 잠시 숨을 고른 후, 더 이상 감정을 숨기지 않고 가장 행복한 목소리로 단언했다.

"기옥아, 나 정말 너한테 가장 먼저 이 소식을 전하고 싶었어. 우리 이제 걱정 끝이야. 나 한겨레신문 최종 합격했어!"

내 말이 끝나기가 무섭게, 놀라움과 기쁨이 교차하는 표정이 기옥의 얼굴에 스쳤다. 그녀는 순간 말을 잇지 못하더니, 이내 눈물을 글썽거리기 시작했다. 그 눈물은 그동안 결혼을 준비하며 함께 짊어져야 했던 불안감과 중압감이 해소되는, 진정한 안도와 기쁨의 눈물이었다. 기옥은 떨리는 목소리로 "정말 고맙다, 고맙다!"라고 되풀이했다. 그 고맙다는 말 속에는 안정된 미래를 선물해 준 나에 대한 감사와, 이제야 비로소 근심 없이 결혼할 수 있게 되었다는 깊은 안도가 담겨 있었다.

감격의 '한 턱'과 약속된 미래

기옥은 자신의 일처럼 기뻐하며 그날의 만남을 위해 아주 큰 '한 턱'을 시원하게 쏘았다. 그녀는 단순히 나를 축하하는 것을 넘어, 우리의 새로운 시작, 약속된 행복한 미래를 기념하기 위해 아낌없이 마음을 표현했다. 그의 진심 어린 축하와 배려에 나는 다시 한 번 깊은 감동과 반가움을 느꼈다.

합격의 기쁨보다 더 값진 것은, 내 인생의 가장 중요한 순간을 진심으로 함께 기뻐해 주고, 이제는 가장 든든한 반려자가 되어줄 약혼자 기옥이 곁에 있다는 사실이었다. 그날 종로 다방에서의 커피 한 잔과 푸짐한 식사와 나눈 이야기는, 우리의 불안했던 청춘을 마무리하고 함께 펼쳐나갈 희망찬 미래의 가장 밝고 따뜻한 서곡으로 기록되었다.

대학 졸업 전에 그렇게 갈망하던 한겨레신문 취업이 확정되었고, 1988년 4월 3일 결혼 날짜까지 확정되면서, 나는 결혼 전에 인생의 모든 중요한 목표를 다 이룬 듯한 기쁨을 느꼈다.

내 인생의 가장 큰 숙제 두 가지를 모두 해결하고 나니, 정말 하늘을 나는 듯 마음이 가볍고 기뻤다. 불안했던 미래의 불확실성이 사라지고, 안정적인 궤도에 올랐다는 안도감 덕분에 하루하루가 즐겁고 활기로 가득 찼다.

이러한 홀가분한 마음을 안고 나는 약혼자 기옥과 우리의 미래에 대한 이야기를 나누었다.

신혼집 마련: 휘경동 연탄집, 촉박한 시간 속, 신혼집 찾기

취업과 결혼 날짜가 모두 확정되면서 마음은 가벼웠지만, 정작 시간이 우리를 재촉하고 있었다. 4월 3일로 예정된 결혼 날짜까지 시간이 너무나 촉박했기에, 우리는 더 이상 지체할 수 없었다.

나는 약혼자 기옥과 함께 신혼 살림을 시작할 방을 구하기 위해 곧바로 나섰다. 우리는 결혼과 새로운 직장생활을 시작할 공간을 찾기 위해 서울 이곳저곳을 둘러보았다.

수소문 끝에 우리의 눈에 들어온 곳은 동대문구 휘경동에 위치한 집이었다. 당시 1980년대는 현대적인 난방 시설이 보급되기 전이었기에, 우리가 보게 된 그 집 역시 보일러가 아닌 연탄으로 난방을 하는 집이었다. 대부분의 서민 주택이 그러했듯, 이 연탄집은 그 시대의 정취와 삶의 무게가 고스란히 담긴 공간이었다.

불편함보다는 새로운 출발을 알리는 우리에게 더없이 소중한 보금자리가 될 곳이라는 확신이 컸다. 우리는 이 휘경동 연탄집에서 단란한 신혼 생활을 시작하기로 결정하며, 연탄불처럼 따뜻한 가정을 만들기로 다짐했다.

1988년 2월, 겨울의 따뜻한 졸업과 새로운 시작

....

취업과 사랑, 모든 것을 얻은 기쁨

1988년 2월의 대학 캠퍼스는 여느 해와 다름없이 차가운 겨울 공기로 가득했다. 하지만 대학 체육관에서 진행된 졸업식, 그날의 내 마음만은 봄처럼 따뜻했다. 졸업장을 받는다는 사실 자체보다, 이미 취업이 확정되었다는 든든함과 곁에 있는 사랑하는 약혼자의 존재 때문이었다.

찬 바람을 뚫고 졸업식장에 찾아와 준 약혼자 기옥의 얼굴에는 나만큼이나 벅찬 기쁨과 자랑스러움이 가득했다. 따뜻한 눈빛으로 건네는 축하 인사는 단순한 축하를 넘어, 힘든 학창 시절을 함께 견디고 미래를 약속한 두 사람이 마침내 함께 고생한 보람을 확인하는 순간이었다. 그 순간, 나는 세상의 모든 것을 다 가진 듯한 충만한 기쁨을 느꼈다. 취업이라는 현실적인 목표 달성과 평생을 함께할 동반자가 있다는 확신이 주는 안정감은, 그 어떤 부와 명예보다 값진 것이었다.

3월, 꿈을 펼칠 일터로: 한겨레신문 첫 출근

졸업의 여운이 채 가시기도 전, 내 가슴은 새로운 설렘으로 부풀어 올랐다. 바로 3월 25일, 내가 꿈꿔왔던 직장, 한겨레신문사로 첫 출근하는 날이 기다리고 있었기 때문이다. 사회에 첫발을 내딛는다는 긴장감보다, 내가 선택한 길 위에서 내 역량을 마음껏 펼칠 수 있다는 기대감이 훨씬 컸다. 취업을 준비하며 밤낮없이 노력했던 시간들이 이제 결실을 맺는다는 사실에, 나는 그저 감사하고 또 감사할 따름이었다. 새로운 이름표를 달고, 새로운 동료들과 함께 세상을 향한 신문을 만들어 갈 그날을 손꼽아 기다렸다.

4월, 인생의 새 막을 열다: 결혼과 보금자리

그리고 내 인생의 가장 아름다운 정점은 곧 찾아왔다. 1988년 4월 3일, 사랑하는 기옥이와 정식으로 부부가 되는 결혼 날짜가 확정된 것이다. 이미 함께 살 새로운 보금자리(방)까지 마련해 두었으니, 더 이상 바랄 것이 없었다.

두 달 안에 졸업, 취업, 결혼, 신혼집 마련이라는 인생의 주요 이

벤트가 일사천리로 해결된 것이다. 이 모든 것들이 한 해에, 그것도 봄이 시작되는 길목에서 이루어진다는 것은 내게 엄청난 행운이자 축복이었다.

1988년 2월의 그 졸업식 날은 단순히 학업을 마치는 날이 아니었다. 그것은 청년으로서의 꿈을 실현하고, 한 여자의 남편으로서의 새로운 책임을 시작하며, 내 인생의 가장 풍요로운 페이지를 힘차게 펼치는 순간이었다.

나는 그때를 회상하며 진정으로 '모든 것을 다 얻은 기쁨'이 무엇인지 깨달았다. 그것은 물질적인 풍요가 아니라, 사랑하는 사람과 함께 고생의 결실을 나누고 미래를 확신할 수 있는 벅찬 희망 그 자체였다.

희망의 현장으로:
한겨레신문 첫 출근의 감격과 비전

....

1988년 3월 25일, 나의 가슴은 그토록 갈망하던 꿈의 현장, 한겨레신문 창간 위원회 사무국이 자리한 안국빌딩 10층을 향하고 있었다. 지하철 안국역을 나서며 맞이했던 3월의 찬 공기는 오히려 새로운 시작에 대한 나의 열정을 더욱 날카롭게 일깨워 주는 듯했다.

건물에 들어서 10층으로 향하는 동안, 나는 단순히 직장인이 되는 것이 아니라 '국민주 언론'이라는 새로운 역사를 만드는 대열에 합류한다는 벅찬 사명감을 느꼈다.

10층 위원회 사무실은 이미 새로운 활력과 기대로 가득 차 있었다. 나와 같은 날 첫 출근을 한 동료들은 다양한 배경을 가지고 있었다. 오랜 경력을 통해 언론 민주화의 숙원을 품고 합류한 경력직 선배들, 나처럼 시대적 소명에 응답하며 패기와 열정으로 뭉친 신입사원들이었다.

우리는 서로의 눈빛 속에서 깊은 공감대와 친근함을 확인했다.

낡은 권위나 계급장 대신, '정론직필'의 가치를 함께 실현하겠다는 공동의 목표가 우리를 하나로 묶어주었다. 서먹함은 잠시, 우리는 각자의 이름과 이전 경험, 한겨레에 대한 기대를 나누며 인사를 이어갔다. 그 짧은 소개의 시간 속에서 나는 '시민의 힘으로 세워진 언론'의 일원으로서의 책임감을 깨달았다.

이윽고 시작된 창간 교육은 단순한 업무 오리엔테이션이 아니었다. 그것은 한겨레신문이 지향하는 가치와 철학을 공유하는 시간이었다. 우리는 왜 한겨레신문이 탄생해야 했는지, 어떤 목소리를 담아야 하는지, 독자에게 어떤 약속을 해야 하는지를 깊이 있게 배웠다.

재정적으로 넉넉지 않았던 창간 준비 기간에도 불구하고, 우리는 4월 중순 마침내 양평동에 사옥을 마련하고 안국빌딩의 임시 사무실에서 그곳으로 이사했다. 열악한 환경이었지만, 이는 오히려 우리에게 함께 어려움을 극복하는 강한 동지애를 심어 주었다. 새로운 보금자리에서, 우리는 마침내 역사적인 창간일을 5월 15일로 확정하고 그 목표를 향해 매진하기로 결의했다. 이 결정은 긴장감 속에서도 모두에게 엄청난 동력을 불어넣었다. 이 과정을 통해 나는 새로운 언론의 기틀을 다지는 일에 참여한다는 자부심을 품었고, 앞으로 내가 맡게 될 역할에 대한 구체적인 비전과 사명감을 확고히 다질 수 있었다.

이 첫 출근부터 창간에 이르기까지의 경험은 나에게 자발적인 참여와 공공의 가치가 만들어 낸 집단 지성의 힘을 생생하게 가르쳐 주었다.

1988년, 신문사 창간 멤버로서의 열정과 나의 신혼 시절

새로운 출발의 설렘이 채 가시기도 전인 1988년 4월 3일, 나는 서울 중랑구 묵동의 한양 예식장에서 사랑하는 사람과 결혼식을 올렸다.

결혼식은 양가 부모님들의 흐뭇한 미소와 갓 입사한 나를 축하해 주러 온 직장 동료들의 따뜻한 격려 속에서 성대하게 치러졌다. 그날은 내 생애 가장 행복하고 벅찬 날이었다. 이어진 신혼여행은 당시 모든 신혼부부의 로망이었던 제주도였다. 해외여행이 자유롭지 못했던 시절, 우리는 푸른 바다와 신선한 공기가 가득한 제주에서 오롯이 서로에게 집중하며 달콤한 신혼의 추억을 쌓았다. 제주도는 우리의 결혼 생활의 첫 페이지를 장식한, 영원히 잊을 수 없는 특별한 장소로 기억된다.

신혼여행에서 돌아온 뒤, 나는 다시 한겨레신문으로 출근했다. 결혼이라는 큰일을 치렀지만, 회사를 향하는 발걸음은 더 가볍고 기뻤다. 새로운 직장과 따뜻한 가정을 동시에 얻었다는 뿌듯함이 나를 채웠다. 출근길에는 세상 모든 것을 가진 듯 행복했고, 동료들의 축하 인사를 받으며 하루를 시작하는 것이 즐거웠다.

그리고 숨 가쁜 일과를 마치고 퇴근 후 집으로 들어오면, 아내가 정성껏 차려 주는 따뜻한 저녁 밥상이 나를 기다렸다. 하루의 피로가 눈 녹듯 사라지는, 세상 그 어떤 진수성찬보다 맛있는 밥이었다. 우리의 보금자리는 비록 좁은 방이었고, 연탄을 때야 하는 방이었지만, 그 안에서 우리는 서로를 마주 보며 정말 행복하게 지냈다. 사랑하는 아내와 함께하는 공간 그 자체가 우리에게는 가장 안락하고 따뜻한 보금자리였다. 물질적인 풍요는 없었지만, 마음만은 가득 채워져 넘쳤던 시절이었다.

주말이 되면, 우리는 특별한 계획 없이도 충분히 행복했다. 아내와 나는 손을 잡고 동네 시장에 가는 것을 큰 즐거움으로 삼았다. 활기찬 시장에서 신선한 채소와 생선을 고르고, 덤으로 이것저것 얻어오는 소소한 일상 속에서 우리는 깨소금 냄새 나는 신혼 시절을 보냈다. 시장에서 흥정하는 아내의 모습이나, 함께 무거운 짐을 들고 돌아오던 그 모든 순간들이 행복이었다.

내가 3월 25일에 입사하고 결혼식을 올린 4월 3일은 바로 5월 15일 창간을 위한 격동의 준비 기간이었다. 출근 직후부터 모두가 창간이라는 목표 하나로 밤낮없이 매달렸다. 나는 제작 사원으로서 신문을 직접 만드는 일에 참여한다는 자부심이 컸다.

회사 생활에서도 대학 때 열심히 공부했던 것과 마찬가지로, 나는 정말 열심히 노력했다. 창간 준비 기간 동안 퇴근 후에도 남아서 제작 과정을 익히고, 동료들과 함께 밤을 새우며 신문을 만들어 냈다. 뜨거운 열정과 책임감으로 가득했던 그 시간들은 신참인 내게 큰 배움의 기회였다.

그리고 마침내, 1988년 5월 15일! 드디어 한겨레신문이 창간되는 감격스러운 날이었다. 이날의 감격은 말로 다할 수 없었다. 수많은 국민들의 성원으로 태어난 민족지, 한겨레신문이 세상에 첫발을 내딛는 현장에서, 나는 뜨거운 눈물을 흘렸다. 창간식에는 김영삼 전 대통령과 김대중 전 대통령 등 거물급 인사들이 참석해 축하를 해 주며 그 역사적 의미를 더해 주었다.

나 같은 제작 사원에게, 창간 인쇄 현장에서 역사적인 인물들을 직접 마주하고 그 감격스러운 순간을 함께한다는 것은 평생 잊지 못할 경험이었다. 동료들의 땀과 노력이 모여 만들어 낸 신문이 나의 손을 거쳐 세상에 나오는 것을 보며 큰 자부심을 느꼈다.

그리고 더 큰 영광은 나를 찾아왔다. 창간 기념일에 진행된 행사에서, 나는 그동안의 헌신과 노력을 인정받아 노력상을 받게 되었다. 신혼 초, 가정의 따뜻함과 직장의 보람이 교차하던 그 시기에 받은 상이었기에 그 기쁨은 더욱 컸다. 상패를 받아 들었을 때, 아내에게 인정받은 행복과 회사에서 인정받은 보람이 한꺼번에 밀려왔다. 이 상은 단순한 표창이 아니라, 내가 한겨레신문 창간 멤버로서 얼마나 열정적으로 임했는지를 증명해 주는 훈장과 같았다.

신혼의 달콤함과 새로운 역사의 동참자로서의 짜릿함, 노력의 결실이 공존했던 이 시기는, 내 삶의 가장 역동적이고 의미 있는 출발점으로 깊이 새겨져 있다.

언론인의 삶, 축복과 행복의 결실을 맺다

....

송건호 초대 대표이사 회장과 한겨레, '자유의 나무'를 심다

내가 언론의 역사를 되돌아보며 가장 깊이 존경하고픈 발자취는, 바로 송건호 초대 대표이사 회장이 세운 '한겨레'라는 거대한 이정표이다. 그는 단순히 한 신문사의 대표가 아니었다. 그는 군부 독재 아래 짓밟혔던 '자유 언론'의 정신을 맨손으로 일으켜 세운 민족 지성의 상징이었다.

송건호 대표이사는 이미 한국 언론계에서 거목이었다. 그는 동아일보 편집국장을 지내며 언론의 정도를 걸었지만, 1975년 자유언론 수호 투쟁 당시 권력에 굴복하지 않고 "젊은 기자들의 목을 칠 수 없다"며 스스로 자리에서 물러났다. 그 헌신적인 결단은 내가 평생 가슴에 품고 살아온 '참 언론인'의 초상이다.

1988년, 그가 수많은 시민의 '국민주'라는 자발적 후원금을 모아 한겨레신문을 창간했을 때, 그것은 단순히 새로운 매체의 등장이 아니었다. 그것은 권력과 자본으로부터 독립된, 오직 국민의 눈높이로 세상을 보겠다는 독립 언론 정신의 선포였다. 송건호 대표이사는 1993년까지 회장직을 역임하는 동안, 이 신생 언론이 어떠한 풍파에도 흔들리지 않고 민족지(民族紙)로서의 기틀을 확고히 다지도록 이끌었다.

양평동의 땀방울, 두 번의 축복, 행복

한겨레신문은 송건호 대표이사의 단단한 초석 위에 매일 성장했다. 험난한 창간 초기, 그들은 마포구 양평동 공장 지대에 있던 임시 사옥에서 밤샘 작업을 반복하며 '진실을 향한 펜'을 꺾지 않았다. 내가 직접 그 현장에서 숨 쉬고 땀 흘렸기에, 그 시절의 절박함과 사명감이 얼마나 강렬했는지 누구보다 잘 안다.

나의 삶에서 한겨레신문에 입사한 것은 단순히 직장을 얻은 일이 아니었다. 그것은 역사의 길을 함께 걷는 축복된 일이었다.

한겨레신문에 근무한 지 만 3년이 되던 해, 나의 가장 아름다운 선물인 딸이 세상의 빛을 보았다. 양평동의 낡은 사옥에서 분투하던 그 시절, 딸의 맑은 울음소리는 나에게 언론인으로서의 사명만큼이나 소중한 삶의 의미를 깨닫게 해 주었다. 그리고 그로부터 5년 뒤, 든든한 아들이 태어나면서 나의 가정은 비로소 완전한 행복을 갖추었다.

또한, 이 신성한 공간에서 진실을 위해 헌신하는 동안, 나는 동료들의 인정과 회사의 격려 속에 두 번의 노력상을 수상하는 영광을 안았다. 이 상은 단순히 업무 성과를 넘어, 내가 걸었던 한겨레신문의 고단한 직장의 길을 인정받은 훈장과 같았다.

나는 이 한겨레신문이라는 울타리 안에서 정말 행복했다. 때로는 고되고 힘든 순간도 있었지만, 정의로운 펜을 든 동료들과 함께 세상을 바꾼다는 희망 속에서 나의 삶은 충만했다.

10년의 땀과 눈물, 공덕동 사옥의 결실

개인의 성취와 가정의 축복이 이어지는 동안, 한겨레 공동체 전체도 눈부신 성장을 이루었다. 그리고 마침내, 그 땀과 노력이 가시적인 결실을 맺은 해가 왔다.

1998년, 창간된 지 약 10년 만이었다. 한겨레신문은 서울 마포구 공덕동에 자체 신사옥을 완공하고 이전했다. 이 이사는 단순한 사무실 이동이 아니었다. 이는 군부 독재의 감시와 탄압을 피해 국민의 자발적 후원으로 출발했던 언론사가, 이제는 단단한 경영 기반 위에 자유로운 목소리를 내는 주춧돌을 세웠다는 상징적인 사건이었다.

10년이라는 짧지 않은 시간 동안, 한겨레는 수많은 언론의 도전을 겪었지만, 공덕동 사옥은 그들이 지켜낸 언론 독립의 성공 사례였다. 송건호 대표이사가 물러난 후에도 그가 심어 놓은 투명성과 진실 보도의 원칙이 회사를 이끌었고, 그 결과가 눈에 보이는 물리적 성장으로 입증된 것이다.

이러한 한겨레의 역사는 나에게도 큰 영감을 주었다. 진정한 가치를 향한 굳은 신념과 헌신은 언젠가 반드시 현실적인 성과로 이어진다는 것을 그들은 증명했다. 나는 이 이야기를 나의 자서전에 새겨, 우리가 추구해야 할 정의로운 길이 무엇인지 독자들과 공유하고 싶다.

공덕시장 불빛 아래, 꿈과 우정을 다진 밤

한겨레신문 사옥이 공덕동으로 이전한 건, 나 같은 직원의 일상에 큰 변화를 가져왔다. 특히 퇴근 후 시간은 하루의 고된 업무를 끝내고 동료들과 진하게 친목을 다지는 소중한 시간이 되었다.

퇴근하면 우리가 향한 곳은 바로 공덕시장이었다. 시장 특유의 왁자지껄한 소리하고 정겨운 냄새는 하루의 피로를 싹 잊게 해 주는 마법 같았다. 족발 골목이든 전 골목 어귀든 자리를 잡으면, 회사에서의 직책 같은 건 잠시 내려놓고 우린 그냥 술잔을 주고받는 동료이자 친구가 되었다.

우리는 그 자리에서 미래를 꿈꾸고 서로의 비전을 나누는 시간을 많이 가졌다. 막걸리 잔이 부딪치는 소리가 곧 우리의 솔직하고 뜨거운 대화의 시작이었다. 신문의 미래에 대한 이야기, 한겨레 직원으로서 우리가 할 수 있는 역할, 개인적으로 이루고 싶은 포부 같은 것들을 거리낌 없이 이야기했다.

공덕시장은 삭막할 수 있는 직장 생활에서 따뜻한 연대의 공간이 되어 주었다. 상사의 격려, 동료의 위로, 후배들의 불같은 패기가 한데 섞였고, 우린 단순한 술자리를 넘어 함께 성장하고 있다는 끈끈한 유대감을 느꼈다.

특히 일이 힘들고 지쳤던 날, 공덕시장에서 마신 술 한 잔과 함께 나눈 대화는 최고의 위로가 되었다. 서로의 고충을 들어주고, 때로는 신랄하게 사회 문제나 회사 상황을 비판하며 더 나은 내일을 꿈꿨다. 그때 그 시장 불빛 아래에서 동료들과 나눴던 꿈과 다짐들이, 지금의 나를 있게 한 단단한 뿌리가 되었다.

기름 냄새와 사람들의 웃음소리가 가득했던 공덕시장, 그곳은 우리가 친목을 다지고 미래를 함께 만들었던, 아주 특별한 장소가 되었다.

보람을 채운 만남, 휘경여고 학생들의 견학

내가 한겨레신문사에서 근무하며 누렸던 수많은 경험 중에서도, 가장 깊은 자부심과 뿌듯함을 안겨주었던 순간은 바로 학생들이 견학을 왔을 때였다. 활기 넘치는 학생들의 눈빛에서 언론과 세상에 대한 궁금증을 발견할 때마다, 나의 역할의 무게와 의미를 되새길 수 있었다.

그러던 어느 날, 특별한 전화 한 통이 걸려 왔다. 바로 휘경여자고등학교에서 근무하시는 나의 오랜 친구, 류덕균 선생님이었다. 친구는 학교 학생들의 신문사 견학 일정을 잡아주며, 내가 혹시 견학을 지도하는 데 도움을 줄 수 있는지 조심스럽게 물어볼 때 나는 잠시의 망설임도 없이 흔쾌히 승낙했다. 미래의 독자이자 시민이 될 학생들에게 살아있는 언론 현장을 보여줄 수 있다는 생각에 가슴이 벅차올랐다. 류 선생님은 부득이한 사정으로 이날 학생들과 함께 오지는 못했지만, 나는 학생들을 잘 이끌어 달라는 친구의 부탁을 기꺼이 받아들였다.

약속된 견학 당일, 휘경여고 학생들만 반갑게 맞이했다. 학생들은 신문제작 과정, 기자들의 취재 현장, 데스크의 숨 가쁜 움직임 하나하나를 호기심 가득한 눈으로 살폈다. 나 역시 내가 아는 모든 것을 정성껏 설명하며 학생들이 언론의 역할과 중요성을 깊이 이해할 수 있도록 도왔다.

모든 공식적인 견학 일정이 끝난 후, 나는 이 특별한 만남을 좀 더 따뜻하게 마무리하고 싶었다. 친구가 직접 오지는 못했지만, 친구의 부탁으로 온 학생들이기에 작은 성의를 보이고 싶었고, 먼 길을 찾아와 열심히 배우고 돌아가는 학생들에게 작은 추억 하나를 더해 주고 싶었기 때문이다. 나는 학생들을 인솔하여 회사 근처의 정겨운 중국집으로 향했다. 그리고 배고플 학생들에게 짜장면을 한 그릇씩 시원하게 사 주었다. 춘장이 듬뿍 묻은 짜장면을 맛있게 먹는 학생들의 웃음소리는 신문사에서 듣던 어떤 활기찬 소리보다도 내 마음을 풍요롭게 했다. 학생들을 배웅하며 그들의 밝은 미래를 조용히 응원했다.

며칠 후, 내게 고맙다는 전화가 걸려 왔다. 바로 류덕균 선생님이었다. 그는 직접 오지 못했음에도 학생들을 세심하게 챙겨 주고 따뜻한 마음을 나누어 준 것에 대해 거듭 고맙다는 인사를 전했고, 학생들 역시 견학이 정말 유익하고 즐거웠으며 짜장면도 감사히 잘 먹었다고 이야기했다는 말을 덧붙였다.

그 전화를 끊고 난 후, 나는 형언할 수 없는 깊은 뿌듯함을 느꼈다. 단순한 직장 업무를 넘어, 한 사람의 선배로서, 친구의 부탁을 완수하며 베푼 작은 정성이 학생들의 기억 속에 긍정적인 경험으로 남았다는 사실이 나에게 큰 보람이 되었다. 이처럼 따뜻한 나

늠이 있을 때마다, 내가 한겨레신문사에서 일하고 있다는 사실이 더욱 자랑스러워지곤 했다.

시대의 증인,
삶의 설계자 한겨레에서 배운 평등과 안정의 가치

....

나의 삶의 터전, 한겨레의 정신과 가치

내가 한겨레신문사에서 보낸 세월은 단순히 월급을 받고 직장인으로 살았던 시간을 훨씬 넘어섰다. 그것은 시대의 증인이자, 정의로운 사회 건설을 위한 투신의 시간이었다. 창간 이념인 '사람이 사람답게 사는 세상'을 향한 열망은 매일의 일터에서 생생하게 구현되었다. 한겨레는 나의 직업적 자부심의 근원이었으며, 이 모든 가치들이 우리 가족의 삶에 안정적인 뿌리를 내리게 해 준 굳건한 토대였다. 이제 나는 그곳에서 배운 가장 빛나는 경험들을 자서전에 담아내고자 한다.

① 편집권의 독립, 경계를 허문 공동체 정신

한겨레신문사가 가진 가장 위대하고도 독특한 시스템은 바로 편집권의 절대적인 독립성이었다. 일반적인 언론사들이 자본과

권력의 논리 앞에서 흔들릴 때, 한겨레는 이를 원천적으로 차단하였다. 신문의 생명인 공정성과 독립성을 지키기 위해 편집국과, 비편집국 간의 관계를 명확히 분리하고 그 독립성을 철저히 보장하였다. 경영상의 이익이나 광고주의 압력, 혹은 그 어떤 외압도 편집국의 판단과 기사 작성에 개입할 수 없도록 설계된 민주적이고 철학적인 운영 시스템이었다.

나는 이 환경 속에서 언론인으로서 가장 고결한 가치를 실현할 수 있었다. 재정적인 논리가 기사의 칼날을 무디게 만들 수 없다는 확신은, 우리 기자들에게 강력한 자율성과 동시에 막중한 책임감을 부여하였다. 우리는 오직 진실과 독자의 알 권리만을 편집의 기준으로 삼았다. 이 엄격한 독립성은 한겨레의 정신적 심장을 지켜냈다.

하지만 역설적이게도, 그 엄격한 원칙이 있었기에 우리는 내부적으로 더욱 자유롭게 소통하고 협력할 수 있었다. 신문의 '정신'은 편집국이 지키되, 회사의 '미래'는 모두가 함께 만들어 간다는 공동체 의식이 뿌리 깊게 박혀 있었다. 사무실 공간은 칸막이가 낮거나 허물어져 있어 물리적인 장벽이 최소화되었다. 경영팀 직원이 편집국 기자에게 필요한 정보를 스스럼없이 묻고, 광고팀 직원과 논설위원이 편안하게 티타임을 가지는 모습은 일상이었다. 직무의 경계는 동료애 앞에서 완전히 사라졌다.

"당신은 기사를 쓰는 사람, 나는 경영을 하는 사람이라는 구별은 있었지만, 우리는 결국 '한겨레를 만드는 사람'이라는 공통의 목표 아래 뭉쳤다."

이러한 자유로운 왕래와 유기적인 협력은 단지 친목을 위한 것이 아니었다. 마케팅팀의 새로운 아이디어가 기획 기사에 신선한 영감을 주기도 했고, 기자들의 생생한 현장 목소리가 회사의 경영 방향을 보다 현실적으로 조정하는 데 기여하였다. 나는 한겨레에서 진정한 민주적 소통이란 직함이나 부서의 장벽 없이 모든 구성원의 목소리가 중요하게 다뤄지는 것임을 온몸으로 체득하였다.

② '평등'이 곧 '미래'였던 조직 문화와 나의 자부심

내가 한겨레에서 가장 깊은 인상을 받았던 것은 조직 전체에 뿌리내린 남녀평등의 가치였다. 그것은 단순히 시대의 요구를 따르는 것이 아니라, '모든 인간의 존엄성을 존중한다'는 창간 철학에서 비롯된 당연한 실천이었다. 남녀평등은 구호나 전시용 제도가 아닌, 매일의 업무와 동료 관계 속에서 구현되는 운영의 기본 원칙 그 자체였다.

한겨레는 평등을 최고의 인재를 활용하고 조직의 지속 가능성을 보장하는 핵심 전략으로 인식하였다. 덕분에 이곳에서는 유리천장을 느낄 수 없었다. 능력과 열정은 성별을 압도하는 유일한

기준이었다. 여성 동료들이 주요 편집국 데스크나 핵심 부서의 책임자로 등용되는 것은 너무나 자연스러운 일상이었고, 이는 곧 성공의 롤모델이 특정 성별에 국한되지 않음을 의미하였다. 나 역시 동등한 기회를 통해 나의 전문성을 온전히 발휘할 수 있었고, 이는 곧 개인의 성장이 조직의 경쟁력으로 이어지는 선순환을 만들어냈다.

또한, 일과 가정의 양립을 지원하는 제도적 장치는 실질적이었다. 육아휴직이나 출산휴가는 누구도 눈치 보지 않고 당당하게 사용할 수 있는 '권리'로 존중받았다. 남성 동료들의 적극적인 육아 참여가 자연스러운 분위기였고, 이는 당시 우리 사회의 일반적인 기업 문화를 뛰어넘는 선진적인 모습이었다. 직원들이 개인의 삶을 지키면서도 최고의 성과를 낼 수 있도록 배려하는 이 '존중의 문화' 속에서, 나는 내가 속한 조직에 대한 자부심과 충성심을 더욱 깊이 느꼈다.

③ 흔들림 없는 안정, 자녀들의 미래를 설계하다

한겨레신문사에서 내가 받은 가장 크고 실질적인 축복은 바로 흔들림 없는 직업의 안정성이었다. 창간 정신에 뿌리를 둔 조직은 단기적인 경영 논리나 외부 환경의 변화에 쉽게 흔들리지 않고 굳건히 제자리를 지켰다. 이러한 안정감은 나의 삶 전체, 특히 자녀들의 교육과 미래 설계에 있어 거대한 버팀목이 되었다.

대학 입시를 준비하는 기간은 모든 가정이 그러하듯 치열하고 불안한 시간이었다. 그러나 나는 아이들에게 '걱정하지 마라, 너희는 너희의 꿈에 집중하면 된다'는 말을 진심으로 할 수 있었다. 나의 직장이 굳건했기 때문이다. 나는 불안정한 미래에 대한 걱정 때문에 혹여 아이들의 꿈이나 진로 선택의 폭이 좁아질까 염려할 필요가 없었다. 투명하고 민주적인 운영 시스템 덕분에, 나는 예측 가능하고 안정된 환경에서 꾸준히 경력을 쌓을 수 있었다. 이 안정성은 아이들이 불필요한 경제적 압박감 없이 오롯이 학업에 집중할 수 있도록 든든한 울타리가 되었다.

'교육은 백년지대계'였다. 나의 안정된 직업 덕분에 나는 아이들이 원하는 교육을 받을 수 있도록 아낌없이 지원하였고, 아이들은 덕분에 자신의 재능과 관심사를 쫓아 무사히 대학까지 진학할 수 있었다. 그들이 청년으로 성장하여 낯선 사회에 첫발을 내딛을 때까지, 나는 항상 그들의 뒤에서 든든한 경제적, 정신적 기반을 제공하는 아버지로 존재할 수 있었다.

이러한 '걱정 없는 지원'은 결국 나의 자부심이자, 한겨레라는 조직이 나에게 선사한 가장 값진 유산이었다. 내가 회사에서 배운 평등과 소통의 가치는 아이들의 인격 형성에, 안정된 직업은 아이들의 미래 설계에 튼튼한 교두보가 되어 주었다. 한겨레에서의 시간은 나의 직업을 넘어, 나의 가족 전체의 평온하고 희망찬 미래를 완성하는 기반이었다.

④ 한겨레가 남긴 유산: 삶의 가장 빛나는 가치

내가 한겨레신문사에서 배운 것은 단순한 기사 작성법이나 조직 관리 기술이 아니었다. 그것은 시대를 보는 눈, 사람을 대하는 태도, 삶의 우선순위를 결정하는 기준이었다. 나는 그곳에서 진정한 평등과 민주주의가 조직 내에서 어떻게 작동해야 하는지를 목격하였고, 그 가치를 나의 가정과 인생 전체로 확장하였다.

직업의 안정성은 가족에게 평온함을 주었고, 회사의 숭고한 가치는 아이들에게 바른 가치관을 심어 주었다. 나는 내가 이룬 성취가 오직 나만의 것이 아니라, 한겨레라는 공동체의 굳건한 정신으로부터 받은 선물임을 잘 알고 있다. 나의 자서전은 바로 그 사실을 세상에 증언하는 기록이 될 것이다.

한겨레, 34년의 기록:
창간 정신과 함께 핀 나의 언론 인생

....

1. 희망의 계절, 시작된 34년의 서사

1988년 3월 25일. 아직 아침 공기에는 겨울의 잔향이 남아 있었지만, 햇살은 이미 만물을 일깨우는 봄을 알리고 있었다. 얼었던 땅이 풀리고 만물이 소생하는 희망의 계절, 3월에 나의 삶에 가장 중요한 날 중 하나가 시작된 것이다. 나는 한겨레신문사라는 역사적인 조직의 문을 두드렸다. 거대한 역사의 물결 속에서 국민들의 헌금으로 태어난 신문, 그 숭고한 창간 정신이 나의 젊은 영혼을 격렬하게 자극했다. 그때 나의 나이는 패기와 열정으로 가득했고, 한겨레와의 34년이라는 긴 여정이 시작되었다. 그때는 전혀 몰랐다. 이 한 회사가 나의 인생 전체를 규정하고, 이곳에서 나의 청춘, 중년, 정년이라는 영광스러운 마침표를 찍게 될지 말이다.

격동의 시기, 언론의 자유가 억압받던 암흑 속에서 한겨레는 단순한 신문사가 아니었다. 그것은 희망의 상징이자, 권력에 불편한 진실을 보도하는 용기의 표상이었다. 나는 이 위대한, 때로는 무모해 보였던 프로젝트에 참여했다는 사실 하나만으로 벅찬 자부심을 느꼈다. 창간 초기의 열악한 환경, 사무실의 낡은 책상, 때로는 서툴렀던 시스템 속에서도 동료들과 함께 밤을 지새우며 '세상에 없던 신문'을 만들기 위해 치열하게 분투했다. 우리는 서로의 눈빛에서 확신을 읽었고, 하나의 신념 아래 굳게 연대했다. 그 모든 고난과 열정이 있었기에, 나는 나의 34년 직장 생활을 "너무 행복했었고"라고 주저 없이 말할 수 있다. 나의 행복은 개인의 성공이 아닌, 우리가 함께 이룬 사회적 가치에서 비롯되었다.

2. 신문 제작의 심장부에서 꾼 꿈과 끊임없는 배움

나의 전문 분야는 편집부와 제작국의 교량 역할을 하는 신문 제작 전반에 대한 깊은 이해와 통찰이었다. 나는 기사의 생명력이 아무리 중요하다 해도, 독자에게 전달되는 '형태', 즉 신문이라는 물리적 그릇이 미흡하다면 그 가치는 반감된다고 확신했다. 독자들이 가장 빠르고 정확하며, 미적으로도 완성도 높은 신문을 받아보게 하는 것이 나의 직업적 사명이자 자존심이었다.

나는 현장의 최전선에서 뛰었다. 지면 기획 회의의 치열한 논쟁부터 시작하여, 편집 디자인의 섬세한 선 하나, 사진 한 장의 해상도, 인쇄 과정의 기술적인 문제까지, 신문 제작의 모든 단계에 나의 손길과 고민이 닿지 않은 곳이 없었다. 특히, 디지털 시대가 도래하면서 신문 제작 시스템이 급변할 때마다, 나는 그 변화의 최전선에 서서 새로운 기술을 배우고 도입하는 데 주저하지 않았다. 지면의 활자 배치, 사진의 해상도, 레이아웃의 가독성을 위해 밤샘 회의를 이어 갔다. 신문의 완성도는 단 하나의 오류도 용납되지 않는 장인 정신을 요구하는 일이었다. 신문이 윤전기를 통해 쏟아져 나올 때, 잉크 냄새와 함께 전해지는 그 짜릿한 성취감은 34년을 버티게 한 원동력이었다.

3. 경계를 넘나든 협력과 미래 혁신

이러한 전문성을 확보하기 위해 나는 울타리 밖의 지식에 목말라했다. 나는 "신문의 폭을 넓히기 위하여 다른 신문사들의 모임을 통해" 교류하는 것을 게을리하지 않았다. 이 모임은 단순히 업계 동료들과의 친목을 넘어선, 한국 언론의 미래를 고민하는 학술적 연대였다. 다른 신문사 제작 전문가들과 정기적으로 만나, 서로의 제작 노하우를 공유하고, 새로운 편집 트렌드와 기술적 문제에 대한 해법을 함께 모색했다.

경쟁사 전문가들의 다양한 관점과 시각을 접하면서, 나는 한겨레의 방식이 최선이 아닐 수도 있다는 겸손함을 배웠다. 이러한 외부와의 교류는 나에게 깊이 있는 통찰력을 제공했고, 한겨레 신문의 질을 한 단계 더 끌어올리는 밑거름이 되었다고 자부한다. 특히, 나는 이 모임을 통해 한국 언론 전체가 나아가야 할 방향에 대한 넓은 시야를 갖게 되었다. 이러한 치열한 배움의 자세와 외부 전문가들과의 협력 정신이 있었기에, 나는 34년간 급변하는 미디어 환경 속에서도 흔들림 없이 나의 전문 분야에서 최고의 역할을 수행할 수 있었다.

DMC(Digital Media City) 프로젝트를 거대하게 진행하려 했던 시기는 나에게 또 다른 도약의 기회이자, 흥분과 기대감을 안겨준 시간이었다. 이 프로젝트는 종이 신문의 한계를 넘어 디지털 미디어 환경의 중심부로 나아가겠다는 한겨레의 강력한 의지를 담고 있었다. 나는 신문 제작 전문가로서 이 거대한 전환의 흐름에 깊이 관여했다. 새로운 통합 뉴스룸 시스템 구축, 디지털 인쇄 환경으로의 전환, 미래 미디어 콘텐츠 생산에 최적화된 편집 프로세스 설계에 나의 모든 경험과 지식을 쏟아부었다. 우리는 '미래의 신문'을 어떻게 만들 것인가를 고민했고, 24시간 실시간으로 반응하는 디지털 미디어 환경에 종이 신문의 깊이와 무게감을 어떻게 이식할 것인가를 숙제로 안고 씨름했다. 회사와 함께 더 크고 대담한 미래를 꿈꾼다는 것은 내가 직장 생활을 "너무 행복했었고" 사랑한 또 다른 이유였다. 나는 변화를 두려워하지 않는, 항상 새로운 것을 배우고 실행하는 리더로서 동료들에게 영감을 주고자 노력했다.

4. 정년퇴임: 뜨거운 7월의 마침표와 가족의 사랑

그리고 시간은 마침내 나의 커리어의 정점, 2021년 7월에 멈춰섰다. 34년이라는 길고도 빛나는 세월의 마침표, 정년퇴임을 맞이한 것이다. 뜨거운 한여름, 나의 땀과 열정, 헌신이 고스란히 스며든 퇴장인 셈이었다.

나의 퇴임식은 회사에서 정중하고 따뜻하게 거행되었다. 그리고 그 자리를 빛내준 것은 다름 아닌 나의 사랑하는 가족들이었다. 아내와 아이들, 가까운 친지들이 참석하여 내가 퇴임 시계를 받는 모습을 지켜보는 그 순간, 나는 지난 34년간 내가 홀로 이룬 것이 아니라는 깨달음을 얻었다. 매일 밤늦게까지 일하고 새벽같이 출근하는 나의 뒷모습을 묵묵히 응원하고, 때로는 희생을 감수해 준 가족들의 헌신적인 사랑과 지지가 있었기에 이 영광스러운 순간이 가능했던 것이다.

가족들이 아쉬움과 기쁨 속에 거행되었다는 표현처럼, 나의 퇴임식은 격렬한 감정의 교차로였다. 평생을 함께했던 동료들과의 이별, 정든 일터를 떠나야 한다는 서운함과 아쉬움은 숨길 수 없었다. 하지만 동시에, 34년을 건강하고 보람 있게 완주했다는 압도적인 성취감, 이제부터 시작될 자유롭고 능동적인 '나의 시간'에 대한 기대감과 기쁨이 더 크게 밀려왔다. 가족들 역시 나의 새로운 시작을 축하하며, 지난 시간의 노고에 진심으로 감사하는 마음을 표현했다. 그들의 눈물과 웃음 속에서 나는 비로소 진정한 퇴임의 의미를 찾았다.

5. 나의 자서전, 새로운 시작을 향하여

내가 한겨레신문사 근무를 "너무 행복했었고"라고 말하는 것은 결코 형식적인 수사가 아니다. 한겨레는 나에게 단순한 직장이 아니라, 삶의 태도를 가르쳐준 학교였고, 시대의 불의에 맞서는 전장이자 뜨거운 인간적 연대의 현장이었다. 나는 내가 언론의 한 페이지를 만들었다는, 한 시대를 정의하는 신문의 제작에 기여했다는 자부심을 영원히 간직할 것이다.

이제 나는 자랑스러운 과거를 뒤로하고, 제2의 인생이라는 새로운 항해를 시작한다. 34년 동안 쌓아온 신문 제작 전문가로서의 깊은 지식과 노련함은 은퇴와 함께 사라지지 않을 것이다. 나는 이 귀중한 경험을 바탕으로 사회에 기여할 수 있는 새로운 길을 모색할 것이다. 한겨레의 창간 정신을 계승하는 마음으로, 후학들에게 신문 제작의 철학과 노하우를 전수하거나, 급변하는 미디어 환경에 적응하려는 기업이나 단체에 컨설팅을 제공하는 등, 내가 가장 잘 아는 분야에서 또 다른 가치를 창출하고 싶다.

남은 여생은 사랑하는 가족과 함께, 내가 배우고 경험한 모든 것을 감사하며, 새로운 도전과 성장의 이야기로 채워나갈 것이다. 나의 언론 인생은 정년으로 명예롭게 막을 내렸지만, 나의 삶은 이제 막 다시 시작한다. 나는 앞으로 다가올 모든 새로운 경험을 기꺼이 마주할 준비가 되어 있다.

삼십사 년의 헌사, 기운찬 공기 속으로:
나의 화려한 제2의 인생 개막

....

1. 찬바람이 일깨운 새로운 시작의 각오

길고도 장엄했던 34년의 세월, 한겨레신문사 직원으로서 보낸 모든 순간은 나의 정체성이었다. 신문사의 뿌리를 지탱하는 묵묵한 힘이었고, 격동의 언론 현장을 지탱하는 보이지 않는 기둥이었다. 정년퇴직을 하던 그날, 나는 벅찬 감회와 함께 수많은 선후배들의 따뜻한 배웅 속에 익숙했던 사옥 문을 나섰다.

하지만 문밖으로 나온 현실은 냉정했다. 자유와 여유를 만끽할 것이라는 막연한 기대와는 달리, 평생을 하나의 조직 안에서 헌신했던 나에게 세상은 새로운 기반과 명함을 스스로 만들어야 하는 과제를 던져주었다. 젊은 시절 꿈꿨던 '기운찬 공기만 감도는' 활기찬 세상이라기보다는, 새로운 시작을 앞둔 야인에게 찬바람이 쌩쌩 부는 듯한 냉혹한 도전의 연속이었다. 이 시련 앞에서 나는 잠시 주춤했지만, 이내 마음을 다잡았다. 34년의 세월 동안 배운 것은 단순한 업무 스킬이 아니었다. 위기를 기회로 바꾸는 끈기와 흔들리지 않는 책임감이었다. 나는 이 찬바람을 정면으로 맞서며 제2의 인생을 설계하기로 결심했다.

2. 34년 경력의 재해석: '북 PR 미디어'와의 운명적 만남

나는 내가 가진 모든 자산을 목록화했다. 그것은 한겨레신문사에서 두루 경험하며 쌓은 미디어 환경 시스템에 대한 깊은 이해와, 수십 년간 신뢰를 바탕으로 구축한 언론계의 폭넓은 인적 네트워크였다. 이 귀중한 자산이 과거에만 머물러서는 안 된다고 확신했고, 이를 가장 의미 있게 활용할 수 있는 곳을 차근차근 찾았다.

그리고 마침내 2022년, 나는 운명처럼 '북 PR 미디어'라는 회사에 입사하게 되었다. 이곳은 출판사에서 신간 서적이 출간되면 보도자료와 함께 서적을 언론사에 효과적으로 전달하고 홍보를 대행해 주는, 지식과 정보를 대중에게 연결하는 중요한 교두보 역할을 하는 곳이었다. 내가 평생 몸담았던 '언론'과, 내가 가장 사랑하는 대상인 '책'이 만나는 아름다운 지점이었다.

나를 채용해 준 대표님은 나의 34년간의 한겨레신문사 근무 경력을 최고의 가치로 평가해 주셨다. 이 어려운 미디어 환경 속에서, 나의 경험은 단순한 이력이 아니라, 회사가 언론계에 접근할 수 있는 가장 신뢰도 높은 황금열쇠가 될 것이라고 확신하셨다. 나를 회사의 전문성과 효율성을 높여줄 핵심 인재로 인정하고 존중해 주신 대표님께 진심으로 감사를 드린다. 이 감사함은 곧 나의 자긍심이 되어, 매일매일 나의 제2의 인생을 열렬히 응원하는 힘이 되고 있다.

3. 옛 동료들과의 만남, 신뢰를 바탕으로 한 홍보 활동

현재 북 PR 미디어에서 내가 수행하는 업무는 나의 경력을 가장 빛나게 만든다. 나는 각 신문사에 직접 찾아가 현장의 기자들과 만난다. 나의 홍보 활동은 딱딱하고 형식적인 PR 브리핑이 아니다. 바로 '인간적인 신뢰와 유대'를 바탕으로 한다.

한겨레신문사 직원으로 근무하면서 가까이 지냈던 동료나 선후배 기자들과 마주 앉아 '옛날에 있었던 많은 이야기들'을 나누는 과정 자체가 홍보의 시작이다. 오랜 기간 언론사라는 한 울타리 안에서 함께 했던 정(情)과 신뢰가 있었기에, 그들은 나를 예우해 주고 내가 건네는 신간 서적과 보도자료에 귀 기울여 준다.

나는 그동안 내가 얻은 경험으로, 책의 내용 중 어떤 부분이 지금 언론이 주목할 만한 이슈인지, 어떤 방식으로 서적과 자료를 전달해야 기자들에게 가장 효율적으로 접근할 수 있는지를 정확히 파악한다. 단순히 책을 전달하는 데 그치지 않고, 나의 오랜 네트워크와 경험을 활용하여 기자들이 자발적으로 기사화를 고려할 수 있도록 진정성 있는 환경을 조성하는 데 집중한다.

4. 제2의 인생, 기운찬 공기로 충만하다

정년퇴직 직후 나를 잠시 움츠러들게 했던 현실의 찬바람은 이제 완전히 사라졌다. 나는 매일 아침 출근길에서 새로운 도전과 성장의 기대감으로 가득 찬 기운찬 공기를 마신다. 34년간의 한겨레신문사 직원 생활이 헛되지 않았음을 증명하며, 나는 이 북 PR 미디어에서 나의 전문성과 열정을 새롭게 불태우고 있다.

이 귀한 제2의 기회에 다시 한번 감사드리며, 앞으로도 내가 가진 모든 경험과 지혜를 아낌없이 나누고, 내가 맡은 책들의 가치를 세상에 널리 알리는 데 온 힘을 쏟을 것이다. 나의 제2의 인생은 지금, 가장 빛나는 순간을 맞이하고 있다.

빛과 색의 교량 위에서 역사를 인화하다

....

1. 두 세계를 잇는 고독한 조율사

나의 청춘은 한겨레신문사 이미지 제작국의 모니터 앞에서 시작해, 편집국과 제작처를 잇는 보이지 않는 길 위에서 완성되었다. 사람들은 신문을 '글'로만 기억하지만, 나는 그 글에 생명을 불어넣고 눈에 보이는 실체로 만들어 내던 조율사였다. 편집국 기자들이 뜨거운 가슴으로 쓴 기사가 내 손에 들어오면, 나는 그것을 차가운 이성과 정교한 기술로 다듬어 제작 라인으로 넘겼다.

우리는 편집국이라는 '이상'과 제작처라는 '현실'을 잇는 가장 단단한 교량이었다. 편집국의 파격적인 비주얼 요구를 제작 현장의 언어로 번역해 내고, 그 간극에서 발생하는 팽팽한 긴장감을 온몸으로 받아내며 지면을 완성하던 그 시절. 나는 내가 그 거대한 신문사라는 기계가 멈추지 않고 돌아가게 하는 '가장 중요한 허리'라는 자부심으로 살았다.

2. 새벽 3시, 포장마차 천막 안의 전우애

창간 초기의 환경은 지금 돌아보면 참으로 눈물겨울 만큼 열악했다. 기술은 부족했고 장비는 생경했으며, 마감 시간은 늘 우리를 벼랑 끝으로 몰아세웠다. 모든 작업을 마치고 나면 시계는 어느덧 새벽 2시나 3시를 가리키고 있었다. 지금처럼 교통편이 좋을 리 만무했던 그 시절, 집으로 돌아갈 길조차 막막했던 우리를 품어 준 것은 신문사 인근의 허름한 포장마차였다.

"오늘 그 사진 톤 잡느라 고생했어."

"아니야, 김 기자가 쓴 기사가 워낙 좋아서 내가 더 신경 썼지."

이미지 제작국의 우리와 편집국 직원들이 뒤섞여 앉아 주머니를 털어 나누던 소주 한 잔. 매캐한 연기와 차가운 새벽바람이 천막 사이로 스며들었지만, 그 안의 온도는 섭씨 100도를 넘나들었다. 우리는 그곳에서 단순히 술을 마신 게 아니라, '한겨레'라는 이름의 운명을 나누었다. 잉크 냄새와 땀 냄새가 밴 서로의 어깨를 두드리며, 우리가 찍어낸 오늘의 신문이 세상을 조금이라도 바꿀 수 있기를 간절히 빌었다. 그때 맺어진 편집국 동료들과의 인연은 퇴직 후에도 내 가슴 속에서 지워지지 않는 낙인처럼 남아 있다.

3. 1997년 12월, 역사의 얼굴을 인화하던 밤

내 생애 가장 뜨거웠던 밤을 꼽으라면, 나는 주저 없이 1997년 12월의 그 새벽을 떠올린다. 대한민국 역사상 첫 수평적 정권교체가 이루어지던 날, 김대중 대통령 후보의 당선 소식이 확정되던 그 순간의 이미지 제작국은 그야말로 거대한 용광로와 같았다.

편집국에서 숨 가쁘게 넘어오는 당선인의 사진은 단순한 데이터가 아니라 수십 년을 기다려온 민주주의의 얼굴이었다. 나는 그 역사의 얼굴을 1면에 올리기 위해 사진의 명암과 색조를 조율했다. 마감 시간은 목을 죄어왔고, 내 등줄기에는 비 오듯 땀이 흘러내렸다. 셔츠가 흠뻑 젖어 몸에 달라붙는 것조차 느낄 수 없을 만큼, 나의 온 신경은 오직 그 표정을 가장 정직하고 생생하게 살려내는 데 집중되어 있었다.

마침내 최종 데이터를 전송하던 순간, 안경 너머로 흐른 땀이 눈을 찔러 따가웠지만 내 가슴 속에는 형용할 수 없는 영광스러움이 차올랐다. 한겨레라는 교량 위에서 내가 직접 시대의 얼굴을 닦아 세상 밖으로 내보냈다는 그 희열은 내 평생의 긍지가 되었다.

4. 울타리를 벗어나 깨달은 '좋은 직장'의 무게

정년퇴직이라는 문을 닫고 사회라는 광야로 걸어 나왔을 때, 나는 비로소 알게 되었다. 내가 평생 몸담았던 한겨레신문사가 얼마나 따뜻하고 단단한 울타리였는지를. 현직에 있을 때는 매일의 마감과 업무의 중압감 때문에 그 소중함을 미처 몰랐다.

하지만 막상 이름 석 자만 들고 세상에 서 보니, '한겨레인'이라는 자부심 뒤에 숨겨져 있던 조직의 보살핌이 얼마나 큰 것이었는지 뼈저리게 느낀다. 한겨레는 단순히 월급을 주는 곳이 아니었다. 나를 사회적 가치와 연결해 주고, 인간으로서의 존엄을 지키며 일하게 해준 공동체였다. 퇴직 후 만나는 사회의 냉혹함 속에서 나는 자꾸만 공덕동의 그 낡은 건물과 그 뜨거웠던 제작국의 열기를 그리워하게 된다.

5. 길을 먼저 걸어간 이가 남기는 애틋한 당부

가끔 공덕동 언덕길을 지나며 후배들을 마주하면 가슴 한구석이 뭉클해진다. 나는 그들의 손을 잡고 조금은 길어질지 모를 마음속 이야기를 꺼낸다.

"지금 너희가 숨 쉬고 있는 이 공간이 훗날 네 인생에서 얼마나 큰 자부심이자 배경이었는지 지금은 모를 거다. 하지만 기억해라. 너희가 지금 만드는 이 지면은 누군가의 빛이 되고, 지금 맺고 있는 이 동료애는 세상 어디에서도 얻을 수 없는 재산이다. 이 울타리가 너희를 지켜 줄 때 실력을 갈고닦고, 홀로 광야에 서게 될 날을 위해 인생의 지도를 구체적으로 그려라."

먼저 길을 걸어 나간 선배로서 건네는 이 고백이 후배들의 가슴에 작은 불씨가 되기를 바란다. 내가 사랑하는 한겨레와 후배들이, 내가 퇴직 후에야 깨달았던 이 소중한 가치들을 일터의 현장에서 조금 더 일찍 발견하고 누릴 수 있기를 간절히 기도한다.

사계(四季)를 지나 다다른 평온, 다시 시작되는 가을의 노래

....

내 인생의 봄은 한겨레신문사라는 뜨거운 대지 위에서 시작되었다. 젊음이라는 밑천 하나로 세상의 부조리에 맞서 문장을 벼리고, 정의와 진실의 싹을 틔우기 위해 밤낮없이 달렸던 시절이었다. 그때의 나는 대지를 뚫고 나오는 새싹처럼 거침이 없었고, 세상을 바꾸겠다는 열정은 봄꽃보다 붉었다. 그 치열한 계절 속에서 아내라는 든든한 반려자를 만났고, 우리는 가정을 일구며 인생의 가장 푸르른 날들을 약속했다.

이어지는 여름은 고단하지만 찬란했던 성장의 시간이었다. 북피알미디어라는 새로운 현장에서 책의 가치를 세상에 알리며, 가장으로서의 책임을 다하기 위해 뙤약볕 아래 땀 흘리는 농부의 마음으로 살았다. 두 아이는 그 땀방울을 먹고 자라는 나무였다. 태풍이 불고 장맛비가 쏟아지는 날에도 나는 흔들릴지언정 꺾이지 않았다. 오직 내 아이들이 더 넓은 그늘을 가진 나무로 자라나길 바라며, 나의 여름을 기꺼이 헌신과 노동의 열기로 채워 나갔다.

그리고 이제, 내 생의 시계는 어느덧 고요하고 깊은 가을의 문턱에 당도했다.

자물쇠를 채우듯 두 자녀를 모두 출가시키고 돌아오던 날, 집안에 감돌던 적막은 공허함이 아니라 '완성'의 신호였다. 자식들이 제 뿌리를 내리고 떠난 자리에 비로소 남겨진 것은, 오랜 세월 내 그림자가 되어 준 아내의 얼굴이었다. 젊은 날의 팽팽했던 모습은 세월의 바람에 깎여 나갔지만, 그 눈가에 패인 주름은 우리가 함께 건너온 험난한 강물의 물결처럼 깊고 아름답다.

지금의 나는 저 가을 들녘의 황금빛 물결을 닮고 싶다. 가을은 화려했던 꽃잎을 떨구고 비본질적인 것들을 걷어내는 계절이다. 이제 내 인생에서 남겨야 할 것은 타인의 시선이나 세속적인 성취가 아니다. 오직 아내와 나누는 따뜻한 차 한 잔의 온기, 서로의 건강을 살피는 다정한 문안, 우리가 함께 걸어온 길에 대한 깊은 신뢰뿐이다.

남들은 인생의 황혼이라 말하며 쓸쓸함을 이야기하지만, 나는 감히 이 가을이 내 인생의 '진짜 시작'이라 말하고 싶다. 북피알미디어에서 수많은 저자의 삶을 책으로 엮어냈듯, 이제는 내 인생이라는 책의 가장 소중한 마지막 장을 아내와 공저(共著)해 나갈 것이다. 우리는 서로에게 지팡이가 되고, 때로는 따뜻한 외투가 되어 줄 것이다.

열심히 살아온 우리 두 사람, 이제는 세상의 속도가 아닌 우리의 보폭에 맞춰 걷자고 아내의 손을 꼭 잡아본다. 가을 햇살이 내리쬐는 이 길 끝에 무엇이 기다릴지 모르나, 분명한 것은 우리가 함께라면 그 길은 결코 외롭지 않은 산책길이 될 것이라는 사실이다. 내 인생의 가을은 이토록 눈부시게 익어가고 있다.

공덕동의 붉은 기둥 아래 묻어둔 뜨거운 시간

……..

가끔 발길이 닿는 공덕동 로터리에서 나는 습관처럼 사옥 앞에 멈춰 선다. 이제는 주변 빌딩 숲에 가려 조금은 낮아진 듯 보이지만, 여전히 단단한 기운을 내뿜는 붉은 기둥 건물이다. 그 건물을 바라보고 있노라면 어김없이 수십 년 전의 내가 기억의 저편에서 걸어 나온다. 어깨에 힘이 잔뜩 들어간 채 그 문을 활발하게 드나들던 청년의 나다.

그때는 매일 아침 당연하게 출근하던 그곳이 내 인생 가장 빛나던 청춘의 전성기였음을 미처 몰랐다. 사옥을 지탱하는 저 붉은 기둥이 나라는 사람의 내면을 얼마나 견고하게 감싸주고 있었는지도 알지 못했다. 정년이라는 종착역까지 한 길을 묵묵히 걸어온 뒤에야 비로소 실감한다. 내가 누렸던 그 시절의 공기와 동료라는 이름의 든든한 등받이가 얼마나 귀한 것이었는지 뼈저리게 느낀다.

흔히들 옛 시절의 신문사라고 하면 자욱한 담배 연기를 떠올리지만 우리 한겨레는 달랐다. 사옥 내 흡연이 엄격히 금지되어 있어 일터는 참으로 정갈하고 엄격했다. 덕분에 우리는 늘 맑고 팽팽한 정신으로 서로를 마주했다. 깨끗한 책상 위에 산더미처럼 쌓여 있던 업무 뭉치들과 치열하게 씨름할 수 있었다.

당시에는 그 업무들이 나를 짓누르는 고단한 짐이라고만 생각했다. 하지만 지금 돌아보니 그 업무 뭉치들이야말로 내가 사회의 당당한 일원임을 증명해 주던 훈장이었다. 나를 보호해 주던 가장 안전한 성벽이었음을 이제야 깨닫는다. 정년까지 완주하는 동안 사명감에 쫓겨, 곁에 있던 동료들과의 소중한 시간을 온전히 누리지 못한 것이 아쉽기도 하다.

점심시간이면 사옥 근처 식당에서 나누던 국밥 한 그릇의 온기가 지금도 잊히지 않는다. 그 소박한 밥상을 앞에 두고 우리는 얼마나 많은 꿈을 꾸며 세상을 걱정했던가. 수저를 부딪치며 나누던 웃음소리가 공덕동 골목골목에 여전히 메아리치고 있는 것만 같다. 그 한 그릇의 밥을 같이 먹던 사람들이 사실은 내 인생의 가장 든든한 지지대였다는 사실을, 혼자 남겨진 시간 속에서 문득 깨닫고 가슴이 뜨거워지곤 한다.

특히 퇴근길의 풍경은 유독 짙게 떠오른다. 고단한 하루를 마치고 사옥 문을 나서면 어둠이 내린 거리를 동료들과 함께 헤매곤 했다. 하루의 일들을 왁자지껄 쏟아내며 술 한잔에 피로를 씻어내던 그 시절의 저녁들은 참으로 달콤했다. 그때 그 술잔에 담겼던 것은 단순한 술이 아니라 서로를 향한 깊은 신뢰와 동료애였다. 그 시절이 가끔 생각나고 그립다.

비록 정년을 맞이하여 사옥은 떠나왔으나, 나는 지금 '북PR'이라는 새로운 터전에서 여전히 현역으로 길을 걷고 있다. 내 마음속 깊은 곳엔 여전히 '한겨레 사람'이라는 자부심이 꼿꼿하게 살아있다. 그것은 오늘 북PR에서 내딛는 발걸음의 든든한 뿌리가 된다. 길가에서 우연히 제호를 마주할 때마다 울컥하는 것은, 그 정갈한 활자 속에 내 젊음 전체와 땀방울이 스며들어 있기 때문이다.

사회는 때로 차갑고 냉정하지만, 한겨레에서 보낸 시간은 나를 지탱하는 강력한 기억의 근육이 되었다. 나는 오늘도 공덕동을 지나며 내 청춘을 온전히 바치고 명예롭게 마무리했던 그곳이 한겨레였다는 사실에 스스로를 다독인다. 그것만으로도 내 인생은 충분히 완성되었다.

세월은 흘러 머리칼은 희끗해졌을지 모르지만, 그 정갈한 공기 속에서 꿈꿨던 열정만은 아직 심장 속에 맥질하고 있다. 나는 여전히 그 시절의 나를 깊이 사랑하고, 내 젊음이 머물렀던 한겨레를 향한 존경을 멈추지 않는다. 이제야 알게 된 소중한 마음들을 등불로 삼는다. 나는 오늘도 북PR의 현장을 누비는 영원한 현역이자, 당당한 '한겨레 사람'으로 살아갈 것이다.

인생의 쉼표를 찍어 준 이름 원덕희: 양재역 12월의 기록

....

서문. 철호(喆浩), 두 개의 길함이 모여 넓은 바다로

나의 이름은 이철호다. 길할 길(吉) 자 두 개가 나란히 몸을 맞댄 밝을 철(喆)에, 거침없이 넘실거리는 바다를 뜻하는 넓을 호(浩)를 쓴다. 이름처럼 내 인생에 길함이 가득하기를, 그 기운이 넓은 세상으로 뻗어 나가기를 바라며 살았다.

고등학교와 대학교를 졸업한 후, 나는 그 이름의 무게를 증명하기 위해 오직 앞만 보고 달렸다. 사회라는 거친 파도 속에서 낙오되지 않고 내 자리를 만드는 것만이 인생의 전부라 믿었다. 30년이라는 세월 동안, 친구라는 인연은 내 삶의 우선순위 밖으로 밀려나 있었다. "성공한 뒤에 떳떳하게 만나자"는 기약 없는 다짐은 나를 스스로 고립된 섬으로 만들었고, 나는 성취라는 차가운 바다 위에서 홀로 노를 저었다.

1. 2015년 12월, 원덕희가 깨운 침묵의 바다

2015년의 끝자락, 서울의 겨울은 유독 시리고 매서웠다. 빌딩 숲 사이로 칼바람이 몰아치고, 사람들은 두꺼운 외투 깃을 세운 채 바삐 발걸음을 옮기던 12월의 어느 날이었다. 퇴근길, 차가운 도시의 불빛 사이로 30년의 침묵을 깨는 전화 한 통이 걸려 왔다. 중학교와 고등학교 시절을 함께 보낸 동창, 원덕희였다. 30년이라는 긴 세월을 단숨에 건너뛰어 들려온 그 목소리는 형용할 수 없는 반가움과 함께 잊고 지냈던 가슴 한구석의 떨림을 자아냈다.

"나다, 덕희. 이번에 충주 상고 고등학교 동창들 전체 다 모인다. 양재역으로 무조건 나와라. 이번엔 안 나오면 진짜 안 된다."

무심한 듯 단호하게 나를 부르는 그 목소리는 꽁꽁 얼어붙어 있던 내 마음의 빗장을 세차게 흔들었다. 망설임이 앞섰지만, 그날따라 유독 가슴을 파고들던 12월의 시린 밤공기가 오히려 나를 재촉했다. 이제 그만 홀로 젓던 노를 내려놓고, 사람이 기다리는 따뜻한 항구로 돌아가라고. 나는 큰맘 먹고 양재역으로 향하는 지하철에 몸을 실었다.

2. "와! 철호가 진짜 왔다!" - 30년 만의 기적

양재역 12번 출구, 매서운 겨울바람을 뚫고 도착한 약속 장소의 식당 문을 열자마자 훅 끼쳐오는 뜨거운 열기가 나를 맞이했다. 그곳엔 오랜 세월을 돌고 돌아 다시 만난 우리 충주 상고 동창들이 가득했다. 그리고 내가 들어서자마자 내 귀를 때리는 강렬한 함성이 있었다.

"와! 철호다! 철호가 진짜 왔다!"

그 한마디에 30년의 세월이 마법처럼 증발했다. 나를 발견하고 환호하며 달려오는 친구들. 희끗해진 머리와 깊어진 주름은 각자가 견뎌온 세월의 훈장이었지만, 나를 부르는 목소리만큼은 충주 벌판을 뛰어놀던 그 시절 소년들의 목소리였다. 번듯한 직장에서 성실히 일하며 가정을 지키고 사회의 기둥이 된 자랑스러운 친구들, 그 뜨거운 열기 속에서 세속의 직함이나 지위는 아무런 의미가 없었다.

소주잔이 몇 번 오가고 나면 그 위로 10대의 앳된 소년들이 겹쳐 보이기 시작했다. 그중에서도 유독 우리 모임의 분위기를 뜨겁게 달구는 주인공이 있었다.

바로 김주열이라는 친구다.

추억의 온도를 높이는 목소리, 김주열 친구와 함께한 밤

서울의 밤바람은 차가워도, 우리들의 술잔 속에는 식지 않는 열기가 가득했다. 사회라는 전쟁터에서 각자의 계급장을 달고 살아가던 우리지만, 이곳에 모여 앉는 순간만큼은 계급장도, 가식도 모두 내려놓는다.

술기운이 적당히 오르면 모임의 공기가 변하는 기점이 있다. 바로 주열이의 목소리가 커지기 시작할 때였다. 평소에는 점잖던 녀석도 잔이 몇 번 부딪히고 나면, 어느새 목소리 톤이 한 옥타브 올라가며 좌중을 압도한다.

"야, 그때 우리 운동장에서 그랬던 거 기억나냐!"

주열이가 큰 목소리로 옛이야기를 끄집어내면, 조용했던 술자리는 순식간에 시끌벅적한 고교 시절 교실 뒷마당으로 변한다. 주열이의 커진 목소리는 단순히 소음이 아니었다. 그것은 팍팍한 세상을 버텨내느라 꾹꾹 눌러 담았던 우리들의 생기이자, "나 아직 여기 살아있다"라고 외치는 우정의 신호탄이었다.

그 녀석의 호탕한 목소리가 커질수록 우리들의 웃음소리도 비례해서 커진다. 주변 손님들에게 미안한 마음이 들다가도, 주열이의 그 가식 없는 말투와 투박한 진심을 듣고 있노라면 '이게 바로 사람 사는 냄새구나' 싶어 가슴 한구석이 뭉클해진다.

술 한잔에 목소리를 높이며 열정적으로 추억을 읊어대는 주열이의 모습은, 우리 중 가장 때 묻지 않은 순수함을 간직한 것처럼 보여 정겹기 그지없었다. 그 큰 목소리에 실려 오는 건 옛 선생님에 대한 험담일 때도 있고, 첫사랑의 아련한 실패담일 때도 있지만, 그 끝은 항상 "우리가 친구라서 참 좋다"는 든든한 위로로 귀결된다.

밤은 깊어 가고 빈 병은 늘어가지만, 주열이의 목소리가 울려 퍼지는 한 우리의 고교 시절은 결코 과거에 머물러 있지 않았다. 오늘 밤도 우리는 주열이의 그 기분 좋은 고함 속에서, 가장 빛나던 시절의 우리를 다시 만난다.

그날 밤, 12월의 양재역은 내 인생에 가장 아름답고 따뜻한 '쉼표'를 찍어준 장소였다.

3. 충주 상고의 우정과 일곱 별 '칠성회'

양재역의 재회 이후, 나는 다시 찾은 우리 충주 상고 동창회라는 커다란 울타리 안에서 말할 수 없는 행복을 느끼고 있다. 그리고 그 안에서 마음의 결이 유독 잘 맞는 일곱 명의 친구가 모여 '칠성회(七星會)'를 결성했다. 밤하늘의 길잡이가 되어주는 북극성처럼, 서로의 노년이 외롭지 않게 서로를 비추는 빛이 되자는 약속이었다.

김낙현, 남기억, 안용기, 원덕희, 윤철용, 심재익, 나 이철호.

우리는 정기적으로 만나 한잔의 술을 마시며 우정을 다진다. 하지만 우리의 즐거움은 단지 일곱 명에게만 머물지 않는다. 우리 칠성회는 충주 상고 동창회라는 넓은 바다 위에서 반짝이는 별들이다. 동창들과 함께 어우러지고, 그 안에서 칠성회 친구들과 더 깊이 교감하며, 우리는 비로소 '우리'라는 이름의 진정한 의미를 완성해 가고 있다. 30년의 단절은 이제 충주 상고의 이름 아래 더 큰 배려와 사랑으로 채워 가고 있다.

4. 고향 충주에서 맺은 새로운 인연, 더 깊어진 우리들의 우정

서울에서의 재회는 나를 다시 고향 충주로 이끌었다.

어느 추운 겨울날, 서울의 소란함을 뒤로하고 내고향 충주의 고등학교 모임장소로 향했다. 이번 고등학교 동창 모임은 단순한 만남을 넘어, 잊고 살았던 내 청춘의 조각들을 다시 맞추는 소중한 시간이었다.

충주에 도착하자마자 나를 맞이해준 건 옛 짝꿍 김종열이었다. 종열이는 차에 올라탄 내 손을 아무 말 없이 꼭 맞잡아 주었다. "정말 오랜만이다, 보고 싶었다"는 그 투박하고도 따뜻한 진심에 서울에서 쌓인 피로가 눈 녹듯 사라졌다. 짝꿍의 든든한 온기를 느끼며 우리는 친구들이 기다리는 모임 장소에 도착했다.

그 당시 충주 모임을 든든하게 이끌던 정순원 회장과 살뜰히 살림을 챙기는 박기술 총무의 따뜻한 환대는 마음을 뭉클하게 했다.

고등학교 시절 한 반에서 부대꼈던 이병덕과 허준강도 환한 미소로 나를 반겨주었다. 그런데 그 자리에는 우리 반은 아니었지만, 모임을 통해 처음 마주하게 된 김정순과 홍도희도 그리고 많은 동창들이 있었다. 학창 시절에는 반이 달라 접점이 전혀 없었고 이름조차 생소했던 친구들이었다.

하지만 술잔이 부딪칠 때마다 30년의 어색함은 고기 연기처럼 사라졌고, 나는 비로소 사람 사는 맛이 무엇인지 가슴 깊이 새겼다.

익숙한 풍경 속에서 확인한 이 단단한 우정은 내 삶의 가장 큰 위로가 되었다. 우리는 그렇게 충주의 밤을 우정의 빛으로 채우며, 앞으로도 이 끈끈한 인연을 소중히 이어갈 것을 약속했다.

친구들에게 전하는 감사 편지

사랑하는 나의 충주 상고 친구들아.

30년의 겨울을 뚫고 내게 손을 내밀어주어 고맙다. 특히 6년의 세월을 함께한 덕희야, 공설운동장에서 내 손을 잡아준 종열아! 그리고 그 당시 충주 모임을 이끌던 정순원 회장님, 박기술 총무님, 목소리 커서 더 정겨운 주열아! 나의 모든 동창아! 너희들의 환대가 나를 다시 웃게 했어.

우리 충주 상고 모든 동창들이 앞장서고, 우리 칠성회 일곱별이 뒤를 받쳐준다면 우리는 그 어떤 매서운 겨울도 두렵지 않다. 서로의 길을 비춰주는 별이 되어, 남은 생애도 즐겁고 건강하게 함께 걸어가자. 사랑한다, 친구들아!

- 2026년 겨울, 너희들의 친구 이철호 올림

자서전 후기:
초겨울 왕십리에서 발견한 삶의 완성

....

2025년 11월의 끝자락, 초겨울이 문을 열기 시작한 어느 날, 나는 고등학교 시절의 가장 소중한 친구들을 만나기 위해 왕십리로 향했다. 길모퉁이를 돌아 낯선곳의 삼겹살집에 들어서자, 지글지글 고기 굽는 소리와 함께 옛 친구들의 왁자지껄한 웃음소리가 나를 감쌌다. 차가운 계절의 시작이었지만, 그곳은 세상에서 가장 따뜻한 공간이었다.

우리는 마주 앉아 소주잔을 부딪치고, 불판 위에 올려진 삼겹살처럼 우리의 청춘을 되새김질했다. 그 밤, 나는 용기를 내어 오랫동안 묵혀두었던, 그러나 아직 완성하지 못한 나의 자서전 이야기를 꺼냈다. 막막함과 망설임을 솔직하게 털어놓는 순간, 나의 김낙현, 김두년, 김상중, 안용기는 잠시의 주저함도 없이 든든한 방패가 되어주었다.

그들의 눈빛은 흔들림 없는 믿음이었고, 그들의 목소리는 나를 일으켜 세우는 힘이었다. 한 잔의 술과 함께 터져 나온 그들의 격려와 응원은 단순한 위로가 아니었다. 그것은 지난날의 나를 아낌없이 인정해 주고, 앞으로 나아갈 길에 확신을 더해 주는 뜨거운 용기였다. 책의 마지막 장을 써 내려갈 감정적 동력을 그들의 우정 속에서 비로소 완성할 수 있었다. 그들이 없었다면, 이 이야기는 영원히 미완의 원고로 남아 있었을지도 모른다.

다만, 이 소중한 시간에 이충원이 함께하지 못한 것은 가슴 시린 아쉬움으로 남는다.

집안의 갑작스러운 상(喪)을 당해 자리를 비웠던 그의 빈자리는 우리의 우정이 얼마나 깊고 완전한 공동체인지를 역설적으로 증명했다. 그의 부재는 슬픔을 넘어, 우리가 서로의 삶에서 얼마나 깊숙이 연결되어 있는지를 깨닫게 하는 묵직한 울림이었다.

그날 밤, 왕십리 삼겹살집의 연기 속에서 나는 깨달았다. 나의 자서전은 나 혼자만의 기록이 아니라, 이 소중한 이름들과 함께 엮어 낸 공동의 역사임을. 이 책의 마지막 문장은 결국 내가 어떤 삶을 살았는지에 대한 선언이 아니라, 내가 얼마나 좋은 사람들과 함께 걸어왔는지에 대한 감사의 헌사가 되어야 함을 말이다.

우리는 그 소중한 밤을 삼겹살의 잔향만으로 끝낼 수 없었다. 육중한 현실의 무게를 잠시 내려놓은 우리는, 식당을 나와 곧바로 근처의 조용한 커피숍으로 발걸음을 옮겼다. 늦은 시간의 커피숍은 우리만의 비밀스러운 대화 공간이 되어 주었다.

뜨거운 불판 대신 따뜻한 아메리카노 잔을 앞에 두고, 우리는 한 층 더 깊은 대화 속으로 빠져들었다. 자서전에 대한 구체적인 조언부터, 각자가 살아온 삶의 굴곡진 이야기, 서로에게 미처 털어놓지 못했던 깊은 속마음까지. 밤이 깊어 갈수록 커피의 쓴맛은 희미해지고, 그들의 진심 어린 눈빛과 말 한마디 한마디는 나의 영혼 깊은 곳까지 스며들었다. 김두년의 냉철한 분석, 김낙현의 따뜻한 공감, 김상중의 유머 섞인 지혜, 안용기의 흔들리지 않는 응원은 초겨울 밤의 찬 공기를 뚫고 들어온 온기 그 자체였다.

그들의 격려 속에 나의 미완성 원고는 더 이상 부담이 아닌, 반드시 완수해야 할 삶의 증명이 되었다. 그들이 준 용기는 단순히 글을 쓰라는 독려를 넘어, 남은 삶을 더욱 당당하고 의미 있게 살아가라는 무언의 약속이었다.

그리고 다시 한번, 이충원의 부재가 깊은 아쉬움으로 가슴에 남았지만, 우리는 다음 만남을 기약하며 그의 몫까지 우리의 우정을 단단히 다짐했다. 그의 자리는 비어 있었지만, 우리의 이야기 속에는 언제나 함께였다.

차가운 초겨울 찬바람이 불어와도, 나는 이제 두렵지 않다. 내 삶의 모든 페이지, 특히 이 마지막 장은, 이토록 뜨겁고 굳건하며, 밤 깊은 커피 속에서도 진실했던 우정이라는 이름으로 영원히 완성될 것이기에. 나는 나의 친구들 덕분에 오늘, 나의 마지막 문장을 비로소 쓸 수 있었다.

이 글을 읽는 독자 여러분께도 권합니다. 여러분의 삶에도 빛나야 할 이야기가 분명히 있을 것입니다. 더 늦기 전에, 여러분만의 소중한 기록, '인생 자서전'을 꼭 한 번 써 보시기를 진심으로 권유합니다!

자서전을 마치며:
평범한 삶에 바치는 가장 깊은 헌사

....

친애하는 독자 여러분께,

저는 화려한 직업을 가진 사람도, 세상을 뒤흔든 위인도 아닌, 이 시대를 성실하게 살아온 지극히 평범한 한 사람입니다. 그런 평범한 사람이 자서전을 낸다는 것은, 사실 제게도 쉬운 결정이 아니었습니다.

이 책을 쓰기로 결심한 후부터, 제 삶은 마치 영화의 필름처럼 머릿속에서 끊임없이 재생되었습니다. 길을 걷다가 문득, 식사를 하다가 불쑥, 심지어 친구들과 술잔을 기울이는 즐거운 순간에도 '어떻게 이 이야기를 진실되게 풀어낼까' 하는 고심이 꼬리를 물었습니다. 단순한 기록이 아니라, 제 삶의 진심을 담아내는 일이었기에, 글쓰기는 고독하고 힘든 여정이었습니다.

특히, 중학교 2학년 시절의 풋풋했지만 저를 몹시 괴롭혔던 첫사랑의 아픔부터, 지나고 나면 별일 아닌 것을 붙잡고 힘들어했던 수많은 날들을 다시 마주하는 것은 용기가 필요했습니다. 하지만 저는 이 책을 통해 이야기하고 싶었습니다. 평범한 사람의 삶에도, 남들에게는 사소할지라도 당사자에게는 거대한 파도였던 순간들이 있었다는 것을요.

결국, 이 자서전은 그 힘들었던 시절을 어떻게 극복하고 단단하게 성장했는지에 대한 기록입니다. 미숙했던 제가 한 사람의 어른이 되어, 훌륭하게 자란 가정을 이루고 매일의 소소한 행복을 지켜내기 위해 얼마나 노력했는지에 대한 증명서이기도 합니다.

저는 이 자서전이 화려한 성공담을 원하는 독자에게는 맞지 않을 수도 있다고 생각합니다. 하지만 매일의 삶을 묵묵히 걸어가는 모든 이들에게 다음과 같은 메시지를 전할 수 있기를 바랍니다.

“당신의 평범한 삶이야말로 가장 숭고한 드라마입니다. 우리 모두는 자신의 삶의 주인공이며, 그 모든 고난과 기쁨의 순간들이 오늘날의 당신을 만들었습니다. 당신의 삶에도 위대한 가치가 있습니다.”

긴 고독의 시간을 거쳐, 마침내 마지막 페이지를 덮는 순간, 제 삶 전체에 대한 깊은 감사와 평화가 찾아왔습니다. 이 책이 독자 여러분께도 잠시나마 자신의 삶을 되돌아보고, 현재의 소중함을 깨닫는 계기가 되기를 진심으로 바랍니다.

감사합니다.

다시 시작되는 나의 사계절

....

1. 봄: 헌신으로 일군 인내의 문장들

돌이켜보니 나의 봄은 오로지 무언가를 심고 기르는 계절이었다. 인생의 첫 장을 열었을 때, 나는 아직 서툴고 젊은 농부와 같았다. 내 몸 하나 건사하기보다 내게 맡겨진 어린 생명들을 위해 척박한 땅을 일구고 땀을 흘리는 것이 당연한 도리라 여겼다. 두 아이의 작은 손을 잡고 세상이라는 거친 들판으로 나갈 때, 나는 나의 봄꽃이 지는 줄도 모르고 그저 아이들의 웃음꽃이 피어나기만을 간절히 기도했다.

부모라는 이름의 무게가 때로는 가슴을 짓눌렀지만, 돋아나는 새순 같은 아이들의 성장을 보며 나는 인내라는 가장 아름다운 덕목을 배웠다. 나의 청춘은 그렇게 아이들의 뿌리를 튼튼하게 만드는 거름이 되어 소리 없이 녹아들었다. 이제 그 아이들이 각자의 숲을 찾아 떠나고 난 빈 뜰에는, 지난날 내가 흘린 땀방울이 고요한 평화가 되어 내려앉아 있다. 뿌린 자만이 거둘 수 있는 이 고요함이 나의 첫 번째 보상이다.

2. 여름: 폭풍우 속에서도 멈추지 않았던 열정

나의 여름은 뼛속까지 타오르던 책임의 계절이었다. 40대와 50대, 인생의 가장 뜨거운 정점에서 나는 단 한 순간도 쉬지 않고 달렸다. 때로는 숨이 턱끝까지 차오르는 무더위 같은 시련이 있었고, 때로는 예고 없이 쏟아지는 장대비 같은 눈물의 시간도 있었다. 가장으로서, 한 가정을 지탱하는 기둥으로서 내가 무너지면 모든 것이 무너진다는 절박함이 나를 채찍질했다.

그 뜨거운 태양 아래서 나는 나 자신을 돌볼 여유조차 없었다. 오직 가족이라는 울타리를 더 단단하게 하기 위해, 더 시원한 그늘을 만들어 주기 위해 내 온몸을 불살랐다. 지금 거울 속에 비친 주름진 얼굴과 거친 손마디는 그 치열했던 여름날의 훈장이다. 뜨거웠던 열기가 지나간 자리에는 이제 잔잔한 미풍이 불어온다. 비로소 그 치열함이 나를 얼마나 단단하게 단련시켰는지, 그 땀방울이 얼마나 정직했는지를 깨닫는다.

3. 가을: 비워냄으로써 얻는 충만한 결실

이제 나의 계절은 60대 중반, 단풍이 붉게 물드는 깊은 가을에 닿았다. 두 아이를 모두 출가시키고 돌아온 집안은 처음엔 낯설 만큼 고요했다. 아이들의 방이 하나둘 비워질 때마다 가슴 한구석이 시리기도 했지만, 그것은 상실이 아니라 하나의 '완성'이었다. 나무가 열매를 떨구어야 비로소 다음 해를 준비하듯, 나 역시 부모라는 무거운 외투를 벗고 오롯이 '나'라는 사람으로 돌아갈 채비를 한다.

가을은 화려했던 꽃보다 깊은 빛깔의 잎을 보여주는 법이다. '앞으로 남은 여생을 어떻게 살아야 할까'라는 고민이 가을바람처럼 가슴을 스치지만, 이는 두려움이 아니다. 그것은 수확을 마친 농부가 다음 농사를 꿈꾸는 설레는 설계와 같다. 이제는 채우기보다 비워내는 법을, 움켜쥐기보다 놓아주는 법을 배우며 나의 내면을 더욱 풍성하게 일구려 한다. 잘 익은 열매처럼 나의 삶도 누군가에게 향기로운 기억이 되기를 소망한다.

4. 겨울: 고요 속에 잉태하는 새로운 희망

나의 여생은 눈 덮인 산야의 고요함을 닮은 겨울이 되기를 원한다. 흔히 겨울을 끝이라 말하지만, 겨울은 대지가 가장 깊은 숨을 쉬며 생명의 기운을 응축하는 시간이다. 이제 아내와 나, 우리 둘에게 남은 시간은 서두를 필요가 없는 선물과 같다. 아이들의 소식에 기뻐하고, 가끔 찾아올 손주들의 재롱에 웃음 짓겠지만, 우리 삶의 중심은 이제 다시 '우리 둘'이다.

서로의 거칠어진 손을 꼭 잡으며, 고생 많았다는 말 한마디로 지난 세월의 풍파를 보듬어주려 한다. 눈 위에 새겨질 우리 두 사람의 발자국이 조금은 느리고 비뚤어질지라도, 그 발걸음마다 서로를 향한 배려와 깊은 신뢰를 담을 것이다. 노년의 고독이 찾아온다면 그것을 지혜의 등불로 삼아, 우리 뒤를 따라오는 이들에게 따뜻한 길잡이가 되어주고 싶다. 겨울은 춥지만, 함께 쬐는 화롯불은 그 어느 계절보다 따뜻하다.

5. 마침표가 아닌, 새로운 페이지의 첫 문장

자서전의 마지막 페이지를 덮으며 나는 비로소 환하게 웃는다. 이 기록의 마침표는 내 인생의 끝을 의미하는 것이 아니라, 더 깊고 넓은 삶의 바다로 나아가기 위한 출발 신호이기 때문이다. 자식들을 향했던 시선을 이제는 곁에 있는 아내의 눈동자로 돌린다. "여보, 우리 참 잘 살아왔다. 이제 진짜 우리 인생을 한 번 멋지게 시작해 보자."

앞으로 펼쳐질 날들이 때로는 춥고 고달플지라도, 우리는 함께 있기에 두렵지 않다. 고민은 기도로 바꾸고, 막막함은 기대감으로 채우며, 매일 아침 창가로 스며드는 햇살 속에서 새로운 이야기를 써 내려갈 것이다. 나의 사계절은 여기서 멈추지 않고, 더 성숙하고 아름다운 순환을 계속할 것이다. 이것으로 나의 기록은 일단락되지만, 우리 부부의 삶은 영원히 현재진행형이다. 인생의 황혼이 아닌, 우리 삶의 가장 찬란한 황금기를 향해 나는 오늘도 힘차게 발을 내딛는다.

폭풍의 계절을 지나 평온의 바다로: 나의 청춘에게 건네는 마지막 인사

....

인생이란 때로 예고 없이 날아든 포탄 한 발에 모든 지형이 바뀌어 버리곤 한다. 나에게는 중학교 2학년, 그 무렵이 그랬다. 무엇이 그토록 뜨거웠는지, 무엇이 그토록 절실했는지 이제는 가물가물해진 기억의 파편들을 더듬어 보지만, 분명한 것은 그 시절 내가 경험한 감정은 '사랑'이라는 부드러운 단어로 담아내기엔 너무나 파괴적이었다는 사실이다. 그것은 내 인생에 투하된 '폭탄'이었다. 그 폭풍은 소년의 평범했던 일상을 순식간에 잿더미로 만들었고, 나의 시선과 신경, 심장의 박동수까지 오로지 한 방향으로만 고정시키게 만들었다. 사춘기의 열병이라 치부하기엔 그 열기가 너무나 고열이었고, 그 후유증은 생각보다 훨씬 길고도 처참했다.

그 폭발의 여파는 중학교를 지나 고등학교, 대학교 3학년에 이르기까지 무려 8년이라는 긴 시간 동안 나의 영혼을 잠식했다. 남들은 청춘을 예찬하며 캠퍼스의 낭만을 노래하고 미래를 설계할 때, 나는 스스로 만든 가슴앓이라는 감옥에 갇혀 지냈다. 돌이켜

보면 참으로 무모한 짓을 많이도 했다. 그 사람의 그림자라도 밟기 위해 내 소중한 시간을 길바닥에 아낌없이 뿌렸고, 내뱉지 못한 말들을 가슴에 쌓아두느라 속은 시커멓게 타들어 갔다. 밤이 되면 통증은 더 선명해졌다. 물리적인 칼날이 가슴을 후벼 파는 듯한 감각에 숨이 턱끝까지 차올랐고, 천장을 바라보며 뜬눈으로 밤을 지새우는 날이 부지기수였다. '이러다 정말 죽겠구나' 싶은 순간이 한두 번이 아니었지만, 그때의 나는 그것이 인생의 전부인 줄 알았고, 그 지독한 가슴앓이가 멈추면 내 삶의 동력도 끊어질 것이라 믿었던 어리석은 청년이었다.

이제 와 고백하건대, 자서전을 쓰며 마주한 그 시절의 나는 참으로 한심하기 짝이 없는 존재였다. 왜 그렇게 스스로를 돌보지 못했을까. 왜 그토록 허망한 신기루를 잡기 위해 내 인생의 가장 푸른 페이지들을 눈물로 적셔야 했을까. 지나고 나면 정말 아무것도 아닌 일인데, 그저 한 걸음만 물러나서 바라보았더라면 그토록 처절하게 무너지지 않았을 텐데 하는 후회가 밀물처럼 밀려오기도 한다. 하지만 그 한심함조차 나의 일부였음을 이제는 인정한다. 그토록 무모하게 자신을 내던져본 경험이 있었기에, 나는 인간이 가진 감정의 가장 깊은 밑바닥까지 내려가 볼 수 있었다. 고통의 끝을 본 사람만이 평온의 가치를 안다. 대학교 3학년, 그 길고 긴 가슴앓이의 종지부를 찍던 날, 나는 비로소 8년 만에 처음으로 깊은 숙면을 취할 수 있었다. 그것은 항복 선언이 아니라, 비로소 나 자신을 찾겠다는 독립 선언이었다.

그 모진 세월을 잘 극복해 낸 끝에, 나는 지금 지극히 평범하지만 더없이 따뜻한 가정을 이루었다. 아이들의 웃음소리, 배우자와 나누는 소박한 저녁 식사, 내일을 기대하며 편안하게 잠들 수 있는 이 일상이 사실은 얼마나 큰 기적인지 매일매일 깨닫는다. 8년간의 가슴앓이가 내게 준 가장 큰 선물은 바로 이 '평범한 행복'을 알아보는 밝은 눈이다. 그래서 지금 이 순간에도 과거의 나처럼 사랑 때문에 목숨을 걸고, 잠 못 이루며 인생을 낭비하고 있다고 느끼는 이 땅의 청년들에게 나는 꼭 단호하게 말해 주고 싶다. 절대 그러지 마라. 그대가 겪는 그 고통이 지금은 우주보다 크게 느껴지겠지만, 시간이라는 거대한 파도는 그 날카로운 슬픔을 반드시 둥글게 깎아낼 것이다. 사랑에 미쳐 나를 잃어버리는 것은 낭만이 아니라 자학일 뿐이다. 부디, 그 찬란한 시간을 가슴앓이로 허비하지 말고, 당신의 삶을 세우는 데 그 뜨거운 에너지를 쓰길 간절히 바란다.

나의 자서전은 여기서 마침표를 찍지만, 나의 인생은 이제 새로운 장을 열고 있다. 무모했던 청년은 이제 없다. 다만 그 시련을 잘 극복해 내고 단단해진 한 인간이 여기 있을 뿐이다. 앞으로 남은 여생, 나는 더 이상 과거의 유령과 싸우지 않을 것이다. 나에게 주어진 이 소중한 행복을 충분히 누리고, 사랑하는 사람들을 지키며, 매 순간을 감사함으로 채워 가려 한다. 그 옛날, 잠 못 이루던 열네 살의 소년과 대학교 3학년의 청년에게 마지막 인사를 건넨다. 고생 많았다. 네가 포기하지 않고 그 긴 밤을 견뎌준 덕분에, 오늘의 내가 이토록 눈부신 아침을 맞이한다. 고맙다. 나는 이제야 비로소, 진정으로 행복하다.

그해 겨울
첫눈 같은 너에게

초판 1쇄 발행 2026년 2월 20일

지은이 이철호
펴낸이 이기봉
편집 좋은땅 편집팀
펴낸곳 도서출판 좋은땅
주소 서울특별시 마포구 양화로12길 26 지월드빌딩 (서교동 395-7)
전화 02)374-8616~7
팩스 02)374-8614
이메일 gworldbook@naver.com
홈페이지 www.g-world.co.kr

ISBN 979-11-388-5474-0 (03810)